DANIEL WATERS

CIDADE DOS FANTASMAS

Tradução

Denise de Carvalho Rocha

JANGADA

Título do original: *Break my Heart 1000 Times*

Texto de acordo com as novas regras ortográficas da língua portuguesa.

1ª edição 2016.

Editor: Adilson Silva Ramachandra
Editora de texto: Denise de Carvalho Rocha
Gerente editorial: Roseli de S. Ferraz
Produção editorial: Indiara Faria Kayo
Editoração Eletrônica: Join Bureau
Revisão: Vivian Miwa Matsushita

Dados Internacionais de Catalogação na Publicação (CIP)
(Câmara Brasileira do Livro, SP, Brasil)

Waters, Daniel
Cidade dos fantasmas / Daniel Waters ; tradução Denise de Carvalho Rocha. – São Paulo : Jangada, 2016.

Título original: Break my heart 1000 times.
ISBN 978-85-5539-061-6

1. Ficção norte-americana 2. Ficção juvenil I. Título.

16-05275 CDD-813

Índices para catálogo sistemático:
1. Ficção : Literatura norte-americana 813

Jangada é um selo editorial da Pensamento-Cultrix Ltda.

Direitos de tradução para o Brasil adquiridos com exclusividade pela
EDITORA PENSAMENTO-CULTRIX LTDA., que se reserva a
propriedade literária desta tradução.
Rua Dr. Mário Vicente, 368 – 04270-000 – São Paulo, SP
Fone: (11) 2066-9000 – Fax: (11) 2066-9008
http://www.editorajangada.com.br
E-mail: atendimento@editorajangada.com.br
Foi feito o depósito legal.

Para Kayleigh e para Cormac

PARTE UM:
O MÊS MAIS CURTO

1

Eu atravesso paredes. Sussurro na janela quando a vejo deixar nossa casa. Oscilo nos limites da minha própria memória.

Agora ela dorme, sua respiração ondulando a beirada da fronha. Não sei se é a minha presença aos pés da cama que a faz se virar para o outro lado. Seu braço, de repente livre do casulo confortável, estende-se por cima da cabeça e seu lindo rosto, emoldurado por longos cabelos castanhos, volta-se para o teto.

Ela se parece tanto com Mary... Eu sinto a mesma dor, que é como a morte só que mais profunda. Estendo a mão na direção dela, só para acariciar sua bochecha, mas ela resmunga e eu me pergunto o que estará vendo em seus sonhos.

O alarme dela toca, uma canção lançada muitos anos depois da minha morte, uma melodia que me agrada. Eu atravesso o assoalho quando suas pálpebras começam a tremer.

A mãe dela já está na cozinha, ocupada com as panelas, fazendo café, servindo suco de laranja. Ela faz uma pausa a cada três batidas do coração e olha para a mesa da cozinha onde o resto da família logo se sentará; o rosto vincado de preocupação, como se nunca houvesse tempo suficiente. E ela tem razão, é claro. Nunca há. Ela não me vê parado sob o arco da porta, pois ficar visível exige esforço. Até onde eu sei, ver também exige. Ela ergue os olhos para o teto pelo qual acabei de passar, ouvindo os passos da filha, ao levantar para desligar o alarme. Eu espero até escutar os lamentos e guinchos do encanamento no andar de cima, quando ela abre a torneira de água quente do chuveiro.

Cruzo a parede da cozinha. Dentro da cavidade há uma antiga tampa de garrafa e um esqueleto de rato; seu pequenino espírito há muito se foi. Vejo fios elétricos e quando passo por eles sinto um formigamento e um zumbido, a luz da cozinha diminui e oscila.

Chego à sala de estar, hoje tão diferente da época em que eu era vivo. Duas poltronas reclináveis, um longo sofá desbotado pelo sol e uma televisão enorme com uma tela empoeirada. Olho pelo espelho negro que é a televisão, mas não há nenhum reflexo meu, não até eu me inclinar e roçar a "mão" na superfície opaca, quando a estática residual a torna brevemente visível, como um borrão branco que tremula e desaparece. Olho para baixo e percebo que fiz o relógio do DVR parar outra vez e um quarteto de zeros pisca para mim.

A energia dela me guia até o andar de cima como um farol, e eu vejo nuvens de vapor se esgueirando por baixo da porta do banheiro. Atravesso a porta destrancada; sou atraído para o local da minha morte como que por um ímã. Atravesso o vapor e a cortina do chuveiro e lá está ela, eu coraria se ainda fosse possível.

Afastando o olhar, encaro o chão da banheira, onde a água desce pelo ralo. Enquanto observo, a água vira sangue e o redemoinho vermelho sobe até os tornozelos dela, depois até os joelhos... Ah, não! Eu me lembro, eu me lembro...

Eu me lembro. Que pensamento estranho para alguém como eu. Estranho porque eu mesmo não passo de uma lembrança. Uma lembrança que ninguém além de mim guarda mais.

Existem outros como eu, mas não exatamente como eu. Outros que aparecem e desaparecem, mas a eles a consciência não retornou, eles existem apenas como uma memória. Ou será que não? A barreira que separa a vida do pós-vida sempre foi permeável, antes mesmo de começarem a surgir rachaduras nos seus alicerces.

O sangue some e se torna água outra vez. Ela não notou nada disso. Seus olhos estão fechados para evitar que o xampu caia neles e eu vejo sua pele se arrepiar enquanto estou ali parado, meu espírito invisível cortado pela cortina de plástico. Minha presença causa um leve arrepio. Ainda consigo afetar discretamente o universo tangível.

Eu me afasto do chuveiro e espero próximo à pia. Eu me preparo. Não há nada mais fácil do que encontrar um momento do passado e sustentá-lo. Com esforço e energia, a lembrança de uma lembrança pode se tornar visível outra vez. O tempo não é totalmente linear. Ela fecha a torneira e a toalha pendurada na barra da cortina escorrega.

Eu faço um esforço. A cortina se abre e ela me vê.

11

Verônica não temia os fantasmas o tempo todo, como algumas pessoas. Eles eram um fato concreto da vida dela desde o Acontecimento; não havia como evitá-los. Mas o único lugar em que ela não os queria de jeito nenhum era o banheiro. O banheiro, na visão dela, deveria ser uma zona permanentemente livre de fantasmas. Então, quando ela saiu do chuveiro às 6h49 naquela manhã de terça-feira, antes da aula, e viu um fantasma parado na frente do espelho embaçado, que não refletia a imagem dele, ela gritou. Agarrou-se à toalha e passou correndo por ele para chegar ao quarto.

Sentou-se na beira da cama e tentou voltar a respirar normalmente. Ela se secou e se perguntou se o fantasma já tinha ido embora. Às vezes eles ficavam por uns quinze minutos, mas geralmente apareciam e desapareciam com a mesma rapidez com que se tira uma foto. Ela esperava que fosse esse o caso. Tinha deixado suas roupas no banheiro e daria muito trabalho pegar outras. Já seca, tirou uma calcinha e um sutiã da cômoda e os vestiu, depois decidiu tentar o banheiro outra vez.

Ele já tinha ido embora. Por que tinha que ser um garoto?, ela pensou. Ele parecia ter a idade dela. Devia estar se penteando ou fazendo a barba, imaginou, e então concluiu que ele devia estar penteando o cabelo, porque estava de camiseta e quem se barbeia de camiseta?

Ainda havia focos de ar quente e úmido no banheiro apertado, mas o espelho sobre a pia estava límpido. Ela deu um passo para ver o seu reflexo e sentiu um arrepio. O lugar onde o fantasma estava antes definitivamente causava calafrios. Ela estremeceu. Quantas pessoas teriam ficado na frente dessa pia nos últimos setenta anos?

Pessoas demais, ela pensou, ligando o secador de cabelos. Ela não devia se surpreender se houvesse um cortejo interminável de fantasmas passeando pela casa, pelo jardim e pelo quintal. Fantasmas subindo os degraus acarpetados em grupos de dois ou três, fantasmas olhando por uma janela que não estava mais ali, fantasmas sentados à mesa de café da manhã diante de xícaras de chá invisíveis. Às vezes eles deixavam um aroma; mesmo agora ela achava que podia sentir uma colônia, uma fragrância sutil, fraca, amadeirada, totalmente diferente dos perfumes com que os atletas babacas da sua classe se encharcavam.

Era um cheiro bom, ela concluiu. Desejou não ter ficado tão alarmada, para ter tido tempo de examinar o garoto, mas tudo que notou foi seu cabelo loiro, que chegava até os ombros. Talvez fosse bonitinho, ela pensou.

– Que coisa mórbida! – disse para o próprio reflexo, que em seguida atingiu com uma rajada de ar quente do secador de cabelos. Havia garotos bonitos aos montes na escola para ela escolher, todos eles com batimentos cardíacos, pulsação e um guarda-roupa mais moderno. James, por exemplo. Ele a convidara para sair aquele fim de semana e ela ainda não tinha dado nenhuma resposta. James, James. Ela o deixaria na dúvida durante a primeira aula e então, na aula de inglês que faziam juntos, diria que estava livre na sexta. Tantos garotos, tantas opções, mas ela sentia como se não ainda soubesse bem o que tornava um mais atraente que o outro. Claro, a aparência – esse era o critério óbvio –, mas o que, além disso, a fazia querer dizer sim ou não?

Ela desligou o secador e ouviu a voz da mãe vinda do andar de baixo.

– Verônica! – ela chamou –, são quase sete e quinze. Eu fiz o seu café.

– Obrigada, mãe! – ela gritou de volta, e se vestiu.

Verônica em geral usava muito pouca maquiagem, só um toque de base para amenizar as sardas, mas de perfume ela gostava. Hoje ela preferiu passar nos pulsos e borrifar o pescoço no corredor, para não encobrir o aroma que o fantasma trouxera consigo, ainda que já tivesse se dissipado quase totalmente.

Ela foi até a cozinha e abraçou a mãe, que lavava a frigideira. A mãe se inclinou na direção de Verônica, mas continuou esfregando. Esfregava, esfregava, esfregava, com vigor, o ovo que tinha grudado na panela. Verônica olhou para o pai, sentado no lugar de costume na pequena mesa da cozinha, lendo o jornal. Ela se virou para o relógio, que mostrava 7h13.

– Está tudo bem, mãe? – Verônica perguntou.

– Tudo bem, querida – ela disse, e fungou. – Só um resfriado.

Era mais do que um resfriado, Verônica sabia. O pai não ergueu os olhos das páginas do jornal.

– Tem certeza?

– Tenho – disse a mãe, a voz tão frágil quanto os pingentes de gelo suspensos na janela da cozinha. – Você se machucou lá em cima? Pensei ter ouvido você gritar.

Verônica molhou os lábios. Notou as linhas de preocupação em volta dos olhos da mãe e as faixas grisalhas de cabelo que ela não se incomodava mais em tingir.

– Tem um fantasma no banheiro lá em cima.

Ela sentiu uma nova tensão nos ombros da mãe, onde momentos antes havia apenas resignação.

– Ah, Verônica... – ela disse, largando a frigideira ensaboada na pia. Pedacinhos de ovo frito presos nas bordas. A mãe se virou e olhou para o marido, ainda sentado em silêncio folheando o jornal. Sempre o caderno de negócios primeiro, depois as notícias locais. O caderno de esportes não era lido, nunca.

Verônica olhou para ele também, esperando encontrar um sinal de solidariedade. Ele não ergueu os olhos.

– Sinto muito, mãe.

– Fantasmas, fantasmas! – a mãe exclamou. Água e sabão pingavam dos seus dedos na calça escura e no piso de ladrilhos antigo que o pai dela deveria ter substituído anos atrás. – Sempre os fantasmas!

– Eu me assustei, só isso – justificou Verônica, sentindo a mãe divagar. Falou rápido antes que o foco dela flutuasse para longe, como as bolhas de sabão nas suas unhas quebradas e roídas. – Um adolescente. Ele estava penteando o cabelo, que era comprido e cheio. Mais ou menos como naquelas fotos do papai quando era mais novo.

Houve um farfalhar momentâneo quando o pai dela virou a página do jornal. A mãe simplesmente olhou para ele com um olhar vazio.

– Devia ser muito vaidoso – Verônica continuou, esperando uma reação, sem conseguir nenhuma. – Não era assustador nem nada.

Ela desejou não ter dito a última parte, porque não tinha ficado lá parada, esperando ele desaparecer. Verônica conhecia um fantasma da esquina da Case Street, uma mulher atropelada que se levantava do asfalto e, quando ficava de pé, estava sorrindo. Mas o sorriso entortava e ela começava a sangrar em diferentes partes dos braços nus, e depois manchas vermelhas apareciam e iam crescendo no vestido azul, e finalmente o sangue começava a escorrer pelo cabelo loiro do alto da cabeça. Ela dava três passos cambaleantes em direção à calçada e desaparecia.

O fantasma da Case Street parecia quase propositalmente assustador. O garoto do banheiro não parecia assim, embora fosse bem perturbador que ele estivesse bem na frente do espelho e não tivesse reflexo.

– Mãe? – Verônica chamou, tocando o braço dela.

– Os fantasmas são a pior parte – a mãe sussurrou, e Verônica quis abraçá-la, mas parte dela teve receio.

O pai dela ergueu os olhos, sorriu para as duas como sempre fazia a essa hora da manhã, e desapareceu.

Os fantasmas são a pior parte.

Verônica pensou a respeito enquanto o ar frio de fevereiro beijava sua bochecha. Não era a primeira vez que a mãe dizia isso, e Verônica ouvira opiniões parecidas de pessoas da idade da mãe ou mais velhas. Para Verônica era incompreensível que a pior parte do Acontecimento – que tirou a vida de um a quatro milhões de pessoas, dependendo da fonte – fossem alguns fantasmas. Os fantasmas, como as epidemias e a morte agonizante, o dano ambiental e o caos generalizado que vieram em seguida, foram meras consequências do horror que foi o Acontecimento em si. Ele varreu seres humanos com o desdém indiferente de uma mão espanando grãos de sal esparramados, e os fantasmas eram a pior parte?! Mesmo o mais arrepiante dos fantasmas não parecia capaz de praticar maldades. Aos olhos de Verônica, os fantasmas eram no máximo irritantes, nada mais.

Verônica na verdade gostava de ver o pai quase todas as manhãs. Ela morria de medo no começo, e chorava, mas com o tempo decidiu que a imagem fantasmagórica do pai à mesa de café da manhã era melhor do que nada. Ela sabia que não era "ele" mesmo, que "ele" era como um holograma ou uma gravação digital. Era uma lembrança agradável reproduzida no mundo material por alguma estranha alquimia que o Acontecimento tinha causado. A lembrança não podia estabelecer nenhuma comunicação além de aparecer.

Mas o pai sorria. Toda vez que aparecia, ele sorria. Ela e a mãe sempre faziam questão de estar bem ali, na frente da pia, porque se estivessem ali seus olhos encontrariam os dele e elas teriam a ilusão de um contato visual, o sentimento breve de que ele as via lá do reino dos mortos. Por um instante, ele estava ali. De verdade.

Mas então esse instante acabava e ela se pegava outra vez desejando poder vê-lo fazendo outra coisa, qualquer coisa, além de se sentar e ler o jornal.

– Verônica! – ela ouviu Janine chamar. – Verônica, espere!

Ela viu Janine andando rápido na direção dela, com os ombros estreitos encolhidos e os olhos baixos. Janine tinha medo de fantasmas – um medo mortal. Ela era parte do grupo trágico – mas surpreendentemente pequeno – de pessoas que tinham dificuldade para lidar com a proliferação de fantasmas no mundo pós-Acontecimento. Verônica sabia que era difícil para Janine até sair de casa, especialmente porque, na curta caminhada até a escola, elas davam de cara com ao menos um espectro por dia.

Janine usava cachecol, um casaco pesado e um gorro peruano de tricô com longos cordões, como se todo esse tecido extra pudesse afastar os espíritos, como fazia com o frio.

– Cuidado, Janine! – avisou Verônica, sem parar, mas diminuindo um pouco o passo. – Tem gelo em alguns pontos da calçada.

As bochechas de Janine estavam afogueadas e cor-de-rosa.

– Não está com frio, Verônica? – perguntou ela, as palavras tão rápidas quanto o passo. – Está tão frio!

– Não está tão ruim – ela respondeu, mas, antes mesmo que terminasse, Janine estremeceu. Verônica quis abraçá-la, sabendo que havia uma parte de Janine que roupa nenhuma poderia aquecer, mas ela também sabia que abraço nenhum manteria os fantasmas afastados. Todos precisavam encontrar um jeito de lidar com a nova realidade, Janine inclusive.

– Ela já está lá? – Janine perguntou. Verônica notou que a amiga usava luvas de tricô com dedos de cores diferentes; eles se contraíram e se fecharam em punhos nervosos de arco-íris. Um pompom vermelho pendia na lateral do seu gorro da mesma cor. Janine tinha sido a primeira amiga de Verônica quando ela se mudara para a cidade, aproximadamente sete anos antes, mas não era a mesma garota esquentadinha que tinha cativado sua afeição. Aquela era a menina que, logo depois de se conhecerem, tinha enfrentado dois meninos mais velhos que jogaram pedras nelas enquanto andavam pelo bosque. Mas isso foi antes de os fantasmas sugarem toda a bravura de Janine. Novamente, Verônica lutou contra o impulso de abraçá-la; ela tinha medo de que Janine continuasse uma garotinha medrosa para sempre, se não encontrasse uma forma de enfrentar seus medos.

– Não estou vendo – Verônica respondeu. – Você vai fazer alguma coisa este final de semana?

– Ah, não – disse Janine, rápido demais. – Quer ir lá em casa?

– Vou trabalhar – disse Verônica. Ela tinha tentado conseguir um emprego no cinema para a amiga também, mas não havia nenhuma chance.

Por alguma razão, o Cineplex atraía fantasmas como a luz atrai mariposas. Verônica supôs que podia animar Janine dizendo que sempre havia um monte de pessoas vivas por perto também, mas em vez de aliviada, Janine tinha ficado mais horrorizada ainda. "Como você diferencia?", ela havia perguntado.

Janine soltou um pequeno suspiro de decepção, quase encoberto pelo barulho das botas delas na neve. Havia caminhos diferentes para chegarem à escola, mas nenhum era tão direto quanto o da rua de Mary Greer. Verônica não queria ir pelo trajeto mais longo, e Janine tinha mais medo de encontrar um novo fantasma sozinha do que passar por um já conhecido na companhia de Verônica. Ela tentava convencer a amiga a sair de casa mais cedo ou mais tarde, mas Verônica se recusava. E, para crédito seu, Janine se forçava a sair de casa toda manhã. Isso dava a Verônica esperanças de que aquela débil centelha de coragem um dia ainda se tornaria uma chama.

– Eu tenho um encontro, também – contou Verônica, sorrindo.

– Você sempre tem um encontro – disse Janine. Ela deu um empurrãozinho em Verônica para mostrar que estava só brincando sobre a parte do "sempre", mas Verônica sabia que um dos tiques nervosos de Janine era fazer um contato físico leve e frequente com as poucas pessoas de quem era próxima, como se para se assegurar de que elas estavam ali mesmo.

– Você só está dizendo isso porque é verdade – disse Verônica, empurrando-a de volta. Talvez um abraço fosse demais, mas um toque não podia ser tão ruim assim.

– Com quem dessa vez?

– Janine! Você faz parecer que eu já saí com um milhão de garotos!

– Você *já* saiu com um milhão de garotos.

Verônica ouviu a mudança no tom e soube que Janine estava tensa em antecipação à passagem do fantasma.

– Vou sair com James, se quer mesmo saber – ela disse, esperando distraí-la. – Por que você não vem junto? Tenho certeza de que James tem um amigo que adoraria sair com você.

– Ah, não, não – ela disse. – Eu não poderia. Não poderia mesmo.

Do outro lado da rua, Verônica viu Mary Greer subir os degraus da casa do sr. Bittner. Ela parecia estar flutuando no ar, e seus braços magros e pernas esguias estavam muito bronzeados para aquela época do ano.

Ela ouviu a respiração de Janine acelerar, então roçou no ombro dela outra vez, os dedos trêmulos multicoloridos agarrando a manga de Verônica. Verônica sabia que precisava dizer alguma coisa para distraí-la.

– Eu faço aniversário este ano – Verônica disse sem pensar muito.

As batidas de Mary Greer não produziam nenhum som contra a porta pesada da casa do sr. Bittner. Janine fez um som inarticulado, os dedos apertando e afrouxando, e então falou numa voz trêmula.

– Ah, é mesmo! – disse. – Você faz aniversário este ano! – Mais forte agora, mais alegre.

Verônica ficou feliz de ter encontrado a coisa certa a dizer.

– Quantos anos vai fazer? Quatro?

– É, quatro – confirmou Verônica. – As alegrias de ser uma criança nascida no ano bissexto...

– Você devia dar uma f... f... festa – gaguejou Janine, a confiança se esvaindo. Elas estavam bem em frente ao fantasma na varanda do sr. Bittner.

Aguenta firme, Janine, Verônica pensou. Estamos quase lá.

– Se eu desse uma festa, você iria? – ela perguntou.

– P... provavelmente não – respondeu Janine, e então deixaram o fantasma para trás.

– Por que não? – Verônica perguntou, ainda permitindo que Janine se agarrasse a ela e a puxasse.

– A sua casa é mal-ass... assombrada – justificou Janine.

O mundo inteiro é mal-assombrado agora, Janine, ela pensou, mas guardou o pensamento para si, enquanto arrastava a amiga ladeira acima, em direção à escola.

III

August Bittner observava Verônica e a amiga medrosa pela fresta entre as cortinas, enquanto enfiava seu cachecol vermelho favorito para dentro do sobretudo. Elas mal tinham diminuído o passo para olhar para a casa dele e para a menina flutuando na varanda. Não tinham parado, mas olharam.

Todo dia ele as via observando a sua casa a caminho do Colégio Dr. Charles E. Montcrief, de Jewell City, onde ele dava aula havia trinta anos. Elas olhando para o fantasma, ele olhando para elas, ela olhando para a porta. Mary não aparecia todo dia, e às vezes as garotas chegavam tarde demais para vê-la, mas nos dias em que elas e Mary estavam no lugar certo, um calor nervoso irradiava das entranhas de August e se espalhava até que as suas extremidades formigassem. Alguns dias, como hoje, ele sentia a nuca empapada de suor. E ainda assim estava em seu posto, à sombra das cortinas pesadas, pontualmente, todos os dias. A despeito da culpa que sentia, ele se deu conta de que ansiava por aquele breve instante de terrível sincronia.

– Ela é nossa filha, como sabe.

Bittner virou-se para a esposa, sentada à sombra ao pé da escada.

– Quem? – perguntou ele.

– Ela. A garota corajosa, andando na rua.

Ele tirou as luvas do bolso do casaco e as vestiu, puxando-as até o couro lustroso ranger. Uma menina bonita, Verônica Calder. Ela estava na sua aula de História e prestava atenção, diferente da maior parte dos colegas. O casaco de Verônica era mais bonito do que quente e ele se perguntou por que as meninas da idade dela pareciam menos afetadas pelas intempéries do que as que ele tinha conhecido quando moço.

Isso o fez pensar na menina na sua varanda, no algodão macio e canelado da sua blusa, que tinha alças não muito mais grossas que uma caneta. Fevereiro passado, quando as ruas estavam desertas por causa da neve pesada que tingira de cinza a sua cidade, transformando-a numa paisagem lunar fantasmagórica, ele tinha resolvido correr o risco e ir lá fora e dar uma olhada nela. Chegou perto o suficiente para ver os pelos finos na sua pele morena perfeita. Eles eram brilhantes e dourados como se refletissem o sol que nesse dia de inverno estava encoberto por nuvens cinzentas e tempestuosas. Ele se inclinou para mais perto, com a intenção de beijar sua bochecha espectral, mas nesse momento uma rajada cortante de neve cristalina soprou através do corpo dela, açoitando o rosto dele e o cegando. Ele deu alguns passos cambaleantes para trás e pisou nos detritos que o vento arrastara para a sua varanda. Quando a sua visão desanuviou ele viu a neve rodopiando dentro do corpo dela. Ela levantou o braço para bater à porta e a coragem dele se esvaiu; não ousou voltar para o calor da casa até que ela desaparecesse.

– Nossa filha – Madeline sussurrou.

– É o que você disse sobre Mary – ele sublinhou. – E as outras. – Essas últimas palavras não passaram de um sussurro, mas ela sempre ouvia. Ela conseguia até ouvir coisas que ele nunca expressara em palavras. Ela conseguia ouvir seus pensamentos antes de ele pensar.

– E eu tinha razão nisso também – garantiu ela, a voz ecoando pelo corredor da escada. Ele imaginou a voz dela preenchendo os cômodos do andar de cima, o quarto deles, o seu escritório. O quarto de Eva. – Você sabe que sim. Você sentiu. Você sente todo dia em que ela volta.

– Sim – ele concordou.

Ele tinha assassinado Mary em fevereiro, oito anos antes; não parecia certo que ela retornasse como um fantasma com as roupas que usava quando fora à casa dele para uma aula de reforço durante o verão. Não parecia certo, mas ele ficava tão feliz em vê-la que não se importava, nem mesmo quando a aparição dela causava comentários sussurrados de que ele a tinha matado. E na escola, não eram só sussurros. Mary fora um dos primeiros fantasmas da cidade a fazer aparições regulares, sua primeira visita tinha sido só alguns dias após o Acontecimento. Na época, Mary estava morta havia quase dois anos, mas o jornal local divulgara uma foto de August, com uma expressão apropriadamente séria, parado ao lado da varanda onde ela aparecia (as fotos de Mary não saíram muito boas, reduziam-na a um borrão digitalizado e pálido de luz âmbar que não causava muito impacto num jornal). Seu reaparecimento era como uma lembrança nada bem-vinda de um episódio que a cidade, fatigada pelas mortes e o horror após o Acontecimento, estava ansiosa para esquecer.

Os adolescentes do Montcrief não tinham memória tão curta e não demoraram a apontar August como o assassino de Mary, apesar de a polícia tê-lo descartado como suspeito logo no início das investigações. Alguém tinha deixado uma folha de papel na sua mesa, dois dias depois que saíram as fotos, com um poema digitado:

GUS DEIXOU MARY
PENDURADA NUMA ÁRVORE
A-S-S-A-S-S-I-N-A-D-A
PRIMEIRO VEM O SANGUE
DEPOIS O CASAMENTO
DEPOIS A AMARGURA NUM CARRINHO DE BEBÊ

Não era nenhum Robert Frost, mas a lembrança do poema – que na época o chocara e o deixara acordado muitas noites, com medo de que seus vários crimes fossem descobertos – hoje o fazia sorrir.

– Logo será o aniversário dela – disse Madeline.

– Eu sei – murmurou August.

– E você precisa ir buscá-la. Outra vez.

Ele esfregou a testa com a mão enluvada.

– Preciso?

– Precisa, August. O aniversário dela é o único dia em que ela pode renascer. Como a nossa menininha pode renascer se você não for buscá-la?

Ele podia sentir a lágrima se formando no canto do olho.

– Seu velho tolo... – disse a esposa, a voz ecoando. – Vá abraçar a nossa filha. Deixe-a entrar.

August umedeceu os lábios. Ele abriu a porta, mas Mary nunca chegou a pisar na soleira.

Apesar dos boatos e poemas, poucos se davam ao trabalho de questioná-lo sobre a garota, talvez porque na época em que a notícia saiu no jornal houvesse dezenas de fantasmas por toda a cidade, todos com uma história tão misteriosa quanto essa.

Ele franziu a testa ao pegar sua valise do chão. Aquele filósofo de araque, Stephen Pescatelli, era um dos poucos que suspeitavam; ele tinha insinuado alguma coisa na sala dos professores muitos anos atrás.

– Mary era aluna sua, não era, Gus? – ele dissera, os olhos castanhos com bordas vermelhas no rosto redondo. Ele tinha uma cara de esquilo, as bochechas fofas estufadas pelas nozes. – Por que você acha que ela está na entrada da sua casa por toda a eternidade?

Isso aconteceu na época em que Pescatelli ainda bebia, antes que a diretora Evans, Deus a abençoe, interviesse na forma de um aviso ríspido: "Pare de vir para o trabalho de ressaca ou você vai se dar mal". No tempo em que ele ainda bebia, Pescatelli se achava no direito de dizer qualquer coisa a qualquer um e a qualquer hora, e parecia sentir um prazer especial em irritar os colegas de trabalho, principalmente August Bittner.

– Ela costumava me visitar – respondeu ele, tão surpreso pela acusação de Pescatelli que revelou mais do que gostaria a respeito da sua relação com Mary Greer.

– É mesmo? – exclamou Pescatelli, inclinando-se a ponto de August sentir o cheiro de cerveja em seu suor e do chiclete de canela, que não ajudava muito a mascarar o odor do seu hálito. – Para quê?

– Eu... dava aulas particulares a ela – explicou, e levou a mão à boca, sentindo rugas que não estavam ali quando Mary estava viva. – Ela não tirava notas muito boas.

O desespero que ele sentiu naquele momento não era fingimento, embora achasse que Pescatelli provavelmente pensava que era. Mas era real. Ao levar Mary desta vida para a outra, ele tinha perdido algo. Ela seria dele para sempre, mas isso não queria dizer que ele não sentia a perda.

Cada garota levava consigo um pedacinho da alma dele, quando ele lhes tirava a vida.

– O que você está esperando? – perguntou a esposa. Ele piscou, como se acordasse de um cochilo. – Pare com esses devaneios ridículos.

Quando se virou para a mulher, ela tinha sumido. A menina não, e ela olhava diretamente para ele, como se ainda esperasse que atendesse à porta.

– Não é você que eu quero – ele sussurrou. – Você não é Eva. – A expressão radiante da menina não mudou.

Ele pegou o chapéu do gancho dentro do armário e tirou o guarda-chuva longo e preto do balde, onde ficava ao lado da porta. A garota ergueu a cabeça como se notasse a presença dele pela primeira vez, o sorriso que ele tanto adorava se abrindo nos lábios. Instantaneamente ele se alegrou. Hoje seria um dia bom; ele calculara o tempo precisamente.

August abriu os braços e a atravessou no momento em que ela desaparecia, e um calor se espalhou pelo estômago dele. O sentimento era semelhante à empolgação com uma pontinha de culpa que ele sentia quando Verônica olhava para a sua casa. Ele adorava quando Mary desaparecia dentro dele. Isso o fazia sentir como se ela fosse parte dele. Mais do que isso, fazia-o sentir como se ela fosse dele, e seria para sempre.

Ele a amava, mesmo que ela não passasse de uma substituta medíocre para a sua filha. Ele a amava e amava a esposa, mesmo quando a voz dela ficava ríspida – até isso era melhor do que os longos silêncios que vinham antes e depois. Ele as amava e faria qualquer coisa para tê-las com ele outra vez.

O dia D se aproximava. Em poucas semanas, teria chegado.

A garota Calder e a amiga dela estavam quase no alto da colina. Bittner assobiava quando chegou à calçada.

IIII

– A VIDA É CURTA – disse o sr. Pescatelli, e a classe de inglês do segundo ano suspirou.

Verônica mordeu o lábio inferior. Ela detestava quando tinha aula de inglês no início da manhã; o dia parecia passar muito mais rápido quando a aula era uma das últimas do horário. O Peixe – apelidado assim graças a uma tradução livre do seu sobrenome e porque seus óculos fundo de garrafa o deixavam com olhos de peixe – estava pronto para embarcar numa das suas tortuosas jornadas à terra dos fantasmas. Quando um aluno pedia à sra. Trask para falar sobre pólen de abelha, ela falava sobre pólen de abelha. Quando faziam uma pergunta ao sr. Bittner sobre a Lei Seca, ele dava explicações sobre a Lei Seca. Quando perguntavam alguma coisa ao sr. Pescatelli, qualquer coisa, a resposta era sempre vaga, enfadonha e envolvia fantasmas.

– A vida é curta – ele repetiu, a voz aumentando em volume mas não em força – e a morte é para sempre.

Verônica olhou para Janine, que parecia prestes a vomitar. Verônica mostrou a língua para ela, fazendo-a sorrir.

– Mas nós não temos realmente consciência disso, concordam? – disse o professor. Ele estava reclinado na cadeira, com os pés apoiados sobre a mesa, e acariciava o queixo que se esquecera de barbear aquela manhã. – Ver os nossos amiguinhos fantasmagóricos meio que nos faz pensar nisso, não é?

A classe era como um único corpo, um animalzinho silencioso segurando o fôlego, esperando que o predador se afastasse. Às vezes o sr. Pescatelli pretendia que essas perguntas fossem retóricas, outras vezes esperava respostas e ficava furioso se ninguém as dava.

Ele não estava na verdade olhando para os alunos, estava olhando através deles, como se fossem "amigos fantasmagóricos". Ele pegou da escrivaninha a sua cópia de *Hiroshima*, abriu numa página qualquer e então o largou de volta em cima da mesa.

– Centenas de pessoas se foram num piscar de olhos. E mais outras centenas alguns dias depois em Nagasaki. E muitas mais ao longo das semanas e meses que se seguiram.

Duas carteiras à frente de Verônica, Kirk Lane fechou o caderno com um grunhido de asco. Afundou na cadeira e, embora não estivesse num ângulo de onde pudesse ver, ela imaginou a expressão que ele teria no rosto. Do lado dele, James, o par de Verônica no fim de semana, deu uma risadinha.

– Se foram – o sr. Pescatelli repetiu –, mas essa é só uma fração das vidas perdidas no Acontecimento. Dois *milhões* de pessoas, pelas estimativas mais otimistas do governo. Mas dizem que podem ter sido quatro ou até cinco milhões. Vocês conseguem imaginar o que são *dois* milhões de mortes, no mesmo instante? Dois milhões de pessoas mortas num piscar de olhos? – Seus próprios olhos piscavam com rapidez, e ele se inclinou para a frente e depois para trás na cadeira, como se sofresse algum tipo de convulsão.

Verônica pôs a mão sobre o ombro ossudo de Janine para acalmá-la. A amiga tremia.

– Sr. Pescatelli – chamou Verônica, consciente de que corria um grande risco –, o senhor está perturbando Janine.

Ele parou de afagar a barba por um momento e colocou as pernas de volta embaixo da mesa. Quando respondeu, sua voz estava inapropriadamente alta, mas ele sorria.

– Eu estou perturbando Janine? – perguntou. – Ótimo! Ela tem mesmo que ficar perturbada! Todos nós temos que ficar perturbados! O problema é que o mundo não ficou suficientemente perturbado depois de Hiroshima e Nagasaki. Nós nos esquecemos. O mundo inteiro se esqueceu! Quantos de vocês se deram conta de que o sexto aniversário do Acontecimento é daqui a apenas alguns dias? – ele perguntou, com um olhar estranho, quase triunfante no rosto. Só algumas mãos foram erguidas, e a de Verônica não era uma delas. – Vocês se esqueceram! – ele disse. – E assim, nós ficamos...

– Fantasma! – Janine sussurrou, e o sr. Pescatelli deve ter visto um tremular pelo canto do olho, porque parou a frase no meio para olhar.

Era uma moça bonita de vestido cor-de-rosa, com cabelo crespo avermelhado. Ela segurava um pedaço de giz e o usava para apontar alguma coisa no quadro-negro. Esperou um instante e então riu, o rosto se iluminando numa alegria muda.

– Meu Deus! – exclamou o sr. Pescatelli. – É Eileen.

A mulher se virou, a longa saia do vestido ondeando, e andou na direção do sr. Pescatelli e através da escrivaninha dele, até que a parte inferior do seu corpo espectral estivesse invisível abaixo dela. Verônica sentiu uma pontada no peito quando a mulher se voltou para a classe – pelo que parecia – e abriu um sorriso tão caloroso que ela lamentou quando o fantasma desapareceu um instante depois.

O sr. Pescatelli estava com dificuldade para recuperar a compostura. A classe ficou agitada; fantasmas eram uma coisa normal, mas um novo fantasma era sempre motivo de discussão. Até Kirk parecia mais animado, e estava debatendo sobre a aparição com James.

Do lado de Verônica, Janine soluçou e enterrou a cabeça nos braços, cruzados sobre a carteira.

– Sr. Pescatelli? – Verônica chamou, levantando a mão. – Sr. Pescatelli, posso levar Janine para a enfermaria?

Ele se virou para ela, e se moveu com menos animação do que o fantasma que aparecera e desaparecera como uma lembrança. Quando ele se virou, novamente ela teve a sensação de que ele estava olhando através dela, como se ela e todos os colegas fossem fantasmas começando a se desvanecer.

– Sr. Pescatelli? – ela repetiu.

– Claro! – respondeu ele. – Claro. Vá.

Kirk observou as garotas saindo da sala, especialmente Verônica. Ela ficava bem de verde, ele pensou. Por outro lado, de vermelho também. E de azul. E de branco casca de ovo, pardo-acinzentado, carmesim e cores que nem tinham sido inventadas ainda.

Na frente da sala, o sr. Pescatelli continuava esfregando o queixo como se quisesse apagar a barba rala. Kirk achou que talvez devesse ir lá ajudá-lo e quem sabe apagar a cabeça inteira.

Ele não sabia por que estava tão irritado. Kirk na verdade gostava do Peixe, ao contrário da maioria dos colegas. Mesmo agora, James lançava olhares furtivos para Kirk, balançando a cabeça como se estivesse achando graça. Não era por causa do papo sobre fantasmas, exatamente, porque ele, como todo mundo, achava o assunto interessante, mas sentia que o Peixe estava tão obcecado por eles que passava o tempo todo na aula falando sobre isso. Todos os livros que tinham lido em sala de aula até então tratavam de uma calamidade ou acontecimento apocalíptico – *Hiroshima*, *On the Beach* e um livro idiota sobre zumbis. Se havia centenas de milhares de mortes e pelo menos um ou dois fantasmas, era bom o bastante para o Peixe.

– Leiam os próximos três capítulos – disse o Peixe, deixando-se cair na cadeira, aparentemente encerrando o dia no que dizia respeito à aula. Kirk o assistiu tirar os óculos e esfregar os olhos com a palma da mão.

Kirk abriu *Hiroshima*. Ele já tinha lido o livro e sublinhado tudo que o interessava, e tudo o que ele achava que poderia interessar ao Peixe. Teriam uma prova dissertativa no fim da semana seguinte e Kirk tiraria a nota máxima. Ele releu um parágrafo do qual sublinhara uma única palavra e então parou.

A maior parte dos alunos estava ocupada com a leitura, com exceção de James, que tentava entalhar as suas iniciais na carteira, com a ponta da caneta.

O Peixe fitava o lugar onde a ex-colega estivera muitos anos atrás em vida – e poucos momentos atrás, na morte.

Uma pontada de culpa incomodava Kirk como uma coceira num lugar fora de alcance; ele estava envergonhado por ter se esquecido do aniversário. Ele se lembrava de que a mídia insistira na data com fervor nos primeiros meses após o Acontecimento; pensou-se até na possibilidade de mudar a data do feriado do Memorial Day. Mas pouco tempo depois, todo mundo – a mídia inclusive – aparentemente preferiu deixar as lembranças para trás e esquecer.

Quer dizer, todo mundo exceto o Peixe. Diziam que ele tinha perdido a esposa no Acontecimento. Ele estava no subúrbio da cidade quando aconteceu, e saber que a mulher morrera na cidade mexeu com a cabeça dele. Kirk se lembrava que o professor costumava ser mais tolerante.

No entanto, Kirk ficava incomodado com toda aquela falação de Pescatelli. O Peixe, até onde ele sabia, nunca se oferecera para trabalhar no marco zero após o Acontecimento, como os pais dele fizeram. Falar sobre o Acontecimento e sobre os fantasmas, era uma coisa; realmente tentar fazer algo a respeito era outra.

Por outro lado, Kirk pensou, ele próprio não tinha feito nada a respeito da sua queda por Verônica além de se sentar com ela no refeitório. Durante seis meses ele fora apaixonado, e não tinha feito nada. E agora ela e James, que naquele instante se empenhava para entalhar a curvinha do seu "J", estavam prestes a sair pela primeira vez.

Era isso, ele pensou. Era isso que estava realmente incomodando.

O Peixe lambeu os lábios e então olhou para a classe. Kirk baixou os olhos, de volta para o seu livro.

Todo mundo é assombrado por alguma coisa, ele pensou.

卌

A ENFERMEIRA FEZ JANINE telefonar para a mãe vir buscá-la. A garota passou no armário para pegar o gorro e as luvas, para ela objetos capazes de oferecer uma proteção talismânica. Ela estava sentada numa das poltronas de vinil verde do lado de fora da enfermaria e às vezes se inclinava de lado para encostar a cabeça no ombro de Verônica.

De cabeça baixa, Janine torcia os cordões do gorro entre os dedos multicoloridos. Ela não abriu os olhos quando agradeceu Verônica por ficar ali com ela.

– Não tem fantasmas na minha casa – disse Janine. – Como você consegue ficar lá com eles, Verônica?

A primeira resposta que ocorreu a Verônica era complicada e provavelmente não traria conforto algum a Janine.

– Eu tento me focar nos vivos – ela disse. – Então não tenho mais medo dos mortos.

Janine balançou para a frente, trombando de leve com Verônica, que pousou uma mão reconfortante na nuca da amiga.

– Não vá ainda... – murmurou Janine. – Não vá.

Verônica se sentia muito mal por Janine, mas aquela era a primeira vez em que lágrimas lhe vinham aos olhos.

– Não vou – prometeu, e desviou os olhos para que Janine não a visse chorando.

Depois que a mãe de Janine chegou, o rosto e a voz demonstrando impaciência e falta de compreensão, Verônica deixou a enfermaria com as palavras murmuradas por Janine martelando na sua cabeça. *Não vá*. Elas tinham trazido à tona aquilo que mais incomodava Verônica nos fantasmas: as pessoas que ela via estavam mortas e ao mesmo tempo não estavam. Ver seu pai toda manhã e saber que ele estava morto, essa era a parte mais perturbadora. Ela não achava os fantasmas assustadores, ela os achava trágicos. *Ela* é que devia ficar uma pilha de nervos quando eles apareciam, não Janine.

Verônica estava a caminho da sua próxima aula, perdida em pensamentos, quando o sr. Bittner a deteve.

– Verônica! – chamou ele. Era um homem alto, um dos poucos professores do sexo masculino na escola e o único a manter um ar de formalidade na sala de aula, usando paletó e gravata mesmo quando o ar-condicionado não funcionava no começo de setembro e a temperatura da sala beirava os 30 graus. – Você tem autorização para estar fora da sala de aula?

Ela notou a intensidade nos olhos dele. Ela o considerava alguém que via as pessoas com clareza, e não apertava os olhos como se quisesse se certificar de que não estavam prestes a desaparecer.

– Não, sr. Bittner – confessou. Ela explicou o que tinha acontecido na aula do sr. Pescatelli e que escoltara Janine até a enfermaria sem esperar que ele redigisse uma autorização. – Ele parecia, sei lá, um pouco atordoado.

Um sorriso torto cruzou o rosto enrugado do sr. Bittner, como se ele achasse que Verônica tinha encontrado a palavra perfeita para descrever o colega.

– Entendo – ele disse. – Um novo fantasma, você está dizendo? Uma professora?

Verônica assentiu.

– Eu acho que o sr. Pescatelli a conhecia. Ele a chamou de Eileen.

– Ah... – ele disse e fez uma pausa. – Você já está com o seu material? Por que não vem comigo para a classe? Só temos cinco minutos antes da aula de História – disse. – Mas quem sabe quanta história podemos fazer nos próximos cinco minutos?

Ele sorriu para ela. Estampado num rosto envelhecido, vincado de rugas, o sorriso não foi tão encantador quanto o que recebera do fantasma. Mas ela preferia esse a um dos sorrisos vazios do sr. Pescatelli.

𝍸 𝍷

– Eileen Janus – disse Pescatelli, entre um gole e outro de uma lata de refrigerante. August já achava bem ruim que ele estivesse bebendo aquela mistura açucarada de criança, mas sugá-la ruidosamente de uma lata como um moleque de rua ele achava quase intolerável. Estavam na sala dos professores, só ele e Stephen Pescatelli, o caça-fantasma amador.

August tirou a sua bolsa térmica do fundo da geladeira e pegou a sua caneca da prateleira ao lado da pia. Alguém tinha bebido o resto do café e não tivera a delicadeza de coar mais, mas ele pegou os filtros e o pó de café do armário sem reclamar.

– Eu quase me borrei – disse Stephen.

– Tem certeza de que era Eileen? – August perguntou. A notícia da aparição da professora o tinha deixado em ótimo humor depois do choque inicial. Eileen era uma mulher adorável que lecionara ali durante oito anos, antes de morrer de câncer. Ela tinha morrido... quando? Cinco anos atrás? Seis?

– Certeza absoluta. Talvez fosse bom você ir vê-la, se ela começar a fazer visitas regulares.

– Eileen era uma ótima professora – comentou August.

– Sim. Eu ia dizer à classe que cada vez mais fantasmas estão aparecendo o tempo todo, e de repente, lá estava ela. Fiquei chocado. Tenho que admitir, ainda fico um pouco assustado quando vejo um fantasma. Tem um que...

... varre as folhas, praticamente todo dia, no jardim do meu vizinho, August completou em pensamento, colocando o pó no filtro de papel, *e me dá calafrios toda vez.*

– ... varre as folhas, praticamente todo dia, no jardim do meu vizinho e me mata de medo toda vez.

Me mata de medo, August pensou. Quase acertei.

– Você acredita mesmo nisso? – August perguntou.

– No quê? – perguntou Pescatelli, ainda levando a lata à boca e fazendo barulho, embora fosse óbvio que ela estivesse vazia.

– Que mais fantasmas aparecem a cada dia?

– É claro! Você não? Quer dizer, Eileen não prova isso?

– Eileen prova que há mais um fantasma. – August observou o café começando a pingar. – Não uma epidemia.

– Estão aparecendo milhares de fantasmas novos em todo canto, Gus – Pescatelli respondeu. – E cada vez com mais frequência, também. Quantas vezes você viu Mary esta semana?

– Três – August mentiu, tentando não deixar a rispidez transparecer na voz. Mary aparecera à sua porta na mesma hora por 23 dias consecutivos, a sequência mais longa desde a sua primeira aparição. – O que você acha que isso quer dizer? Mais fantasmas, mais visitas?

– Ainda não descobri – confessou Pescatelli. – Teoricamente, quanto mais tempo passasse desde o Acontecimento, menos fantasmas apareceriam. O auge da atividade paranormal depois do tsunami na Indonésia foi mais ou menos três anos depois, e parece ter culminado em Hiroshima e Nagasaki uma década depois do bombardeamento. E então houve Sendai... Eles ainda aparecem com alguma regularidade. Estou falando de fantasmas visíveis, é claro. Até hoje não se pode andar por um campo de concentração sem se sentir assombrado. – Pescatelli enrubesceu sob o olhar fixo de August. – Foi o que eu li – acrescentou.

August sentou-se à mesa com Pescatelli e desembrulhou seu sanduíche de atum. Por que só existem fantasmas humanos?, ele pensou. Por que eu não sou assombrado pelos cardumes de atum que consumi ao longo de todos esses anos?

Ele olhou para o seu colega do outro lado da mesa, que tirara os óculos e esfregava um olho com a palma da mão. Mas eu sou assombrado por um Peixe, Bittner pensou, engolindo um bocado do sanduíche.

– E quanto à atividade paranormal antes desses acontecimentos? – ele perguntou.

– Como assim?

– Bem – começou Bittner –, pensei ter ouvido você dizer uma vez que são comuns as aparições de fantasmas antes de uma catástrofe. "Aparições de crise", acho que foi este o nome que você deu. Você não comentou sobre uma "onda de fantasmas" ou coisa do tipo, que milhares de pessoas viram semanas antes do tsunami na Indonésia?

Pescatelli engoliu como se a sua garganta estivesse seca, apesar de ele ter acabado de esvaziar aquela lata de refrigerante artificialmente amarelo.

– Sim, mas...

– Bem – August continuou, mastigando o sanduíche, apreciando os pedacinhos crocantes de aipo –, talvez estejamos vendo mais desses fantasmas porque estamos na iminência de outro Acontecimento.

Ele sorriu, tanto pela poesia daquele pensamento quanto por ter finalmente deixado o tagarela do Pescatelli sem palavras. *Na iminência de outro Acontecimento*, ele gostou de como aquilo soava.

– Que pensamento mais alegre! – zombou o outro, franzindo a testa.

– É – concordou August –, não é mesmo?

卌 II

Verônica tinha esperança de que o almoço transcorresse em silêncio, mas James falava sem parar e, com pesar, ela percebeu que toda aquela falação era para impressioná-la. Ele parecia não perceber que seus esforços estavam surtindo o efeito contrário.

– Eu acho que há mais fantasmas do que nunca – disse James. Ele e Holly Blackstone estavam sentados de frente para Verônica e Kirk, que instantaneamente se queixou do rumo da conversa.

– Fantasmas, fantasmas... – disse. – Próximo tópico?

– Tudo bem, Kirk – disse James, o tom carregado de sarcasmo. – Por que não falamos sobre o que você quer falar?

James fez contato visual com Verônica, que estava pensando no quanto queria nunca ter aceitado sair com ele. James era bonito, e sentava-se ereto, mostrando toda a sua estatura na cadeira; tinha pele clara e olhos castanhos penetrantes, mas soltava risadinhas sarcásticas o tempo todo ultimamente. Estava sendo cada vez mais difícil para ela se imaginar beijando lábios sarcásticos.

– É que estou tão cansado disso... – lamentou Kirk, brincando com metade de uma almôndega com o garfo, tentando molhá-la na merreca de molho de tomate que as muquiranas da cantina tinham posto no seu prato. – Vamos falar sobre alguma coisa real.

– Aquele fantasma pareceu bem real para mim, parceiro – disse James, e Holly Blackstone soltou uma risadinha ao lado dele.

– Você me entendeu – disse Kirk.

– Na verdade, não.

– Os fantasmas simplesmente... ficam ali, ok? – ele tentou explicar. – Não fazem nada além de deixar as pessoas nervosas.

– Pobre Janine – comentou Holly, e Verônica captou o olhar de gozação que ela e James cruzaram. Pelo jeito ela não sentia nenhuma simpatia por Janine.

– Ela ficou bem aborrecida – comentou Verônica, com uma voz fria o suficiente para que Holly percebesse que era melhor mudar de assunto. Mas a troca de olhares entre Holly e James a deixou com raiva. Que bom, pensou, que eles têm um ao outro.

– Mas por quê? – perguntou Kirk. – Os fantasmas não significam nada. Eles são como uma cena de filme projetada na parede.

– O que *nós* significamos? – James perguntou. Ele estava tentando ser sarcástico, mas Kirk levou a pergunta a sério.

– Só por existir, provavelmente nada – disse ele. – Mas nós temos potencial. Um fantasma não tem potencial. Ele só está ali.

– Para alguém que não queria falar sobre fantasmas, você está falando bastante – James disse.

– Vocês conhecem algum fantasma? – perguntou Holly. – Quer dizer, algum dos fantasmas que vocês veem é alguém que conheceram quando vivo? A sra. Olsen, uma vizinha que servia de babá para mim e o meu irmão quando éramos crianças, fica do lado da caixa de correio lendo uma carta todos os dias às 15h47. Ela parece muito triste. Acho que perdeu um filho na Guerra do Iraque.

– Um cara que trabalhava com o meu pai aparece na garagem dele – James disse. Kirk balançou a cabeça.

– Meu pai – Verônica disse quase num sussurro. Ela se surpreendeu com a revelação; o pai morto era um convidado à mesa do café da manhã quase diariamente desde o Acontecimento, mas isso não era algo que ela contasse a qualquer um. Até o momento, Janine era a única amiga que sabia do fantasma do seu pai; era por causa dele que, quando as duas se encontravam, ficavam sempre na casa de Janine. O fantasma da professora – ou a reação de Janine a ele – devia ter perturbado Verônica mais do que ela imaginara.

– Seu pai? – James exclamou. – Caramba!

Ele era bonitinho, mas tão solidário quanto uma pilha de pedras deixadas ao sol. Apenas Kirk pareceu ter alguma noção de como Verônica se sentia. Os olhos dele diziam que ela não precisaria dizer mais nada se não quisesse, mas ela sentiu que queria falar sobre isso.

– Ele apareceu alguns anos atrás. A minha mãe acha que é porque ela estava planejando vender a casa.

– Agora ela não vai vender nunca – profetizou James.

– Provavelmente não – concordou Verônica, mais uma vez surpresa e confusa pela aparente ausência de solidariedade dele. Será que ele estava dizendo que a mãe não venderia a casa porque o fantasma do pai não sairia dali, ou porque nenhum comprador em potencial iria querer o fantasma indefectível do proprietário anterior? – Mas não tenho tanta certeza de que isso é muito saudável.

– Ele é... Ele é um fantasma muito assustador? – Holly perguntou.

– Não – respondeu. – Não é nem um pouco assustador.

Mas ela sabia que a afirmação não era totalmente verdadeira. Às vezes até o sorriso do pai a aterrorizava quando ela pensava nele. Tinha certeza de que não havia nada de enigmático nele no dia em que o pai realmente sorrira. Ela conseguia ler a data no jornal que ele estava segurando, logo acima de um artigo intitulado "Três Mortes num Incêndio em Manicômio", mas ela não tinha nenhuma lembrança especial daquele dia. Por que ele estava sorrindo? A resposta óbvia era que, naquele momento – no momento real em que o café ao seu lado fora servido e o jornal que ele segurava ainda cheirava à tinta –, ele tinha erguido os olhos ao ouvir algo que a esposa ou a filha tinham falado. Mas ela não conseguia se *lembrar* de fato daquilo acontecendo, e era isso que a aterrorizava. O que ela dissera para o pai erguer o olhar do artigo fascinante que lia sobre aquecedores domésticos a óleo e olhar para ela?

Mais importante, por que era justamente essa lembrança esquecida que se repetia várias e várias vezes? O que uma xícara de café, um jornal e o sorriso de um pai para a filha tinha de tão especial?

Poucas semanas depois ocorreu o Acontecimento, levando pelo menos dois milhões de vidas, inclusive a do seu pai, e criando milhares de fantasmas. Por que esse momento tranquilo à pia da cozinha tinha sido preservado?

– Ronnie? – chamou-a Kirk, a voz suave. – Está tudo bem?

Ela disse que sim e enxugou os olhos com o guardanapo. Seus amigos e a mãe a chamavam de Ronnie só ocasionalmente; o pai sempre a chamava assim.

– Quando ele morreu? – perguntou Holly. Como se fosse mais uma fofoca do que uma tragédia. – Como?

– Ele morreu no Acontecimento – disse Verônica, olhando para Holly com os olhos secos e a voz firme. Por algum motivo, associar a morte – qualquer morte, não só a do pai – ao Acontecimento provocava um distanciamento em relação ao assunto. As pessoas falavam sobre o Acontecimento – quando falavam – de uma forma peculiar e fria. – Ele estava a negócios na cidade. Ia para lá de trem quase todo mês. – Ela podia ouvir a indiferença no próprio tom, como se a sua voz tivesse se desassociado da sua consciência e ela própria tomado um trem para muito longe. – Na hora errada, eu acho.

– Cara! – exclamou James, e alguma coisa na forma como ele disse aquilo fez Verônica pensar em desmarcar o encontro. – Que dureza! Por que você acha que ele...?

– Talvez Ronnie queira falar sobre outra coisa – interrompeu Kirk.

– Ei, foi você que tocou no assunto! – James rebateu. Eles eram amigos, mas Verônica sentia uma rivalidade crescente entre os dois. Ela olhou para Kirk, a tensão visível no rosto dele.

– Tudo bem – ela o tranquilizou, colocando a mão sobre o braço de Kirk e deixando-a ali. – Não sabemos por que nenhum deles volta, não é? – disse, respondendo à pergunta de James. – Talvez você possa discutir isso com o sr. Pescatelli.

– Não precisa ficar toda ofendida – disse James.

– Não fiquei – respondeu Verônica. Sua mão continuava no braço de Kirk. – Eu adoraria descobrir por que meu pai aparece toda manhã. E outro fantasma surgiu: um adolescente no meu banheiro!

Holly e James riram, mas Kirk a observava atentamente. Ela percebeu que ele estava com a testa franzida.

– Talvez *eu* devesse falar com o sr. Pescatelli – ela disse.

Alguma coisa, não sabia bem o que, aconteceu entre ela e Kirk. Nunca tinha realmente olhado para ele antes; não como um namorado em potencial, pelo menos. Não costumava se sentir atraída por garotos que pareciam vagamente insatisfeitos o tempo todo. Mas o olhar determinado que tinha surgido no rosto de Kirk a intrigara e a mão dele estava quente quando ele a colocou sobre a dela.

𝍸 III

August foi embora cedo, pois não havia por que trabalhar até tarde quando *Paisagem e Memória,* de Simon Schama, estava à sua espera na mesinha ao lado da sua poltrona de leitura. Ele também saiu cedo para evitar o sr. Pescatelli, que certamente estava remoendo tudo que August dissera na sala dos professores, embaralhando e separando e reagrupando as palavras até formarem uma sofisticada massa teórica que ele sem dúvida iria querer enfiar pela goela de August. Ele simplesmente não tinha tempo para isso. Decidira anos atrás o que os fantasmas eram e o que significavam, e nada que Pescatelli tivesse a dizer o interessava minimamente.

Caminhando pela calçada curva até o carro, enquanto o último ônibus do dia passava resfolegando, deixando na esteira o barulho do motor e o cheiro de diesel, ele notou Verônica bem à frente, esperando pacientemente o guarda de trânsito deixá-la passar. Estava sozinha.

Uma menina tão bonita... Que apreciava roupas atraentes e modestas, ao passo que a maioria das colegas de classe parecia competir para ver quem mostrava mais pele. Barriga de fora, decotes profundos, shorts e saias que mostravam as coxas; era isso que se passava por moda atualmente. August achava irônico que fosse a menina sem pai que se vestisse de um jeito tão simples, enquanto todas as outras com pais usavam roupas vulgares. Ele não conseguia entender como esses pais, que nem mereciam ser chamados assim, podiam ficar simplesmente assistindo suas filhas entrarem na escola e no shopping e nos carros de garotos com mãos bobas usando roupas mais apropriadas para clubes de *striptease* do que para lugares públicos. Ele não aprovaria algo assim. No entanto, admitiu para si mesmo, talvez fosse mais fácil dizer isso sabendo que nunca mais teria a chance de provar.

Ele quisera uma filha mais do que qualquer outra coisa no mundo, e os dezesseis anos que Eva vivera foram os mais felizes da sua vida.

Era uma criança frágil; tanto ela quanto a mãe quase não sobreviveram ao parto. Tinha nascido com complicações, pulmões subdesenvolvidos e asma. Madeline ficou internada por uma semana e não pôde mais ter filhos. Mas na fraqueza delas, August ficou mais forte. Ele se tornou a rocha que precisava se tornar para conduzir a família durante a crise, algo que ele fez com sucesso por dezesseis anos, até o ataque de asma que levou Eva à morte. Ele não estava lá, nem Madeline. Eva estava com o namorado e sem a bombinha de asma; a ligação em pânico de um celular não acionou a ambulância a tempo. Eva morreu numa campina coberta de neve, num dia ensolarado e sem nuvens, incapaz de absorver o ar puro e limpo de fevereiro em quantidade suficiente para sobreviver.

Estou cercado de fantasmas, August pensou, e nunca vi a minha filha outra vez. Ele segurava o volante com força suficiente para arrancá-lo do painel.

Madeline nunca se recuperou completamente da morte de Eva. Nas longas semanas que sucederam o Acontecimento ela caiu numa depressão da qual nem terapia nem remédios conseguiram arrancá-la. Ficou obcecada com a data da morte de Eva – 29 de fevereiro. O fato de essa data só se repetir a cada quatro anos a levou a acreditar que algum terrível erro cósmico fora cometido.

– Não existiu – ela murmurava, balançando-se na cadeira em que, anos antes, ninara a filhinha. – Não devia existir. – As várias tentativas de August para conversar com ela, romper a barreira crescente da depressão, esbarravam nessas frases balbuciadas que aos poucos começaram a erodir a rocha na qual ele achava que tinha se tornado.

August engatou a primeira marcha sem esperar o motor aquecer. Verônica não estava a meio caminho de casa ainda, e ele mantinha uma distância segura. Quando era mais moço, apreciava a caminhada de um pouco mais de um quilômetro até o colégio, mas não ousava mais andar naquelas calçadas lisas por causa do gelo e da lama.

Ele a observava descer cuidadosamente a ladeira até a casa dele. Ela tinha muito em comum com Eva, pensou.

Quando passou pela casa dele, Verônica não lançou nem mesmo um olhar rápido e continuou a caminhada do outro lado da rua. Isso o fez sorrir. Era para ser assim mesmo. O fantasma de Mary nunca aparecia durante a tarde, só pela manhã.

Ah, se ela não tivesse batido à porta dele naquele dia, pensou. Ele se trancara em casa, tentando ignorar a voz insistente de Madeline dentro da cabeça. Ele sabia na época que o que fizera quatro anos antes estava errado – mesmo que tivesse funcionado, tinha sido errado – e tentava se esconder até que o 29 de fevereiro fosse embora por mais quatro anos. Mas ele ouviu Mary bater e prendeu a respiração enquanto Madeline sussurrava no escuro "É Eva", e então, como se estivesse em transe, ele se viu abrindo a porta.

Ele estendeu a mão para ela, essa menina que lhe oferecera tanto conforto, e jurou para si mesmo que estava se aproximando para abraçá-la, mas em vez disso suas mãos envolveram a garganta dela e apertaram, os dedos afundando no cachecol azul-claro. Ele apertou. Apertou até que o ar deixou o corpo dela, e naquele momento ele olhou fundo nos seus olhos, com a esperança de ver a alma de Eva na luz vacilante, que se desvanecia.

Depois que essa luz se apagou, ele encontrou uma redação perfeitamente dobrada no bolso do casaco dela, o A- escrito no alto, na caligrafia caprichada da sra. Simon, a prova de quanto as aulas particulares de Bittner tinham surtido efeito. Ela tinha se enchido de orgulho e felicidade pela nota conquistada com muito esforço e estava ansiosa para mostrar ao professor o fruto do trabalho de ambos. E, em vez de elogios, o que ela encontrou...

A voz lamentosa de Madeline tinha ficado mais compassiva e compreensiva depois dessa tentativa, mesmo que fracassada. Ela estava mais tranquila desde então, mas sua crença de que a alma de Eva pudesse entrar no corpo de uma menina no momento em que o espírito dela deixasse o corpo nunca arrefeceu. Eva morreu no dia 29 de fevereiro; ela poderia voltar no mesmo dia, habitar o corpo de uma garota cuja alma tivesse recentemente partido. A cada quatro anos, August tentava outra vez, e a cada quatro anos ele olhava nos olhos de uma menina diferente enquanto ela morria, esperando que Eva enfim renascesse. A primeira, uma adolescente que tinha fugido de casa e estava de passagem na cidade, a quem ele oferecera uma carona, tinha uma luz em seus olhos que brilhou por alguns instantes depois que os pulmões pararam de funcionar.

– Perto – Madeline dissera. – Estamos perto.

Verônica estava quase na casa dela agora, a casa para onde Mary Greer iria no dia em que não devia ter parado na casa de August.

Estacionando na entrada de carros, ele ouviu a voz de Madeline tão clara como se ela estivesse sentada ao lado dele.

– É ela – disse Madeline.

Dessa vez seria diferente. Dessa vez ele a seguraria e sentiria até seu último suspiro, e fitaria os olhos dela e rezaria e veria a sua filha entrar pela porta que ele criara; assistiria o corpo começar a respirar outra vez – uma inspiração longa, contínua, sem interrupção – e então Eva estaria de volta nos braços dele. Eva, a sua filha, de volta para ele. Verônica teria partido, o espírito solto das amarras que o prendiam ao corpo, e Eva tomaria o seu lugar.

Ele tinha certeza.

Entrou na varanda a passos largos até a pesada porta da frente, resistindo ao impulso de bater, como fazia Mary, de novo e de novo.

𝍸 IIII

Ao chegar em casa, Verônica encontrou a mãe no sofá, dormindo na frente da TV, em vez de estar trabalhando na Prefeitura de Jewell City. Ela estava assistindo a um canal de culinária com o volume baixo, aparentemente. No momento passava uma propaganda do Espanta-Fantasma, um spray aerossol que garantia deixar a sua casa livre de fantasmas. Vinha em dois agradáveis aromas, de limão e *pot-pourri* de flores. Verônica subiu as escadas e foi até o armário de roupa de cama.

Escolheu uma manta de lã roxa e azul que a avó tinha tricotado anos atrás, porque tinha um leve aroma dos cubinhos de cedro que a mãe guardava com as roupas, e Verônica sabia que era o favorito dela. Se ao menos eles fizessem um Espanta-Fantasma com aroma de cedro, talvez ela conseguisse convencer a mãe a tentar.

Verônica achou que estava andando tão silenciosamente quanto um gato, mas a mãe acordou assim que ela começou a cobri-la com a manta.

– Oi, querida! – cumprimentou a mãe, com um sorriso fraco. – Como foi... o seu dia? – perguntou, bocejando no meio da frase.

– Normal – respondeu Verônica. – Como foi o seu? Não foi trabalhar? – A mãe trabalhava no atendimento ao público, ajudando as pessoas a preencher formulários fiscais.

– Não, eu fui – ela disse, e puxou a manta até os ombros em vez de se sentar. – Vim embora depois do almoço.

– Você está doente? – Ela teve o cuidado de manter a voz neutra ao perguntar; a mãe faltava ao trabalho frequentemente e saía mais cedo ainda com mais frequência. Connecticut, talvez pela proximidade com o marco zero, tinha sido um dos primeiros estados a reconhecer o Distúrbio do Estresse Pós-Acontecimento como uma doença grave, e como funcionária pública a mãe era tratada com a devida consideração, mas Verônica sempre se preocupava com a possibilidade de ela perder o emprego. Não dizia nada, mas depositava no banco quase todo o dinheiro que ganhava trabalhando no cinema, para o caso de esse dia chegar.

– Não – disse a mãe. – Eu vim para casa porque uma velhinha muito amável chamada sra. Hergstrom foi até o meu balcão. Ela estava usando um casaco azul e um chapeuzinho adorável. Eu disse "Olá, sra. Hergstrom!", mas ela só sorriu para mim. Então eu lembrei que ela morreu faz dois anos.

– Uau! Essa é a primeira vez que ela, o fantasma dela, aparece?

A mãe bocejou outra vez.

– Acho que sim. Nenhuma das outras senhoras no prédio se lembra de tê-la visto; não desde que morreu, pelo menos.

Ela fechou os olhos e Verônica teve que resistir ao impulso de alisar os vincos na testa da mãe.

– Não sei por que, mas hoje isso simplesmente mexeu comigo. Eu espero seu pai toda manhã e às vezes, quando ele desaparece, me sinto pronta para enfrentar o dia, grata por ao menos ter a chance de vê-lo outra vez e por ele parecer feliz. Outras vezes eu saio de casa e me sinto vazia por dentro. Penso "Quando morremos, é só isso que resta? Uma imagem que aparece e desaparece e fica se repetindo, como a reprise de um filme antigo?".

Verônica afagou o cabelo da mãe, que procurou a mão dela e a segurou sobre a bochecha, como se tentasse reter o calor dali.

– Eu me senti tão mal por ela... a sra. Hergstrom. Pensar que um fragmento dela está preso ao prédio da prefeitura, esperando no balcão da frente para ser atendida. Isso me dá calafrios.

– Não sabemos se é mesmo um fragmento dela – lembrou Verônica, debruçando-se sobre a mãe, abraçando-a, cobrindo uma parte dela como outra manta. – Os vídeos que gravamos com a nossa câmera são fragmentos de nós?

– Imagens, então – a mãe disse. – De qualquer forma, esse pensamento me deixa triste.

Verônica a abraçou e sentiu o perfume da mãe misturado ao cedro.

– Que tal se eu fizer o jantar hoje? – perguntou Verônica. – Temos peito de frango?

– Você não precisa fazer isso, querida – a mãe respondeu –, só porque eu sou tão medrosa.

– Mas eu quero! – garantiu Verônica, levantando-se. – Você pode fazer o mesmo quando eu tiver muita lição de casa. Quer que eu ferva água para um chá?

– Eu adoraria – ela disse, mas Verônica não percebeu nenhum traço de entusiasmo na voz da mãe.

Verônica pôs a água para ferver. Foi ao andar de cima e vestiu uma calça de moletom larga e uma camiseta rosa velha e grande demais, com o logo de um refrigerante estampado. Quando voltou para a cozinha, a chaleira tinha começado a apitar e alguma coisa naquele som a fez olhar para a mesa. Ela fitou a cadeira onde a imagem do pai aparecia toda manhã. Elas a deixavam no lugar certo para que, quando ele surgisse, parecesse estar sentado com os cotovelos apoiados na mesa no ângulo certo. Seria perturbador ver o pai atravessado pela mobília como o fantasma da professora na escola, cortado ao meio pela escrivaninha do sr. Pescatelli. É claro, seu pai não estava ali agora. Havia uma tigela de cereal, alguns guardanapos com detalhes florais num porta-guardanapo e um conjunto de saleiro e pimenteiro em formato de vacas sorridentes sobre a mesa, mas nada de jornal ou xícara de café. Ela ficou ali olhando até que o apito se tornou um guincho agudo.

Talvez fosse melhor se tivéssemos nos mudado, pensou.

Ela tirou a água do fogo. Sabia que a mãe nunca se mudaria. Provavelmente a única coisa pior do que ver o fantasma do marido na cozinha toda manhã era não saber onde o fantasma dele estava. A sra. Hergstrom provavelmente tinha filhos em algum lugar, talvez uma dezena de lindos netos. O que seria pior? Saber que a sua querida avó estava assombrando a prefeitura ou não saber com certeza se ela estava assombrando alguma coisa, em algum lugar?

Verônica escolheu duas das xícaras mais bonitas e delicadas da mãe e as colocou numa bandeja com a chaleirinha e duas colheres, e então se inclinou sobre a cadeira do pai para pegar o pote de açúcar. Não sentiu nenhum calafrio, nem o aroma sutil de tinta de jornal ou café forte. Não era a hora dele.

A mãe estava se sentando quando ela voltou com a bandeja.

– Você é tão boa para mim... – ela disse quando Verônica verteu a água quente sobre o saquinho de chá na xícara. Ela estava à beira das lágrimas, Verônica notou.

– Ops! – fez Verônica. – Esqueci o creme.

Ela se levantou e, quando cruzou o cômodo, teve uma sensação repentina, uma intuição, de que não devia ir à cozinha naquele momento. A sensação foi tão forte, o pressentimento tão ligeiro, que por um momento ela sentiu vertigem.

– Verônica? – disse a mãe. – Você está bem?

– Levantei muito rápido – respondeu, forçando-se a dar mais um passo à frente. De onde estava, conseguia ver a cozinha; tinha uma visão clara do fogão e da geladeira, mas não conseguia ver a mesinha redonda.

– Verônica?

– Estou bem! Sério! – ela disse, e foi em frente, cambaleante. Precisava ser forte pela mãe. Não tinha por que ter medo de fantasmas.

Ela estava segurando o fôlego quando entrou na cozinha, mas se forçou a olhar diretamente para a mesa.

Não havia nada ali. Nada que pudesse ver, pelo menos.

O esforço me exige muito. E fazê-lo por um motivo tão tolo! Eu a observo, momentaneamente assustada na sua própria casa, e me envergonho.

Faz tanto tempo que tudo o que eu posso fazer é observar! A ideia de que posso me manifestar e provocar emoções nos vivos é algo novo para mim. Algo que cresceu dentro de mim, desde o cataclismo. Eu não sei o que o cataclismo foi exatamente – ouvi a menina e a mãe referirem-se a ele apenas vagamente como o Acontecimento –, mas senti quando aconteceu. Milhares e milhares de almas migrando para o pós-morte, um fluxo rápido de almas. Como eu desejei que essa correnteza tivesse me arrastado junto...

Não foi a passagem de milhares de almas que me deixou aqui, entretanto; foi uma só. A de Mary. Éramos tão felizes, Mary e eu, uma felicidade tão esplendorosa que nos deixou cegos para a vida como ela realmente é. Pelo menos, cegou a mim.

Tínhamos 16 anos e apesar de o mundo dizer que aos 16 anos somos muito jovens para nos apaixonar, nós sabíamos que estávamos. Crescemos numa época em que, aos 16 anos, não é cedo demais para começar a planejar o futuro em termos de universidade e carreira; talvez fôssemos diferentes pelo fato de já estarmos fazendo esses planos juntos. Mary queria uma profissão no campo da "ajuda" – enfermagem, serviço social, cuidado de idosos –, qualquer coisa que lhe permitisse confortar e mitigar o sofrimento humano; um papel para o qual era perfeita.

Ela frequentemente dizia que gostava das suas aulas particulares com o sr. Bittner porque sentia que estava aliviando uma dor, uma solidão que ele carregava dentro do peito. Ela o via como alguém merecedor de piedade e compreensão, um viúvo solitário que precisava de contato e uma conversa ocasional com pessoas fora da sala de aula. Ela o via como um pobre homem envelhecido, que tragicamente perdera a filha e se beneficiaria da companhia de alguém que preenchesse esse papel.

Era assim que Mary o via, o homem que mais tarde iria assassiná-la. Ela o via com compaixão.

Os anos que se seguiram a isso foram longos, mas desde o Acontecimento tenho sentido surgir em mim uma energia crescente. Sinto-me como um esboço a que o artista começou a aplicar tinta. Desde o cataclismo, há lugares em que a barreira que nos separa do outro mundo está mais tênue. Não sou a única pálida aquarela começando a tomar forma.

Mas o pai de Verônica e eu somos diferentes. Não sei nem mesmo se "ele" é o termo correto, não mais do que uma fotografia do homem seria "ele". Sua visita à mesa de café da manhã da família é certamente um resultado do Acontecimento, mas ele não é igual a mim. Ao menos não acho que seja.

Acho que a diferença é que eu nunca passei para a vida após a morte. Nunca tive dela mais do que um vislumbre. Só um lampejo de luz brilhante, uma luz que tocou meu eu etéreo e então sumiu. E eu sinto frio desde então.

Por que assustei Verônica? De todas as emoções que eu podia ter tentado provocar, o que me fez escolher o medo?

Será o fato de eu conhecer essa emoção mais do que qualquer outra?

Eu estendo a mão e dedos espectrais roçam a superfície do DVR, novamente zerando o relógio. Considero essa intervenção uma piadinha irônica. O tempo se expande e se estende, mas não para nunca. O tempo não para, mas há lugares onde o tempo torna mais tênue o véu entre os mundos. Muitas imagens são mais visíveis na hora da morte, ou do nascimento, ou no momento em que as emoções estavam mais intensas. Logo chegará o mais raro dos dias, o dia que só ocorre a cada quatro anos, e então o véu estará mais tênue do que nunca: 29 de fevereiro.

O dia em que Mary morreu.

Sinto como se estivesse me esfacelando, que o que quer que me dê consciência estivesse começando a enfraquecer e se exaurir. Pode levar dias para eu me recompor. Passo pelo lugar onde o pai dela aparece toda manhã e flutuo até o andar de cima, para o banheiro, onde eu morri. O trauma da minha morte marcou esse cômodo para sempre, e essa marca foi aprofundada pelo Acontecimento. Faz parte da minha maldição que o cômodo onde morri seja aquele em que, na morte, fico mais forte. Só ali eu consigo me misturar a algo tangível. Repetir o velho padrão, a minha cena fantasmagórica em frente ao espelho do banheiro, é mais fácil agora e requer pouco esforço ou mesmo nenhuma energia. Mas sair de uma lembrança, fazer algo que eu não fiz em vida, é uma experiência extenuante.

O que resta de mim vai até a banheira, onde fechei os olhos pela última vez, onde dei meu último suspiro.

Estou tão cansado...

𝍸 𝍸 𝍷

O garoto do banheiro de Verônica não voltou a aparecer até sexta-feira. Dessa vez ela já estava pronta para vê-lo, espiando com cautela de detrás da cortina do chuveiro toda manhã, quando o rádio-relógio à prova d'água pendurado no chuveiro mostrava que era hora de ele chegar. Algumas vezes os fantasmas ficavam mais tangíveis aos poucos, como um sinal de celular que vai ficando mais forte; outras vezes simplesmente surgiam do nada, e era esse o caso do fantasma do banheiro. Sem refletir muito, ela decidiu chamá-lo de Brian.

A água continuava correndo, quente, provocando nuvens de vapor no banheiro. Ela secou os olhos na toalha fofa de algodão, pendurada na barra da cortina.

O cabelo de Brian era loiro claro e desfiado no pescoço. Ele vestia jeans escuros muito justos, com aparência de novos, e um cinto grosso de couro marrom; esquecera um passante do lado direito. Ela o via de perfil, mas já sabia que ele estava escovando os dentes. Ele fazia uma pausa, cuspia uma pasta de dente fantasmagórica que nunca chegava à pia e erguia os olhos, abrindo um sorriso largo para si mesmo.

Ela sorriu também. Foi algo natural, sem o constrangimento que se tem na presença de outras pessoas. Constrangeria muito menos meninas adolescentes, embora os dedos de Verônica estivessem segurando firme a cortina do chuveiro para que só o rosto e o cabelo gotejante ficassem visíveis.

Brian sacudiu a cabeça de leve, fazendo as mechas brilhantes e volumosas se acomodarem no lugar. Repetiu o movimento e Verônica riu. Ela diria que o cabelo dele tinha um comprimento e estilo que não estavam mais na moda, mas também conseguia pensar em meia dúzia de meninos da escola que tinham o cabelo parecido, ou mais comprido. Havia alguma coisa nele que o fazia parecer fora de época.

Então algo estranho aconteceu. Ele ergueu a mão para correr os dedos pelos cachos bonitos e quando fez isso seu rosto ficou visível no espelho.

Foi tão repentino que ela ofegou e fechou a cortina com tanta força que os anéis de metal que a prendiam na barra tilintaram.

Os olhos dele eram azuis. Ele piscara e olhara diretamente para ela, rápido assim.

O coração de Verônica acelerou, e sua nudez era algo de que ela estava totalmente consciente agora. Fantasmas não tinham reflexo no espelho. Ou tinham? E eles teoricamente faziam sempre a mesma coisa; não eram capazes de pensar ou agir de forma independente, ou pelo menos era nisso que a maioria acreditava. Ela tinha lido em algum lugar que o padrão dos fantasmas às vezes se estendia, mas suas ações não costumavam mudar. Será que o padrão tinha apenas se estendido ou realmente mudado? Na última aparição ela tinha corrido do banheiro, sem assistir ao "espetáculo" inteiro.

Ela respirou fundo e espiou pela borda da cortina. Brian continuava ali com o pente na mão, mas o reflexo se fora. E então, ele sumiu também.

Ela fechou o chuveiro e começou a se secar com a toalha macia. Não estava com medo, disse a si mesma, só chocada. O banheiro estava cheio de vapor, mas o espelho não estava embaçado. Os fantasmas abriam exceções para todo tipo de lei da física. Verônica foi até a pia, e sua pele começou a formigar no momento em que ela se aproximou do lugar onde Brian estava.

O cone de ar frio cobrindo a área ao redor era como uma carícia gelada no meio do banheiro quente e úmido. Ela estremeceu.

Forçou-se a olhar no espelho. Foi acometida por um sentimento estranho e vertiginoso e repuxou os lábios imitando o sorriso largo que Brian abrira para si mesmo. Ou para ela, pelo que parecia. A alegria que ela sentiu quando ele sorriu foi ainda maior do que o lampejo de felicidade de quando os olhos do pai encontravam os dela. Ela secou o cabelo e se vestiu no banheiro.

Atração, ela pensou. Uma coisa tão estranha, imensurável. Ela pensou em todos os garotos da sua classe e se perguntou por que sentiu uma atração imediata por esse menino fantasma e níveis variados de atração pelos caras de verdade da escola. De volta à aparência – Brian era bonito, mas não era um deus grego nem nada, e ele tinha um corte de cabelo idiota e esquecera um passante do jeans. Estava entre James e Kirk, os dois garotos que mais a agradavam no quesito aparência. O que mais eles tinham em comum? O que mais os tornava diferentes? Ela percebeu que sentia uma agitação parecida quando via cada um deles – e talvez aqui Brian se saísse um pouco melhor, porque havia algo totalmente mágico e inesperado nas suas aparições matinais. James provavelmente seria o mais protetor, mas ela na verdade não precisava ser protegida – e, de qualquer maneira, ninguém podia proteger ninguém de um Acontecimento. Ele acontecia ou não. Mas para conversar... e ser compreendida... ela não tinha certeza ainda, mas achava que Kirk ganharia essa.

Apesar disso, Brian estava sempre na periferia dos pensamentos dela; como se o ar frio que ela sentia em frente ao espelho do banheiro contivesse em seus átomos lembranças profundas dele, traços da sua personalidade. Ela achava que podia dizer qualquer coisa a ele, qualquer coisa que quisesse, e era provável que ele a entendesse perfeitamente. A única desvantagem, se é que poderia chamar assim, é que ele não podia responder.

– Eu não sei o que quero – ela disse em voz alta, e as palavras pareceram pairar no ar como a presença dele, antes. Talvez, no final das contas, tudo o que ela realmente quisesse era alguém que estivesse ali, de verdade, ao lado dela. – Ah, se você fosse real...

No andar de baixo, sua mãe estava sentada de frente para o marido fantasma, à mesa da cozinha, comendo um *muffin* amanteigado e bebendo uma xícara de chá.

– Oi, docinho! – ela cumprimentou quando Verônica entrou. – Tem água quente se você quiser chá, e eu deixei *muffins* do lado da torradeira.

Verônica percebeu que as bochechas da mãe estavam riscadas de lágrimas. Pousou as mãos nos ombros dela.

Verônica observou o pai virar a página. Ele estava virando a página quatro do caderno de negócios e logo estaria absorto num artigo sobre aquecedores domésticos a óleo. Era assim que o dia delas começava. Mais uma vez.

𝍸 𝍸 𝍷𝍷

– E aí? O que vai fazer hoje à noite? – James perguntou a Kirk enquanto iam para a aula de Pescatelli. – Além de descabelar o palhaço.

Às vezes, James podia ser um cara realmente irritante. Na maior parte do tempo, na verdade, mas Kirk não deixava transparecer. Seria como esfregar urtiga nas mãos, só ia deixar a irritação ainda pior.

– O palhaço está precisando de uma boa descabelada, devo admitir – ele disse –, mas vou trabalhar hoje à noite.

– Você é um barista bom pra caramba, Kirk! – disse James, dando um tapinha nas costas do amigo com mais força do que o necessário. – Um dos melhores de todos os tempos. Na verdade, para demonstrar a minha consideração, vou deixar uma moeda de gorjeta quando levar Ronnie para tomar um café de graça antes do filme. Cafeína é melhor que álcool num encontro. Deixa as garotas... excitáveis, se é que você me entende.

Kirk olhou James de lado, convencido e arrogante. O fato de que ele ia levar Ronnie para sair era o que ele chamava de chutar um homem caído.

– Eu acho que passar lá para um café é uma ótima ideia, Jimmy – ele disse. – Ela vai precisar para ficar acordada. Vou adorar preparar uma das nossas deliciosas bebidas, feita com os melhores grãos de café e água filtrada, pela qual você ficará feliz em pagar.

– Ah, qual é? – disse James, sem se sentir insultado. – Dá uma força para um amigo.

– Não posso, amigão. Nada de bebida grátis.

– Por favor, esses cafés são uma fortuna! E ainda tem os ingressos e a droga da pipoca...

– É assim que eu faço tanta grana.

– Cara...

Eles chegaram à classe quando o segundo sinal tocou. Kirk devolveu o tapinha nas costas com tanto gosto que fez James cambalear.

– Cara – ele disse –, veja por este lado. Um dos motivos por que as cafeterias ficam abertas até tarde é para que cretinos como você possam escapar de pagar um jantar para uma garota.

Kirk notou que Verônica estava olhando para eles quando se sentaram. A carteira de Janine estava vazia ao lado dela. James era amigo dele, mas Kirk não conseguia deixar de torcer para que o encontro entre os dois fosse um desastre, quem sabe com um final bem dramático, com Verônica entornando um *macchiato* de caramelo – feito pelo próprio Kirk – na cabeça de James.

Verônica chamava a atenção de Kirk havia muito tempo. A autoconfiança, o jeito como ela se comportava... Era diferente da maioria das garotas da escola, que se vestiam e agiam como se outro Acontecimento estivesse prestes a acontecer.

Engraçado, ele pensou. Se estivessem na iminência de outro Acontecimento, ele preferiria encará-lo com alguém como Verônica. Ele sabia que ela era considerada por muitos a menina mais "rodada" da classe, mas isso não o incomodava, só o fazia pensar que ela escolhera continuar viva. Desde o Acontecimento, a maior parte das pessoas vivia num passado nostálgico ou num futuro incerto. Verônica vivia no presente e, se ele tivesse que escolher uma qualidade que a tornava mais vibrante que aquele bando de meninas melancólicas (e nesse momento ele pensou na pobre e trêmula Janine) do Colégio Montcrief, seria ela.

– Há quanto tempo ela trabalha no cinema? – James sussurrou.

– Não sei – disse Kirk, mas ele sabia – com precisão. O cinema ficava bem ao lado da Starbucks onde ele trabalhava e Kirk sempre via Verônica chegando. Ele duvidava que ela já tivesse notado. – Alguns meses, acho.

– Talvez ela consiga nos fazer entrar de graça numa das salas, também – disse James. – Com um pouco de sorte, não vou ter que pagar nada.

– Você vai pagar – Kirk disse. – Ah, mas vai pagar...

James, rindo, deu um soco no ombro de Kirk, fazendo-o perder o equilíbrio por um instante.

– Veremos. Talvez eu consiga ir para a casa dela, protegê-la do fantasma.

– É – concordou Kirk. – E eu espero que o fantasma a proteja de você.

Ele falou – mais ou menos – de brincadeira, mas a piada deu uma ideia a ele. Uma ótima ideia de como ele poderia fazer Verônica prestar mais atenção nele.

Ele observou o amigo arrogante andando de modo afetado, a boca repuxada num sorriso de autossatisfação.

– Ela não gosta de você de verdade – ele pensou –, então fique esperto.

– Ah, é? De quem ela gosta? De você?

Kirk piscou. Ele tinha mesmo dito aquilo em voz alta?

– Só estou avisando. Vale tudo no amor e na guerra. Vocês dois não são um casal nem nada, é só um encontro.

James pareceu chocado e um pouco magoado.

– Mas que sacana! Você tentaria mesmo alguma coisa?

– Só estou dizendo. Que vença o melhor.

– Ok, boa sorte, então – James disse com todo o desdém que conseguiu reunir. Que era considerável, pelo visto. – Essa batalha já está ganha.

Mas Kirk tinha visto o olhar dela quando estavam falando sobre os fantasmas. O pai dela. O garoto no banheiro. James podia ter um encontro, mas Kirk estava começando a achar que sabia como chegar ao coração de Verônica.

– Ok – disse Pescatelli. – Nada de brincadeiras hoje. Vamos direto ao assunto e começar logo o trabalho. Quero que escolham um dos sobreviventes cuja história é narrada em *Hiroshima* e descrevam em duas páginas como imaginam que tenha sido um dia na vida desse personagem, entre a trama principal e os últimos capítulos. Podem escolher qualquer um dos seis, aquele que acham que conhecem melhor. Entrem na cabeça dele. Quero que pensem como eles pensavam. Criatividade não pega nada mal nessa tarefa. Perguntas?... Podem começar.

Um gemido coletivo, pouco mais que um sussurro, percorreu a classe, mas Kirk ficou aliviado, na verdade. Às vezes era mais fácil fazer as tarefas do que suportar a falação interminável de Pescatelli.

Ele achava, no entanto, que era melhor se acostumar, porque se queria pôr em prática o que estava planejando, teria que passar muito mais tempo com Pescatelli.

Fantasmas, ele pensou. Ronnie tem curiosidade para saber sobre fantasmas.

– Eu te encontro mais tarde, cara – Kirk disse a James quando o sinal tocou.

– Que seja... – James respondeu, olhando para ele com uma expressão estranha, como se achasse esquisito Kirk ficar depois da aula para falar com o Peixe.

Kirk rodeou, indeciso, a mesa de Pescatelli, observando James passar o braço pelos ombros de Ronnie. Era impressão ou ela tinha se encolhido um pouco? Ele esperava que sim.

– Quer alguma coisa, Lane? – o Peixe perguntou. Ele sem dúvida era um cara mal-humorado, pensou Kirk.

Pescatelli tinha soltado uma risada alta e brusca quando o fantasma da professora de vestido rosa apareceu, usando-a como um sinal para finalizar o trabalho, mas logo depois disso seu humor e sua aula mergulharam num pântano depressivo de ideias fragmentadas. Kirk queria dizer a ele para desistir de *Hiroshima* e *On the Beach* e toda a chamada "literatura do apocalipse" e trocá-la por algo mais leve. Algo sobre duendes, talvez. Ou animais antropomórficos. Qualquer coisa.

– Lane? – ele repetiu. Se você olhasse Pescatelli do ângulo certo, os óculos dele davam a impressão de que os olhos estavam dos lados da cara, como se ele fosse um linguado.

– Ãh, eu... Eu estava querendo saber... – Kirk disse, nervoso e gaguejante sem saber por quê. – Queria saber se eu poderia fazer um trabalho independente. Sabe? Para ter crédito extra.

Pescatelli piscou, e talvez ele tivesse consciência de como seus olhos ficavam cômicos refletidos nos óculos, porque os tirou um segundo depois.

– Está maluco? – disse ele, empurrando Kirk levemente na direção da porta. – Você tem uma das melhores notas da classe. Saia. Vá viver um pouco. Você precisa de um bronzeado, não de crédito extra.

Ele é mesmo pirado, Kirk pensou. Ninguém ia conseguir um bronzeado em fevereiro, não em Jewell City.

– Eu estava pensando em estudar os fantasmas – Kirk disse.

Pescatelli se inclinou para a frente, apoiando-se nos cotovelos, perturbando o delicado ecossistema da sua mesa, derrubando no chão alguns papéis e uma caneta. Kirk observou a caneta rolar para baixo de uma cadeira, mas não esboçou nenhum movimento para pegá-la. Quando falou, Pescatelli pareceu ainda menos feliz do que geralmente.

– É uma piada, certo? O que você está tentando fazer comigo, Lane?

– Nada! – ele disse, parecendo mais na defensiva do que queria. – Só pensei...

– Pensou o quê? Em se divertir um pouco às custas do Peixe?

Kirk ficou chocado ao ouvir da boca de Pescatelli o apelido que raramente era usado carinhosamente.

– É sério! – insistiu Kirk, erguendo o caderno e a sua cópia de *Hiroshima* na frente do corpo como se fossem um escudo. – Achei que seria interessante, só isso.

– Bobagem – contestou Pescatelli. – Sempre que eu menciono os fantasmas na classe o olhar de desgosto no seu rosto poderia espantar vampiros. Que joguinho é esse?

Kirk deu de ombros, e ele sabia que o olhar de desgosto estava voltando para o seu rosto. Ele tinha tentado buscar ajuda – e *oferecer* ajuda, num certo nível – e se deu mal. Que se dane, pensou.

– Eu queria aprender alguma coisa – começou – para ajudar uma garota que eu conheço.

– Uma garota?

– É, uma garota. Elas são mais delicadas, bonitas e cheiram melhor do que nós.

O sarcasmo surtiu um efeito estranho em Pescatelli. Ele riu alto e pareceu relaxar um pouco quando se recostou na cadeira.

– Você está tentando impressionar essa garota, é isso?

– É – Kirk respondeu. Quando tudo mais falhasse, a sinceridade podia ser uma boa política. – E ajudá-la de alguma forma.

– Verônica Calder?

– É – Kirk respondeu, surpreso. Pescatelli dava aula como se nem soubesse que havia alunos ali, ou como se fossem todos fantasmas sentados em fileiras bem arrumadas. Como ele tinha percebido um drama menor como a paixão de Kirk por Ronnie, era um mistério. – Como você sabe?

O Peixe riu silencioso.

– Ela é a escolha óbvia. E conquistar o coração de uma mulher é a melhor razão para querer crédito extra que eu já ouvi em todos os meus anos de professor.

– Ok, gozações à parte...

– Não estou te gozando – disse o Peixe. – Minha esposa costumava me dizer que uma das coisas que a atraíam em mim era me ver trabalhando num dos meus projetos. Era assim que ela chamava os meus livros, projetos.

– Vocês já eram casados?

– Eu era – disse o Peixe, baixando os olhos. – Você tem carteira de motorista?

– Tenho – Kirk respondeu.

– Ok. Nós vamos fazer um trabalho independente. Trabalho de campo. Me encontre na biblioteca hoje às cinco.

– Não posso. Vou trabalhar.

– Tudo bem. No sábado, então. Eles abrem às dez. Pode ir?

Posso, mas não *quero*, Kirk pensou. Ele faria um turno completo no sábado à noite, começando às oito horas, e estava a fim de dormir e talvez passar um tempo levantando peso, mas a imagem de Ronnie surgiu na sua mente.

– Vou estar lá.

– Certo.

Pescatelli se virou para as janelas com vista para o campo de futebol. A escola ficava tão no alto da colina que as nuvens negras sopradas a grandes alturas na atmosfera, no dia do Acontecimento, deveriam ter ficado visíveis daquelas janelas por semanas.

Verônica só ficou *realmente* brava na segunda vez em que James tentou passar a mão nos seus peitos. O que a deixou especialmente irritada foi que eles estavam num lugar público, ainda que no escurinho da sala de cinema. Ele poderia ter pelo menos esperado até parar o carro em algum lugar. O resultado teria sido o mesmo, mas pelo menos ele seria a única pessoa constrangida.

– O que foi? – ele perguntou depois que ela lhe deu uma cotovelada forte.

– Para com isso, James! – disse ela. Tinha pedido por favor da primeira vez, mas sua paciência se esgotara.

– Também não precisa surtar! – ele disse, massageando o lugar atingido. Ótimo, ela pensou. Ele vai ficar massageando o próprio peito por um tempo.

Verônica estava arrependida de não ter cancelado o encontro. Todo aquele tempo passando sua roupa e arrumando o cabelo podia ter sido gasto de um jeito mais produtivo. Ela podia ter terminado *Hiroshima* ou começado a tarefa de História. Podia ter ligado para Janine e perguntado se ela estaria interessada em ir a um shopping livre de fantasmas. Podia ter passado aspirador no seu quarto ou contado as latas de molho de tomate na dispensa; nesse momento, qualquer coisa seria preferível.

James passara na casa dela quinze minutos antes do combinado e a levara à Starbucks, aparentemente com a única intenção de humilhar Kirk na frente dela. James trabalhava na empresa de construção do pai nos finais de semana e nas férias, e achava hilária a ideia de o amigo trabalhar numa cafeteria.

Verônica não achava. Kirk não ficou irritado com a provocação, embora parecesse mais do que uma simples brincadeira, e ela pensou consigo que, se Kirk demonstrasse algum interesse por ela, Verônica o incentivaria. James era um babaca. Um babaca boa-pinta e arrogante. Ela vira sinais disso na escola, mas ele os mantinha fora de vista, um pouco abaixo da superfície da sua personalidade. Ela desconfiava de pessoas que agiam de um jeito em público e de outro em particular.

Ela nem gostava de café, preferia muito mais o chá-verde que preparava em casa.

Ela olhou para Kirk quando estavam indo embora, e ele pareceu mais desapontado do que nervoso, apesar de James ter reclamado do gosto, da temperatura e dos vários nomes dos tamanhos das doses da Starbucks, e finalmente do preço da sua bebida. Ela sorriu para Kirk quando eles saíram, mas a expressão dele não mudou. Ela se sentiu mal por ele, e achou que James tinha escolhido uma péssima forma de começar o encontro. Um total erro tático da parte dele.

O filme também não era muito bom. Adolescentes fazendo sexo num acampamento à beira do lago, até que aparece o assassino em série: uma criatura enorme, semelhante a um zumbi, aparentemente construída a partir dos cadáveres dos mais violentos criminosos executados no país. O filme deveria ser emocionante, ela supunha, mas não era nada além de um pouco nojento.

– Você quer sair daqui? – James tinha sussurrado, beijando-a de leve no pescoço.

– Não – ela respondeu, mesmo querendo ir. Não para onde quer que James pretendesse levá-la, mas parar de ver aquele filme horrível e ir para casa. Mas ele queria sair dali, então Verônica ia fazê-lo assistir ao filme inteiro.

Quando acabou, ela levantou do seu assento rapidamente, antes que ele pudesse tentar segurar a mão dela, ou pior, passar o braço pela sua cintura. E então levou o maior susto daquela noite: o sr. Bittner estava sentado duas fileiras atrás deles.

– Olá, Verônica! – ele cumprimentou, vestindo o casaco cinza e se levantando. – Sr. Trantolo.

– Oi, sr. Bittner – respondeu ela. James grunhiu como se dissesse, "não estamos na escola e não temos que falar com você".

– Gostou do filme? – ele perguntou a ela, excluindo James. Seus lábios finos e secos estavam apertados, esboçando num dos cantos a mais tênue lembrança de um sorriso. Era a mesma expressão que ele tinha nas aulas, antes de humilhar um aluno por não ter lido o texto de lição de casa. Ela estava mortificada, porque ele devia ter visto o babaca do James apalpando-a.

– Hum... – ela disse – não muito. – Os olhos do sr. Bittner estavam negros sob a aba do chapéu.

– O senhor gostou? – perguntou James, passando o braço pelos ombros de Verônica. Se eles estivessem falando com qualquer outra pessoa ela provavelmente teria afastado James e talvez batido nele outra vez, mas alguma coisa na expressão do sr. Bittner a fez dar graças a Deus pelo braço de James estar ali, mesmo que o contato em público a constrangesse.

O sr. Bittner riu.

– Não faz o meu tipo, sinto dizer – ele disse, levantando a mão grande aberta. – Não sei por que fiquei até o final, para ser sincero.

A mão dele era do tamanho da cara, ela pensou. Enquanto ele a baixava, seus olhos pousaram nas juntas dos dedos, grossas, nodosas, um tufo de cabelo branco e grosso saindo de cada um deles. Era uma mão muito forte, ela pensou, muito mais do que seria preciso para virar páginas amareladas de esquecidos livros de História. O sr. Bittner podia ter sido um ótimo guitarrista, ela pensou, ou um empinador de pipas. Ele apertou os longos dedos e Verônica percebeu que tinha passado um bom tempo encarando-os.

– Sr. Bittner? – ela disse, tentando voltar à realidade.

– Sim?

– O senhor mora no bairro há muito tempo, não é?

A expressão dele pareceu ficar mais sombria.

– Um bocado de tempo. Por quê?

– Tem um... Tem um fantasma na minha casa. Um adolescente. Será que o senhor o conheceu?

Ele pareceu quase fulminá-la com os olhos.

– Lamento dizer que nunca fui muito íntimo dos meus vizinhos – ele disse. – Uma grande falha, sem dúvida.

Que cara estranho!, ela pensou, estremecendo.

– Ah, tudo bem.

Ele ficou ali de pé e Verônica teve a impressão de que ele estava tentando olhar nos olhos dela, como sua mãe fazia às vezes, quando suspeitava que Verônica estava mentindo.

– Temos que ir – disse ela. – Até segunda, sr. Bittner.

Ele sorriu, vincando ainda mais o rosto quadrado e vermelho.

– Cuide-se, Verônica – ele disse. – Sr. Trantolo.

– Cara, que velho esquisito! – exclamou James quando estavam dentro do SUV do pai dele. – Ele parece Jack, o Estripador, com aquele sobretudo e o chapéu.

– No fundo ele é bem legal – Verônica respondeu, mais pela necessidade de discordar de qualquer coisa que James dissesse, ainda que ela já tivesse achado, *um dia*, que o sr. Bittner era um cara legal. Mas, na verdade, o sr. Bitter *era* de fato esquisito.

Ela se deu conta de que James estava falando.

– O quê?

– Eu disse que eu odeio aquele cara.

– Sério? Por quê?

– Só com muita sorte vou passar.

– Que pena. Eu gosto muito da aula do sr. Bittner.

– É porque você é inteligente. Aposto que ele assassina todos os alunos burros.

Então ele perguntou se Verônica queria ir até o lago.

Ela não sabia se devia ficar lisonjeada e admirar a persistência dele ou pasma com a incapacidade do cara de captar o que ela achava serem sinais evidentes.

– Não esta noite. Eu não poderia ir ao lago depois de ver um filme assustador daqueles – disse, deixando barato para ele. Foi bom ter o braço de James sobre os ombros enquanto falavam com o sr. Bittner. Proteção. Segurança. Eram coisas boas, mas depois ele tinha aberto a boca.

– Uma outra hora, então? – perguntou ele. Pelo menos não tinha tentado a tática do filhotinho abandonado. Ela odiava quando garotos faziam aquela cara tristonha de vítima.

Subia no seu conceito o homem que aceitasse uma decepção com elegância. James ligou o carro e dirigiu até a casa dela sem falar nenhuma bobagem, e eles tiveram uma conversa agradável sobre as faculdades em que estavam interessados, o que faziam nos fins de semana e o que James gostava e não gostava com relação a trabalhar para o pai. Em determinado ponto da conversa, Verônica achou que, se o encontro tivesse começado daquela forma, poderia ter acabado de um jeito bem diferente.

Eles desceram a colina e passaram pela escola, na direção da casa dela. Quase chegando, ela olhou para a casa do sr. Bittner, que estava às escuras, exceto pela luz âmbar iluminando o local onde Mary Greer batia à porta toda manhã. O Volvo cinza não estava na rampa.

Sem saber por que, ela se encolheu dentro do casaco. O arrepio ainda a percorria um minuto depois que James parou o SUV na entrada da casa dela, e por causa dessa sensação ela decidiu lhe conceder um beijo rápido e amigável, antes de agradecer e sair do carro. Ela parou na varanda e acenou quando ele deu ré e foi embora, mas o beijo não tinha ajudado em nada a acabar com a inquietação.

August os seguiu do cinema até em casa a uma distância respeitosa, interessado em ver se o par de Verônica, encharcado de colônia, iria tentar alguma coisa além do que tentara no cinema. Ele também estava curioso em saber se ela iria ceder e sucumbir às investidas do namoradinho. Era o que acontecia com a maioria das garotas da idade dela, ele sabia, que tinham tão pouca autoestima que a suposta resistência logo cedia sob a pressão constante e insistente do garoto. Ele via versões microcósmicas dessa fraqueza reiteradas vezes nas suas aulas e nos corredores, quando as meninas permitiam que meninos burros e suados as afagassem, apertassem, beijassem e praticamente tudo mais.

– Você precisa se preparar – disse a esposa. – Pode trazer Eva de volta, August.

August não queria responder, mas ele sabia que seus silêncios só a incentivavam.

– Precisa ser no dia certo, não é? – perguntou. – Eu achei que precisava ser no dia certo ou não teria chance de funcionar.

– Sim, tem que ser no dia certo, seu velho tolo! – respondeu ela. – Mas você precisa se preparar. Pelo bem de Eva.

August cerrou os dentes, engolindo a resposta. Ele ficou surpreso ao se ver na sua própria rua tão cedo. Tinha certeza de que o garoto Trantolo a levaria direto ao lago, para uma sessãozinha de amassos no banco de trás, como os jovens tolos daquele péssimo filme que tinham acabado de assistir.

August não tinha muita certeza do que faria se eles tivessem ido ao Lago Mouse ou a uma das muitas entradas do bosque aonde centenas de casais jovens de Jewell City iam todos os anos. Ele tinha a ideia vaga de estacionar o Volvo na beira da estrada em algum lugar e segui-los floresta adentro a pé, mas a ideia de se esgueirar entre os arbustos espinhosos vestindo seu sobretudo era absurda, sem mencionar o fato de deixar o carro na estrada, onde poderia facilmente ser visto e identificado por qualquer um que passasse na estrada.

Ao chegar em casa, ele deixou a lâmpada da varanda acesa, mas não acendeu nenhuma luz do lado de dentro. Estava pensando, enquanto subia os degraus, em como sua vida seria diferente se a filha estivesse viva.

– Tem certeza dessa vez? – perguntou, com a voz suave. – Não funcionou das outras vezes, não é? Não estaremos cometendo um erro em...?

– Erro? – disse Madeline, a voz ecoando como um trem de carga invadindo a caverna da sua mente. – Um erro? Você não ama a nossa filha, August? Você não ama Eva?

August fechou os olhos e viu uma imagem dela.

– Sim – sussurrou.

– E não quer vê-la de novo? Não quer resgatá-la desse mar de fantasmas e realmente vê-la de novo?

– Você sabe que sim.

– Se fosse verdade, se você realmente a amasse, não ficaria choramingando por causa de uns poucos supostos "erros". Você a viu, não é? Quando as outras deram seu último suspiro, você a viu nos olhos delas, olhando para você. Não é?

– Sim – ele disse. – Acho que sim. – Ele vira algo nos olhos delas, um tipo diferente de consciência ou sabedoria que não estava ali momentos antes.

– "Acho que sim", ele diz. Você acha que sim. Ela estava lá. Ela quase conseguiu e, se você não pode ver isso, é porque é um tolo, August Bittner. Um maldito tolo. Eu acho que você não ama nossa filha coisa nenhuma. Acho que você não *me* ama coisa nenhuma.

– Madeline...

– Porque se você a amasse mesmo... se você me amasse mesmo, faria tudo ao seu alcance para trazê-la de volta. Qualquer coisa.

Com os olhos ainda fechados, ele invocou a imagem de Verônica. Uma garota doce, pura, sem pai – poderia ser ela a ajudá-lo.

– Eu faria qualquer coisa, Madeline – ele disse. – Você sabe que eu faria.

– É ela, August. Tenho certeza. É ela que deixará você trazer Eva de volta.

Ele tinha uma visão clara de Verônica agora, caminhando pela calçada em frente à sua casa, a luz incidindo em seus cabelos castanho-avermelhados e a cabeça levemente inclinada na direção da casa dele. August contou os passos dela até que não pudesse mais vê-la. Sorriu, e pôde se imaginar sorrindo em antecipação ao vê-la passando por lá toda manhã, com chuva ou com sol, para sempre com 16 anos, o olhar espectral fixo em Mary, sua irmã espiritual, enquanto ela, como uma marca silenciosa, batia à porta descascada de August. Ele se viraria e lá estaria Eva, mas uma Eva sólida e real e sorridente, e juntos eles assistiriam aos fantasmas das outras meninas se desvanecerem.

A imagem era tão vívida que era como se a filha já estivesse junto dele.

No sábado, Kirk encontrou o Peixe num canto da biblioteca, atrás de uma pilha de livros grossos. O professor olhou para ele e piscou uma vez.

– Não achei que fosse vir – confessou.

– Eu disse que viria – Kirk respondeu, sentando-se de frente para o professor de Inglês no que talvez fosse a cadeira mais rangente do mundo. Ele olhou em volta, sem jeito, mas a biblioteca não era exatamente o ponto de encontro mais quente numa manhã de sábado.

– Achei que talvez o seu ardor pela srta. Calder tivesse...

Kirk ergueu uma mão.

– Tudo bem, eu contei por que queria fazer esse projeto, mas não quero voltar a discutir o assunto, ok? Vamos nos ater aos fantasmas e deixar Ronnie fora da conversa. Pode ser?

O Peixe assentiu levemente.

– Como quiser. Há lugares piores para uma decepção amorosa do que uma biblioteca.

– Eu vou ter que ler tudo isso? – perguntou Kirk, apontando para a pilha de livros que o Peixe selecionara. *Fantasmas: Uma História Ilustrada,*

Locais Mal-Assombrados, Aparições e Poltergeists. A maioria dos livros parecia ter décadas, as capas de plástico velhas e rasgadas.

– Claro, como se fosse muito difícil para você – ironizou o Peixe. – Muito me engano ou você é o garoto que mais lê na sua turma. Estou falando de todos os alunos da sua série, não só dos da aula de Inglês. Dá para ver pelas redações que você faz, todas sarcásticas e presunçosas. Você disse que queria crédito extra; não pense que vou te dar de bandeja.

Kirk sentiu o rosto ficar vermelho e se perguntou quem o Peixe pensava que era para acusar alguém de ser sarcástico.

– Ok – ele disse, puxando a pilha de livros para mais perto. – Então eu tenho que ler isto aqui. O que mais?

O Peixe empurrou um grosso fichário preto para Kirk.

– Você tem que ler as minhas anotações. E ainda tem o trabalho de campo. Estou escrevendo um livro sobre os fantasmas dos tempos modernos. E, aliás, se contar isso a alguém, pode dizer adeus ao seu crédito extra. E você vai me ajudar com as pesquisas.

– Por uma porcentagem generosa dos direitos autorais? – perguntou Kirk, abrindo o fichário. Dentro, mais de duzentas páginas de um manuscrito digitado. Ele se perguntou se devia contar ao Peixe que todo mundo já supunha que ele estivesse escrevendo um livro, e que não era o segredo que ele achava que era.

O Peixe franziu a testa.

– Cai na real. Se você fizer um trabalho decente eu te dou o crédito no livro. Não vai haver muito retorno financeiro. As pessoas não querem ler nada que tenha a ver com o Acontecimento.

– Então é sobre o Acontecimento?

– Não tem como não ser – respondeu ele. – Tudo é sobre o Acontecimento. Minha teoria principal é que as imagens, ou a maior parte delas pelo menos, ocorrem por causa da relativa proximidade com o local do Acontecimento. Você não ouve falar muito em atividade paranormal na Costa Oeste.

– Por que você chama os fantasmas de "imagens"?

– Eu quero afastar as pessoas dessa ideia de que eles são "fantasmas", com todo o medo e a metafísica que acompanham esse termo. Eles são como fotografias, nada mais. Nós só não entendemos o meio de comunicação que os reproduz.

– Sério? Mas e quanto ao...

O Peixe ergueu a mão, interrompendo Kirk.

– Eu sei o que você vai dizer. Você vai me dar um monte de exemplos de casos em que os fantasmas parecem demonstrar consciência ou "assombram" ou coisa assim. Não ligue pra isso. Leia os livros primeiro e, aí sim, me dê a sua opinião.

– Então você acha que as pessoas vão mesmo querer comprar o seu livro? – Kirk perguntou. A teoria do Peixe não parecia muito interessante.

– Garoto – começou ele –, eu não vou te dar nenhuma parte dos lucros. Talvez, se você tiver muita sorte, eu te deixe alguma coisa no meu testamento.

Kirk limpou a garganta.

– Você mencionou um trabalho de campo?

– Sim. Quero que você rode pela cidade documentando visualmente tantos fantasmas quanto puder, e quero que faça anotações precisas de quando e onde eles apareceram. Também quero que tente entender por que eles estão aparecendo.

– Por quê? – Kirk perguntou. – Achei que tivesse dito que eles estão aparecendo por causa do Acontecimento. Uma teoria não muito original, aliás.

O Peixe discordou com a cabeça.

– Não estou falando das circunstâncias que os fizeram a aparecer – explicou. – Estou falando das circunstâncias que os levam a aparecer da *maneira* como aparecem.

– Não estou entendendo.

– Só confie no processo – sintetizou o Peixe.

Kirk suspirou.

– Então, basicamente, você quer que eu saia por aí filmando fantasmas?

O Peixe fez que sim e passou um pequeno estojo de couro para Kirk.

– Isso mesmo. Aqui tem uma câmera para você.

Kirk virou a maleta desajeitada nas mãos.

– Meio antiquado, não acha?

– Assim como esta biblioteca. Tenho dez fitas aí; as imagens não aparecem com tanta clareza em mídias digitais, por alguma razão.

Kirk abriu o estojo e tirou a câmera de dentro, com uma tira de couro que se ajustava perfeitamente à sua palma. Ele girou o corpo com ela nas mãos, como se filmasse a biblioteca.

– Legal.

– Pode ficar com a câmera quando acabar – o Peixe disse –, junto com a nota máxima que você já ia ganhar na minha matéria.

Kirk apontou a câmera para o professor e apertou um botão para gravar.

– Você também pode escrever para mim uma brilhante carta de recomendação para a faculdade.

– Feito! – concordou o Peixe.

– É bom escrever mesmo! – Kirk disse. – Eu tenho isso gravado.

O Peixe sorriu, reclinando-se na cadeira. Uma mulher idosa vestindo uma blusa cheia de babados passou por eles com uma pilha de livros debaixo do braço. Ela olhou para eles e pôs um dedo sobre os lábios severos mas sorridentes, mandando que fizessem silêncio. Em seguida desapareceu.

– Você devia ter filmado *isso*! – disse o Peixe.

O Peixe tinha uma teoria segundo a qual, depois de hospitais, fábricas e escolas, as bibliotecas eram os lugares mais mal-assombrados do país. Ele contou a Kirk que havia outra imagem, de uma garotinha, no andar de baixo, perto dos livros infantis, se ele quisesse conferir.

– Você tem dezessete minutos antes que ela chegue – ele disse, consultando o relógio de pulso. – Por favor, anote cuidadosamente a hora em que começa e termina o fenômeno, e faça uma descrição breve. – Então o professor se despediu, dizendo que falaria com Kirk na segunda-feira.

Kirk desceu os degraus acarpetados, gastos de tanto serem pisados por milhares de tênis. A bibliotecária da seção infantil lançou um olhar divertido para Kirk e ele percebeu que ainda estava segurando a câmera e levando o resto do material numa mochila que parecia pesar cento e cinquenta quilos.

– Eu vou gravar o... fantasma – ele explicou. Ela não lhe era familiar, uma moça de cabelos pretos, mas houve um tempo em que Kirk conhecia todas as bibliotecárias da seção infantil. Sua mãe costumava trazê-lo ali toda semana e o deixava levar, de uma vez, três ou quatro livros de fábulas. Um dia ele encontrou algumas antologias de Alfred Hitchcock, livros velhos com capas duras lustrosas em tons escuros de verde e cinza, e uns romances de Ray Bradbury algumas prateleiras adiante. Esses livros foram a sua porta de entrada para o andar de cima. Adeus, fábulas de raposas e corvos.

– Ah! – fez a mulher, e se ela dissesse a Kirk que isso era contra as regras, totalmente contra as regras, ele não ficaria surpreso. – Molly. Ela fica perto das coleções.

– Molly? Esse é o nome dela?

A bibliotecária encolheu os ombros rechonchudos.

– Ela tem cara de Molly – justificou. – Você tem alguns minutos. Ela geralmente aparece por volta das 10h45.

Kirk assentiu e a agradeceu. O Peixe dissera 10h47.

Ele ligou a câmera e se sentou a uma das mesas baixas de criança, para que pudesse ter uma visão clara da seção inteira. Felizmente – ou infelizmente, quando parou para pensar –, a seção infantil naquele momento não estava sendo assombrada por nenhuma criança de verdade. Ele olhou através da lente e o mostrador indicava que eram 10h42. Ele piscou e lá estava Molly, uma garotinha adorável com sardas e cachos ruivos saltitando de um lado para o outro. Vestia uma camiseta estampada com um arco-íris brilhante de *glitter* saindo de uma nuvem. Ela esticou o braço para um dos livros de fábulas na prateleira do alto, ficando na ponta dos pés e fazendo a blusa subir e os jeans folgados descerem alguns centímetros. Ela se virou e olhou para cima, sorrindo e fazendo que sim como se alguém tivesse lhe perguntado algo – "você precisa de ajuda?", talvez. Kirk teve que lutar contra o impulso de correr até ela e tirar o livro da prateleira. A menina estendeu a mão para aceitar o livro fantasma, então desapareceu.

Kirk sentiu vontade de chorar. A menininha parecia tão feliz... Kirk percebeu que ninguém nunca mais seria tão feliz assim. Esse tipo de felicidade simplesmente tinha deixado de existir depois do Acontecimento. Molly não crescera vendo fantasmas e não tinha o espectro ainda pior do Acontecimento pairando sobre ela o tempo inteiro, como todo mundo. Kirk não tinha perdido um único parente no Acontecimento, algo em que ele nunca parara para pensar e agradecer, mas o Acontecimento e os fantasmas que provocou tinham estrangulado uma parte dele e de todo mundo que conhecia.

Mas Kirk não estava triste só por si mesmo, ele estava triste por Molly, ou fosse qual fosse seu verdadeiro nome. A Molly verdadeira estava morta. Alguma coisa a havia tirado dali, cachos, sardas e tudo mais, tão facilmente quanto se tira um livro da prateleira.

Ele estava secando os olhos com a mão livre.

– Ela é uma fofura, não é? – a bibliotecária falou atrás dele.

– É – concordou Kirk. Sua vez estava embargada e ele não olhou nos olhos da bibliotecária. Estava olhando para a prateleira de livros de animais falantes e pensando sobre quando era pequeno.

– Eu senti a mesma coisa das primeiras vezes que a vi – ela confidenciou, a voz carregada de compaixão. Compaixão por ele, Kirk percebeu, e não pela pobre Molly. As roupas da garota eram diáfanas, a pele pálida. Ele lutou contra o impulso de filmá-la, porque naquele momento não tinha certeza se ela não era um fantasma também, prestes a desaparecer num piscar de olhos. – Mas aí eu percebi que tudo que vemos e sentimos... uma música no elevador, uma flor prensada entre as páginas de um álbum de fotos antigo, uma moeda na calçada... tem esse poder. O poder de nos fazer sentir que tudo é efêmero demais. Então eu decidi que ficaria feliz quando Molly aparecesse. Fico ansiosa para vê-la agora. Ela vem todo dia. – A moça olhou para o relógio redondo na parede à sua frente. – Estava um pouco adiantada hoje, aliás.

Kirk acenou com a cabeça.

– Obrigado por me deixar filmá-la – disse, a voz quase um coaxar baixo e áspero.

– De nada. Venha quando quiser.

Uma flor prensada, uma moeda na calçada. Ele segurou no corrimão ao subir as escadas, percebendo enquanto corria a mão pelos entalhes lisos e familiares que a palma ficaria com um cheiro tênue de resina e os dedos um pouquinho pegajosos, como se não quisessem deixar nada para trás.

𝍸 𝍸 𝍸 𝍷

– Ei, mocinha! – Verônica chamou, alto o suficiente para que Janine pudesse ouvir através da janela entre elas. Janine estava usando o seu gorro, o cordão esquerdo puído e molhado, como se ela o tivesse mastigado. – Vai me deixar entrar?

Havia círculos escuros sob os olhos da amiga, que fitou Verônica como se não tivesse certeza de que ela era real.

– Eu trouxe biscoitos! – disse Verônica, levantando o saco para que Janine pudesse ver. – Macadâmia com gotas de chocolate, o seu favorito.

A sombra de um sorriso cruzou os lábios de Janine e ela abriu a porta. Verônica nem tinha passado pela soleira quando Janine a abraçou, os dedos enluvados beliscando e apalpando as costas de Verônica, examinando a sua solidez. Verônica consentiu o toque sem comentários ou reclamações.

– Você comprou no Arremony's! – exclamou Janine, tirando o saco branco das mãos de Verônica. – Eu amo o Arremony's.

– Eu sei, bobinha – disse Verônica. – É por isso que fui até lá. A gente costumava ir várias vezes por semana no verão, lembra?

Janine fez que sim, enfiando a mão no saco para pegar um biscoito.

– Lembro – confirmou Janine. – Eu adoro aquele lugar.

Verônica se perguntou se ela adoraria tanto assim se soubesse que havia nada menos que quatro fantasmas lá quando ela comprou os biscoitos; três clientes e um padeiro. Era o maior número de fantasmas que Verônica já vira num só lugar e ela se perguntou se o cheiro de pão fresco atraía fantasmas. De todos os sentidos, o olfato é o mais ligado à memória, e se os fantasmas eram memórias visíveis fazia sentido que fossem atraídos para um lugar assim.

Janine deu uma mordida no biscoito e respirou fundo dentro do saco, como se lesse os pensamentos de Verônica.

– Eu amo esse cheiro – ela disse, e um pouco de cor voltou às suas faces. – Como foi o seu encontro com James?

– Ah... – fez Verônica. – Legal, eu acho.

Janine segurava o biscoito com uma mão e com a outra torcia um cordão do gorro.

– Você não gosta muito dele, né?

Verônica não estava preparada para essa pergunta – ela esperara fazer Janine falar de si mesma –, mas sua resposta foi direta.

– Acho que não.

– Por que não?

– Não sei direito, Janine. Ele foi meio babaca no nosso encontro. – Ela se perguntou se Janine ia oferecer um biscoito a ela. – Que tal se eu for buscar leite para nós?

Janine concordou, então se virou e foi até a sala de estar enquanto Verônica procurava os copos.

– Você sai com vários garotos – Janine observou do outro cômodo, enquanto Verônica pegava o leite na geladeira.

Verônica riu.

– Acho que sim. – A risada diminuiu quando ela viu na porta da geladeira a foto de uma Janine mais nova, usando um uniforme de futebol; sorridente e bronzeada, nenhuma luva ou gorro por perto.

Ela levou os copos para a sala. Janine estava sentada no sofá, de costas para a televisão, coberta por um xale vermelho e azul. Janine decidira semanas atrás que televisões estavam cheias de fantasmas.

– Eu sei por que você faz isso – disse Janine, pegando outro biscoito.

– Hum, por que eu gosto de garotos? – adivinhou Verônica. Cansada de esperar, ela tirou o saco de Janine e pegou um biscoito.

– É – Janine concordou. – Mas você tem medo deles. Tem medo deles como eu tenho medo de fantasmas. De certa forma.

– Sério? – perguntou Verônica. Essa visita não estava saindo nada como ela planejara; esperava entupir Janine de açúcar e convencê-la a dar umas voltas no quarteirão com ela; a última coisa que queria era uma terapia psicanalítica com a sua amiga "fantasmofóbica".

Janine assentiu, lambendo as migalhas dos dedos, agora sem as luvas de tricô.

– Você tem medo que os garotos se afastem e abandonem você – teorizou. – Então você sempre se afasta antes.

Verônica piscou, o biscoito em formato de lua crescente quase caindo da sua mão. O que é que se passava pela mente assombrada de Janine?

– Eu vou para a escola amanhã – Janine anunciou, pegando o saco de volta. – Você vai me esperar, não vai?

– Vou esperar você – garantiu Verônica.

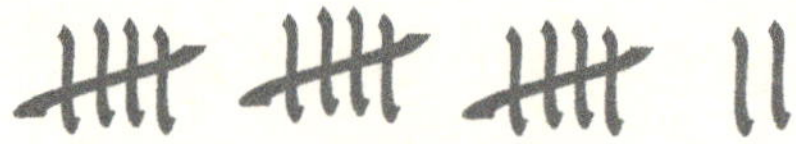

Verônica achou aquilo algo muito estranho de se dizer.

Tão estranho que ela parou a meio caminho da porta da classe para pedir que sr. Bittner repetisse. Talvez ela entendesse melhor o significado com a inflexão e a cadência da voz dele.

– Eu disse "Se eu tivesse uma filha, gostaria que ela fosse como você".

Verônica sorriu para ele, abraçando com mais força os livros e a resenha que ele acabara de devolver.

– Gentileza sua, sr. Bittner – ela disse, e correu para fora da classe.

E arrepiante e bizarro e assustador! O que ele realmente tinha dito era "Eu queria que a minha filha fosse como você". Ela tinha certeza, e por isso tinha achado tão estranho. Todos sabiam bem que Bittner era viúvo havia muito tempo, mas não o tipo de viúvo que tinha vizinhas fazendo tortas para ele ou se oferecendo para costurar as suas roupas. Ele irradiava frieza do mesmo jeito que outras pessoas irradiavam calor humano ou bom humor.

Talvez ela não estivesse sendo justa, pensou. Ele parecia genuinamente interessado quando ouviu James provocando-a sobre o aniversário dela no começo da aula.

Eu queria que minha filha fosse *você*. Era isso que ele tinha dito?

– Ah, você faz aniversário este mês, srta. Calder? – ele tinha perguntado.

– Sim – ela respondeu. Então riu quando James acrescentou:

– Ela está fazendo 4 anos.

– Quatro? – ele perguntou, sem entender a piada.

– É – confirmou Verônica. – Nasci no dia bissexto. Vai ser o meu quarto aniversário.

A expressão no rosto do professor foi intrigante. Nascer no dia 29 de fevereiro não era lá muito comum, mas não tão chocante a ponto de ele ficar com aquela cara de quem levou um soco no estômago. Na verdade, ele parecia estar lutando para se recompor.

– Bem – disse ele por fim –, um feliz aniversário, então.

Verônica tinha ouvido dizer que a mulher dele morrera havia muitos anos. Além do boato que corria na escola de que ele era o assassino de Mary, também diziam que ele tinha matado a própria esposa. Verônica nunca dava muito crédito a boatos (outro clássico era que a srta. Tilden tinha rabo), arquivando-os mentalmente na categoria "adolescentes podem ser cruéis".

Eu queria que a minha filha fosse você. Talvez ele tivesse tido uma filha anos atrás; ela teria uns 30 anos agora, Verônica imaginou. Talvez ele nunca a mencionasse porque tiveram uma briga feia ou porque ela morreu no Acontecimento.

Mas Verônica nunca tinha visto uma foto dela em canto nenhum da sala do professor. Ela não achava provável que ele tivesse uma filha. Sempre que a mãe dela abria a boca, tinha que mencionar alguma pequena proeza de Verônica, a ponto de se tornar embaraçoso. "Verônica foi à escola hoje! Verônica escolheu roupas que combinavam hoje! Verônica consegue andar e mascar chiclete ao mesmo tempo!" Se a mãe representasse minimamente pais que enviuvaram cedo e viviam apenas na companhia dos filhos, então ela esperaria que o sr. Bittner pelo menos contasse uma história sobre a filha de vez em quando.

Mesmo que ele de fato tivesse dito "Se eu tivesse uma filha, gostaria que ela fosse como você" seria estranho. Por que ele não tinha dito simplesmente "bom trabalho" ao entregar sua resenha, como qualquer professor?

Descendo o corredor, ela repassou a conversa na cabeça. A memória era uma coisa engraçada; quando chegou à classe de Pescatelli, ela tinha certeza – certeza absoluta – de que o sr. Bittner tinha dito:

Eu queria que a minha filha fosse você.

Estranho.

Quando ela entrou na sala do Peixe, Kirk e James ergueram os olhos como cãezinhos ouvindo o barulho da ração batendo no pote de comida. Kirk ficaria bem mais bonito se sorrisse mais, ela pensou, e o mesmo podia-se dizer de James se ele sorrisse menos. Janine estava sentada na sua carteira, com uma bola de lenço de papel amassado ao lado do caderno. Ela própria ou a mãe tinham convencido a diretora a deixar que ela usasse o gorro e as luvas durante a aula, e ela flexionava e relaxava as mãos sobre a mesa, como se estivesse num treinamento para lidar com situações de estresse. Verônica disse oi e apertou o ombro dela de leve.

– Está tudo bem? – perguntou. – Você espirrou a aula inteira ontem.

Janine assentiu com uma fungada.

– Peguei um resfriado. – Ela olhou para Verônica e forçou um sorriso destemido, e Verônica a adorou por isso. – Desculpe não ter vindo para a aula com você hoje. Minha mãe insistiu em me trazer.

– Não se preocupe – disse Verônica, e se sentou.

O Peixe se levantou – coisa surpreendente! – e andou até o quadro-negro. Pescou um pedaço de giz e o girou nas mãos pequenas e de aparência macia, inspecionando-o, como se não soubesse bem para que ele serviria.

– Muito bem – começou. – Alguém viu algum fantasma novo no final de semana?

Metade da classe levantou a mão, muitos com relutância. Kirk e James levantaram também, assim como Verônica. A de Janine ergueu-se lentamente e Verônica piscou um olho para ela, fazendo-a rir.

– Ótimo! – respondeu o Peixe, contando e escrevendo o número doze no quadro. – Ok. Quem quer nos contar sobre os fantasmas que viu? Você não, Kirk. Outra pessoa. Janine? Holly?

Holly Blackstone contou sobre um fantasma que ela e o pai tinham visto quando varriam as folhas do gramado na frente de casa. Um homem sem camisa, parecendo empurrar alguma coisa de um canto do jardim para o outro e então repetindo o mesmo gesto. Verônica podia imaginar a cena; ela estivera na casa de Holly, algumas ruas depois da dela, várias vezes.

– Achamos que ele estava cortando a grama – ela disse. – Meu pai achou. É uma visão bem estranha, porque a grama toda está morta e o cortador era invisível. Ele atravessou direto uma das nossas pilhas de folhas.

– Você nunca o tinha visto antes, Holly?

– Nunca.

– Ok. Alguém aqui saberia dizer por que o homem do cortador de grama está no gramado de Holly?

O Peixe escreveu "homem do cortador de grama" no quadro-negro. Sua caligrafia era uniforme e angulosa.

– A casa era dele.

– Ele gostava de cortar a grama.

– Ele odiava cortar a grama e está condenado por toda a eternidade a cortar a grama. – Essa foi Margi, a única gótica da sala.

O Peixe escreveu versões abreviadas dessas teorias no quadro, ao lado da inscrição "homem do cortador de grama".

– Ok. Outra pessoa. Verônica.

– Hum... – ela murmurou, e apesar de querer falar sobre Brian, disse: – Tem um fantasma no Cineplex de Jewell City, na sala oito. Ele estava comendo um balde de pipoca e aí desapareceu.

O Peixe escreveu "cara do cinema" no quadro.

– Por que você acha que ele estava lá, Ronnie?

– Ele gostava de ir ao cinema?

Ele escreveu "gostava de ir ao cinema".

– Mais alguém?

– Ele morreu no cinema.

– Ele viu seu filme preferido ali.

– Ele achava que doze dólares era grana demais para se assistir um filme.

Até o Peixe abriu um sorriso.

– Mais alguém. James?

– Eu vi o mesmo fantasma que Ronnie – ele disse e, mesmo que estivesse sentado algumas fileiras à frente, Verônica sabia que ele estava dando uma risadinha. Ela podia ouvir na voz dele.

– Outra pessoa, então – disse o Peixe por sobre as risadas. – Kirk? Alguma coisa?

Kirk olhou para o professor e baixou o lápis. Verônica se perguntou o que ele estava escrevendo.

Kirk contou sobre o fantasma da livraria que chamavam de Molly. A classe toda caiu em silêncio, como se a própria Molly estivesse dormindo sob a mesa do Peixe e ninguém ousasse acordá-la.

– Por que você acha que ela estava lá? – o Peixe perguntou.

– Eu acho – começou ele – que foi um momento muito, muito feliz para ela. Quem quer que tenha dado o livro a ela era especial e o livro em si também devia ser. Eu senti que ela não viveu muito tempo depois daquilo e que aquela era uma das suas lembranças mais queridas quando ela morreu.

O Peixe pareceu estar prestes a dizer alguma coisa, mas se deteve.

Kirk não tinha terminado de falar e havia algo no seu tom de voz que fez Verônica prestar mais atenção.

– Foi uma das primeiras vezes que eu realmente olhei para um fantasma – ele disse. – Quero dizer, olhar mesmo, como se estivesse tentando entendê-lo. Acho que tenho bastante sorte, porque não perdi ninguém no Acontecimento e não sou próximo de nenhum fantasma ou imagem que apareceu por causa dele, então nunca parei de verdade para pensar no que isso tudo significa. Mas observando-a, Molly, eu me dei conta. Eu me dei conta de que estava olhando para alguém que já esteve viva, que estava viva... – sua voz foi sumindo e ele limpou a garganta. – Eu não estou me expressando muito bem.

– Você está indo bem – o Peixe disse a ele. A classe estava em completo silêncio.

Kirk assentiu, limpou a garganta outra vez e tentou concluir seu raciocínio.

– Acho que foi como se eu estivesse fazendo mais do que assistir – continuou. – Acho que foi como se eu a conhecesse um pouco. Quem ela era. A sua lembrança mais querida se tornou a minha lembrança mais querida. E, quando isso aconteceu, eu senti que passei a entender melhor o que significa estar vivo.

Verônica sorriu. Kirk parecia envergonhado, como se tivesse acabado de anunciar para a classe que estava apaixonado. Correu a mão pela testa molhada de suor e pelo cabelo espesso. Ele olhou para Verônica e o sorriso dela se alargou.

– As respostas que você deu – o Peixe começou, após uma longa pausa – estão todas relacionadas a algum aspecto da memória. Molly está na biblioteca porque foi lá que ela vivenciou sua lembrança mais feliz. O fantasma de Holly se lembrou de cortar a grama, ou nos lembramos de alguém morrendo num certo lugar ou de uma certa maneira. Estão vendo? Todas as respostas estão relacionadas à memória. Exceto a de Margi, que fala basicamente de danação eterna.

Um burburinho pontuado de risadinhas agitou a classe e Margi não pareceu se ofender com a piada.

– Eu sei para onde vou, se morrer – ela confidenciou, e até o Peixe riu.

– Ok – ele disse –, vamos pensar na memória em *Hiroshima*. O que Toshiko Sasaki se lembrava mais da sua vida antes do bombardeio?

Algumas mãos se levantaram. A aula prosseguiu desse modo, com o Peixe falando sobre a natureza enganosa da memória. Ele não estava satisfeito em provar que as memórias eram enganosas, mas que *memórias* de memórias eram enganosas, fluidas, em constante mutação, impossíveis de se apreender completamente. Verônica pressentiu que o conceito de "memória" desempenharia um papel importante na próxima prova, então tomava nota sempre que o Peixe parecia animado com as suas ideias.

Quando a aula acabou, ela colocou as coisas na mochila sem pressa, com a esperança de evitar James e também de chamar a atenção de Kirk. Ela fracassou nas duas coisas. Kirk foi falar com o Peixe e James ficou rodeando a sua carteira, esperando acompanhá-la até a aula seguinte.

Kirk estava entretido na sua conversa com o sr. Pescatelli. Os dois olharam para Verônica e ficaram em silêncio.

Talvez estivessem falando dela.

– Ei! – chamou-a James –, vamos nos atrasar.

Verônica encontrou Janine no fim do dia, depois de finalmente conseguir escapar de James, que pairara em torno dela como uma nuvem de chuva o dia todo.

– Oi, querida! – ela disse. – Como estão as coisas?

Janine ofereceu um sorriso vacilante, mas cheio de coragem.

– Bem, eu acho.

– Venha à biblioteca comigo.

Janine piscou, como se a tivessem convidado para pular de paraquedas.

– Ah, não sei não, Verônica. Eu...

– Vamos! – ela incentivou, levando Janine pela mão enluvada.

– Não me deixam mais levar para a escola o meu Espanta-Fantasma – Janine murmurou, deixando Verônica conduzi-la.

– Você não vai precisar dele – ela respondeu. Sabia que Janine estava hesitante porque bibliotecas estavam supostamente entre os lugares mais assombrados do país. – Vai ser rápido. Só tenho que procurar uma coisa.

– O quê?

– Uma coisa.

A biblioteca estava quase vazia. Havia um garoto, que Verônica reconheceu como a estrela do basquete do Montcrief, recebendo explicações de uma menina; um garoto tirando livros de um carrinho de aço e devolvendo às estantes; e a bibliotecária, que estava lendo sentada à sua escrivaninha. Todos pareciam relativamente sólidos.

– Viu? Nenhum fantasma! – disse Verônica. Ela perguntou à bibliotecária onde encontrar os anuários do colégio e foi encaminhada para a seção de obras de referência. Verônica seguiu para lá e retirou da estante quatro volumes, começando pelo do ano anterior ao de sua mudança para a cidade.

– Quem você está procurando? – Janine perguntou quando elas se sentaram.

– Ninguém em especial.

– Está procurando aquele garoto fantasma, não é?

– Hum... Talvez.

– Eu esqueceria essa ideia, se fosse você. Nada de bom pode sair disso.

– A-hã – murmurou Verônica. Os anuários tinham fotos individuais dos alunos da última e da penúltima séries, e fotos em grupo dos primeiros anos. Felizmente o Colégio Montcrief era uma escola relativamente pequena e não havia tantas fotos assim.

– É sério, Verônica. É melhor não saber nada sobre eles.

Verônica olhou para ela por sobre o livro; ainda que Janine ficasse nervosa à toa, era bom ouvir esse ardor na voz dela.

– Por que você diz isso? – ela perguntou, de volta ao anuário, virando uma página.

– É melhor assim – Janine repetiu.

Verônica saltou para o fim do livro, onde havia algumas páginas de fotos do dia a dia dos alunos, seguidas de bilhetinhos. Numa página inteira havia os dizeres "Mary Greer – Te Amamos e Sentimos sua Falta" dentro de um coração no estilo Dia dos Namorados. Embaixo do coração, numa letra um pouco menor, os dizeres "Colégio Montcrief para Sempre".

– Não é uma explicação muito boa – apontou Verônica. Depois de fitar o coração por mais um segundo, ela fechou o livro e escolheu outro da pilha. – Talvez se eu soubesse mais sobre ele, pudesse ajudar.

– *Ajudar*? – Janine se exasperou.

Verônica abriu o livro. Não se lembrava de quantos anos Mary tinha quando morreu, mas achava que ela estava no segundo ano. Folheou algumas páginas.

– Por que você tem tanto medo de fantasmas afinal, Janine? – perguntou Verônica. – Eles não podem machucar você.

Ela sabia que Janine estava ficando com raiva. Verônica estava deliberadamente provocando-a. Houve um tempo em que Janine era a menina mais irritadinha da escola; foi justamente isso que as aproximou quando Verônica se mudou para Jewell City.

– Você não pode afirmar isso com certeza – rebateu Janine, mal-humorada, como se o temperamento esquentado estivesse de volta.

Ótimo, Verônica pensou. *Use a raiva dela.*

– Claro que posso. Eles só aparecem e desaparecem. Eles se movem sempre do mesmo jeito, como personagens num *video game.*

– Nem todos – Janine disse.

– O que quer dizer? – perguntou Verônica. Ela encontrara a foto de Mary Greer, sorrindo no meio da primeira fila da foto de uma classe. A classe do sr. Bittner; ele estava parado ao lado das fileiras de estudantes fazendo pose, sorrindo afável num paletó cinza. Animada como estava por ter encontrado Mary, só então percebeu que Janine estava murmurando alguma coisa e ela não queria deixar a discussão com a amiga esfriar.

– O quê?

Os olhos de Janine estavam brilhando, as bochechas vermelhas.

– Eu disse que um fantasma me perseguiu uma vez.

– Você nunca me contou isso. – Verônica pensava que eram apenas as aparições dos fantasmas em si, depois do Acontecimento, que deixavam Janine tão assustada. Nunca imaginou que tivesse sido um incidente específico.

– Eu estava andando pelo bosque – a amiga contou. – E vi um homem. Ele não estava lá e depois apareceu, nos arbustos perto da trilha. Só que havia galhos atravessando o corpo dele.

Verônica esperou. Houve uma época em que Janine gostava muito de andar ao ar livre, antes que os espíritos a tivessem confinado em casa. Ela era uma boa jogadora de futebol também, muito melhor do que a própria Verônica, que não tinha aptidão nenhuma para o jogo.

– Ele não tinha notado os galhos, mas percebeu que eu estava lá. Começou a me chamar, mas não saía nenhum som da boca dele.

– Janine...

– Eu nunca tive medo de fantasmas antes disso! – explicou Janine, alto o bastante para chamar a atenção do jogador de basquete e da garota. – Mas ele começou a correr atrás de mim! Atravessou um muro de pedra, árvores, arbustos, tudo no caminho. A boca dele abria e fechava, como se estivesse chamando ou lutando para respirar. Eu corri. Corri todo o caminho até a minha casa. Então não diga que os fantasmas não podem nos fazer nenhum mal, Ronnie, porque nós não sabemos! Nós simplesmente não sabemos!

Verônica esperou que ela se acalmasse antes de falar.

– E é por isso que temos que tentar descobrir, Janine – ela disse, a voz baixa e tranquilizadora. – Não podemos simplesmente fingir que uma coisa não existe quando ela existe. E temos que descobrir tudo o que pudermos sobre ela.

Janine esfregou os olhos com uma das mãos e torceu o cordão do gorro com a outra.

– Podemos ir embora agora? – pediu. – Por favor?

Verônica voltou a olhar a foto de classe do sr. Bittner e *o* viu, na terceira fileira de trás para a frente. Ela encontrou seu nome na legenda sob a foto.

Brian Delaney.

– Sim – concordou, fechando o livro. Ficou de pé e empilhou os livros à sua frente. – Mas lembre-se de uma coisa, Janine.

– O quê? – perguntou Janine, seguindo Verônica de volta às estantes.

– Ele não pegou você.

卌 卌 卌 |||

– Dia bissexto – disse August. Ele estava olhando pela janela da sua classe às escuras no final do dia, assistindo a uma leve rajada de neve rodopiar pelo céu sem nuvens. – Ela chamou de dia bissexto.

– Eu disse a você – Madeline falou. – Não disse? É ela, com certeza.

August aceitou com resignação o tom superior que ela usava. Madeline gostava de ter razão, mas, mais do que isso, ele sabia que ela estava empolgada com a perspectiva de ter a filha de volta.

– Elas estão ligadas pela mesma data – disse Madeline. – Ela e Eva. Um dia que só existe a cada quatro anos.

August assentiu. A morte de Eva e o nascimento de Verônica; ambos tinham ocorrido em 29 de fevereiro. Pela forma como a luz cinzenta se projetava das janelas, era difícil dizer se a esposa estava atrás dele ou lá fora, na neve. Ele não mencionou que a raridade da data aprofundou a sua depressão profunda após a morte de Eva.

– Ela nunca existiu – Madeline repetira, várias e várias vezes, ao longo daqueles dias sombrios, sentada na cadeira de balanço que colocara no quarto de Eva.

– Ah, August – continuou Madeline. – Nós realmente vamos tê-la de volta, não vamos? Você vai estar pronto para buscá-la, não vai?

Havia anos ele não ouvia tanta alegria na voz de Madeline.

– Vou – disse ele. August pegou a sua valise, atravessou a sala e fechou a porta atrás de si.

No meio do seu turno no quiosque de pipoca, durante o intervalo, Verônica decidiu ir à Starbucks para ver se Kirk estava lá. Tomar um chá, mas principalmente ver Kirk.

Ela esperou na fila atrás de duas mulheres com roupas formais demais e perfume em excesso, que estavam travando uma conversa animada a respeito do filme que tinham acabado de assistir. Verônica esperou pacientemente que elas terminassem de pedir, o que foi uma tortura, já que seus pedidos eram complexos. A parte boa era que elas exigiam atenção total dos dois baristas, deixando Kirk só para ela. Ou, como ela esperava, Kirk podia ter arranjado as coisas daquele jeito. Ele tinha lhe lançado um olhar confuso, mas feliz quando a viu entrar na fila.

– Pelo jeito é um filme interessante – ela disse quando chegou ao balcão. – Um dos poucos que eu não vi ainda.

– Pareceu legal – ele disse, aparentemente sem perceber a deixa que ela tinha acabado de dar a ele. James teria agarrado essa chance como um leopardo agarraria um coelhinho.

Kirk perguntou se ela queria a mesma bebida que tinha pedido da última vez.

– Você lembra mesmo o que eu pedi? – James não teria lembrado.

– Claro! – disse ele, e comprovou: – Chá com especiarias e uma gota de creme.

– Impressionante!

– É, é um dom que eu tenho. Eles não te dão cafeína onde você trabalha?

– Todos os refrigerantes têm gosto de limonada rosa. Algum funcionário detonou a máquina de refrigerantes alguns meses atrás e desde então as bebidas não têm sido as mesmas. Além disso, eu gosto de chá. Chá com especiarias, chá-verde, chá gelado. Eu sou louca por chá.

– Eu gosto que você goste de chá – disse ele, estendendo o copo para ela. – Eu...

Ela se virou para ver o que quer que o fizera interromper a frase no meio: o sr. Bittner, no seu casaco cinza até os joelhos.

– Verônica! – o professor cumprimentou, esfregando as mãos enluvadas para esquentá-las. – Saiu para um café da tarde? – Ele suspirou pesadamente. – É como injeção na veia para mim.

– Eu bebo chá – ela disse num fio de voz.

– O que vai querer, sr. Bittner? – Kirk perguntou, sentindo o nervosismo de Verônica.

– Café. Preto. Grande. Devo dizer, *Venti.* – Ele estava praticamente berrando, a voz tão alta quanto numa das suas aulas, e Verônica notou que quase não havia clientes ali. As mulheres da fila tinham levado suas bebidas e cachecóis quilométricos para outro lugar.

– Aqui está – Kirk disse.

Ele passou uma nota de cinco dólares para Kirk e disse para que ficasse com o troco. Tomou um longo gole do seu café e sorriu.

– Vou me aposentar este ano, sabia?

– Ouvi dizer – disse Verônica. – Tenho certeza de que a escola lamenta muito perder o senhor.

– Saia causando impacto, é o que eu sempre digo! – disse ele.

– Claro.

Ele deu outro gole, encarando-a por sobre o copo. Seus olhos brilharam, como se já estivessem afetados pela cafeína.

– Boa noite para os dois – desejou, e o casaco ondulou como uma capa quando ele se virou para a saída. O chá estava quente e saboroso, mas ainda assim ela estremeceu.

– Que cara bizarro! – Kirk sussurrou quando ele saiu pela porta.

– Ele está diferente... – comentou ela. – Não sei o que é. No começo do ano ele parecia um cara legal. Mas agora está meio assustador.

– Talvez seja por causa da aposentadoria.

– Talvez – disse ela, inalando o vapor vindo do copo. – Esse chá está muito bom. Do jeitinho que eu gosto.

– Sério? Então você devia ter pedido um *Venti*! – disse ele, imitando o sr. Bittner.

Ela deu risada do jeito como ele imitou o tom e o timbre da voz do sr. Bittner, e achou que o sotaque da Transilvânia era um ótimo toque também. Havia algo vagamente vampiresco no professor de História.

– Tem mais uma coisa – ela disse, e Kirk se debruçou sobre o balcão para ouvi-la melhor. – Ele me dá muita atenção também.

– Atenção? – ele perguntou, franzindo a testa com preocupação. – Que tipo de atenção?

– Hum, eu não sei como descrever. Atenção. Interesse.

– Tipo atenção *imprópria*?

– Não de um jeito pervertido, não acho que seja. Não consigo descrever. Só atenção. Me deixa nervosa.

– Bom, você tem que contar para alguém.

– E dizer o quê? Que o meu professor de História me dá tchauzinhos, desvia do caminho dele para me dizer oi?

– Diga que ele te encara. Que ele tenta olhar dentro da sua blusa.

Ela balançou a cabeça.

– Mas ele não faz isso. Eu posso estar totalmente errada. Ele pode ser só um velho legal e estranho.

– Não sei não, Ronnie – disse Kirk. – Você me parece alguém com um bom instinto para pessoas e suas intenções.

Os olhos deles se encontraram. Verônica viu a preocupação nos olhos dele, e mais alguma coisa.

– É – ela disse. – Você tem um intervalo, Kirk? Você pode se sentar comigo um minuto?

– Claro! – ele concordou. Ela foi até duas poltronas grandes e estofadas, posicionadas em torno de uma mesinha redonda, e escolheu uma enquanto Kirk avisava os colegas de trabalho de que iria fazer uma pausa. Ele foi até ela sem o avental. Pedir que Kirk passasse o seu intervalo com ela era como flertar com ele, mas era também, Verônica percebeu, porque ela *estava* nervosa. E se voltasse para o cinema e lá encontrasse o sr. Bittner, na fila para comprar mais um ingresso? E se depois disso ele fosse até ela, no quiosque de pipoca, e pedisse uma pipoca grande e outro café grande?

– Oi – Kirk disse.

– Oi. – Ela estava reclinada na poltrona, as pernas cruzadas, segurando o copo na frente do rosto para que o vapor chegasse ao nariz. – Então – ela disse depois de um instante –, tem algum fantasma por aqui?

Ele olhou em volta.

– O quê? Agora?

Ela pôs o chá sobre a mesa, descruzando as pernas.

– Não agora. No geral.

– Acho que não. Nunca ouvi ninguém falar sobre um.

– A maioria das pessoas não fala sobre eles de jeito nenhum – ela disse. – Exceto pessoas como o sr. Pescatelli, que fala deles o tempo todo.

– Certo – concordou Kirk. Ele coçou a nuca.

– Você parecia bem interessado na aula dele hoje.

– Parecia?

– Sim. Geralmente quando ele fala sobre fantasmas você fica lá com aquela cara. – Ela demonstrou, olhos fitos sem expressão e lábios repuxados com desprezo. – Você deve ter enchido um caderno inteiro de anotações hoje.

– Você é bem observadora! – ele disse, e suspirou. – Estou fazendo uma coisa para conseguir crédito extra com ele.

– Ah! Eu sabia que aí tinha coisa! O que é essa "coisa" para conseguir crédito extra?

– Você sabe, um trabalho.

– Sobre fantasmas.

– Isso.

Ela desencostou da cadeira, os braços cobrindo o copo de chá, o queixo descansando nas mãos.

– Você não parece estar precisando de crédito extra.

Ela viu Kirk dar de ombros. Ele era mesmo uma graça, de um jeito diferente.

– Isso não tem nada a ver com o que eu disse no almoço no outro dia, tem?

– O que você disse no almoço? – ele repetiu.

– A-hã.

Ele suspirou outra vez.

– Você é terrivelmente observadora. – Ele olhou para ela, o olhar firme. – Tem tudo a ver com o que você disse no almoço.

– Ah. E eu sou boa em pressentir as intenções das pessoas, certo? Você tem segundas intenções, não tem, Kirk?

Ele não desviou o olhar.

– É. Eu tenho.

– Você é bem observador também, Kirk – disse ela. – Para a maioria das coisas. É por isso que você está fazendo esse trabalho? Por causa do que eu disse no almoço?

– É. E porque eu adoro andar por aí com o Peixe.

Ela sorriu.

– Isso é muito fofo. Estou lisonjeada.

Ela percebeu que esse era o tipo de coisa que se dizia para um cara antes de dar um fora nele; ela sabia porque já tinha feito isso antes. *Estou lisonjeada, mas...*

Ela se inclinou para a frente e tocou a mão dele para mostrar que não foi nesse sentido que ela dissera aquilo. Ainda que estivesse segurando um copo com chá quente, a mão dele pareceu quente ao seu toque.

– Então... – ela disse.

– Então... – ele repetiu.

– Então, o que você está fazendo com o Peixe? – perguntou ela. – Além de fazer anotações em parar?

– Trabalho de campo. Estou rodando a cidade filmando fantasmas e anotando dados. Só que eu não posso chamá-los de fantasmas, tenho que chamá-los de imagens.

– Por quê?

– O Peixe, hã... não acredita que eles sejam realmente fantasmas. Ele acha que são mais como gravações.

Ele olhou nos olhos dela, como se estivesse preocupado que Verônica pudesse ficar chateada com a ideia. Mas ela não ficou; essa possibilidade tinha lhe ocorrido centenas de vezes enquanto assistia ao pai desaparecer toda manhã.

– O que você acha? – ela perguntou.

Kirk hesitou. O reflexo dele nas janelas escuras desapareceu por um momento quando um carro manobrou para entrar numa vaga, a luz forte dos faróis cortando a penumbra.

– Não tenho certeza – ele disse. – Acho que são alguma coisa a mais, não só uma simples gravação. Não conversei com o Peixe a respeito disso ainda. Mas não sei se teria sentido o que senti vendo a garotinha na biblioteca se fosse só um vídeo ou uma fotografia. Era algo mais. Não consigo explicar – não ainda, pelo menos –, mas eu sinto alguma coisa, como uma essência, quando vejo esses fantasmas. Essas *imagens*. Começou com Molly, mas continuou com os que eu filmei a partir desse dia. Não estou te entediando, estou? Você diria se eu estivesse?

– Não. Quer dizer, não está me entediando. Sim, eu diria se estivesse. Acho as suas opiniões e sentimentos interessantes.

– Obrigado.

– Tem algum fantasma na sua casa? – Verônica perguntou.

– Não – Kirk sorriu. – Mas tem alguns monstros. Irmãozinhos e irmãzinhas. Quatro deles.

– Ah, que fofo! – ela disse. – Eu tenho dois agora. Fantasmas, quero dizer. Com o garoto que apareceu no meu banheiro semana passada.

– Nada legal.

– Não, nada mesmo. É tipo o único lugar em que eu nunca ia querer encontrar um fantasma. Ou uma imagem, ou seja lá o que for. Ele acaba com os meus banhos matinais.

– Aposto que sim. Não fica olhando para você nem nada, né?

– Não – ela disse, mas pensou "Esse é o problema". Brian era bonitinho. Ela percebeu Kirk ficando vermelho. – Você quer gravá-lo? – ela perguntou. – Quer dizer, se a minha mãe concordar. Ele e o meu pai aparecem só com alguns minutos de diferença.

– Sério? Você não se importaria?

– Acho que seria divertido – disse ela. – Você pode ir à minha casa pela manhã. Você acorda cedo?

– Claro. Mas não seria menos chocante para a sua mãe se eu a conhecesse antes?

– Provavelmente. Um garoto desconhecido na casa é suficiente.

Kirk correu os dedos pelos cabelos.

– Talvez eu pudesse aparecer algum dia desta semana? Para conhecê-la?

Verônica sorriu.

– Você está me chamando para sair, Kirk? – perguntou ela. – Ou só está querendo conhecer a minha mãe?

– Eu... Eu estou te chamando para sair. Sim. Ou para entrar.

– Bom – disse ela. – Vou ver se tudo bem você vir depois da aula. Podemos jantar com a minha mãe e talvez ver um filme.

– Parece ótimo. – Ele parecia estar prestes a sofrer um aneurisma. – Poderíamos ir caçar fantasmas.

– E eu vou estar te ajudando com a sua pesquisa.

– É – ele disse, sorrindo. – A minha pesquisa.

Uau, Kirk pensou, vendo-a sair, Ronnie Calder acabou de me chamar para ir à casa dela.

𝍸 𝍸 𝍸 𝍷𝍷𝍷𝍷

August observou Verônica deixar a cafeteria depois de escrever alguma coisa num pedaço de papel e entregá-lo a Kirk. O telefone dela, sem dúvida. Bittner bebericou o café, sentindo o líquido ácido na língua. O telefone dela. Ele se perguntou se tinha tirado conclusões precipitadas sobre as virtudes dela. Primeiro aquele atleta crianção e agora o cínico da classe.

Ele tinha algumas semanas. Tempo suficiente para descobrir as rotinas dela, de modo que no dia da morte de Eva e do seu renascimento iminente – o dia bissexto! –, ele estivesse pronto. Se tivesse chance, ele a capturaria mais cedo e a manteria viva e escondida até o dia 29.

– Ao toque da meia-noite – Madeline disse, e era como se ele sentisse a respiração dela na sua orelha. – Do dia 28. Essa é a melhor hora.

August balançou a cabeça em concordância e tomou um gole de café.

Ele assistiu Verônica acenar através da janela para Kirk. Ela saiu pelo estacionamento um tanto saltitante. Fez uma pausa à porta do cinema e olhou diretamente nos olhos dele. Ele sentiu um formigamento na nuca.

PARTE DOIS: DIA DOS NAMORADOS

O DIA SE APROXIMA, o tempo escoa, incansável como a maré. Eu me torno visível no banheiro e ela – Verônica – está lá, quente por causa do banho, enrolada num roupão. Uma toalha envolve seus cabelos molhados. Vapor espirala de dentro de mim enquanto me torno mais sólido, e ela sorri. Chega mais perto e estende a mão para mim, os olhos concentrados na minha imagem refletida.

Por mais linda que Verônica seja, não quero estar com ela. O que eu quero é mudar o curso do tempo, apagar o passado com um estalar de dedos, do mesmo jeito que ela limpa o vapor do espelho para me ver melhor. Eu quero estar onde quer que Mary esteja. O dia se aproxima, o dia da morte de Mary, o dia do nascimento de Verônica, o dia em que o véu está mais tênue. Eu tento variar o padrão em que estou preso.

Minha energia e minhas possibilidades são finitas. Eu preciso avisá-la, mas não consigo. À medida que se aproximar o dia, a minha força aumentará. Quanto mais fino o véu, mais eu posso me afastar deste mundo. Eu decido esperar, conservar o pouco de mim que ainda resta.

Eu me desvaneço. Meu desaparecimento repentino deixa Verônica mais atônita do que a minha aparição, e ela olha para as mãos como se elas tivessem o poder de afastar os mortos.

Enquanto flutuo pela casa, eu rezo. Rezo para que a prece tenha uma energia própria, uma energia que atravesse o véu e chegue a quem quer ou o que quer que esteja além. Eu rezo para que esperar seja a estratégia correta, e rezo para que eu possa avisar Verônica a tempo.

Chego à porta da cozinha, tão tangível quanto uma rajada de ar frio, e rezo também para conseguir um vislumbre da minha Mary quando ela aparecer na rua mais adiante.

August acordou de péssimo humor. A única coisa pior do que as queixas da esposa eram seus silêncios longos e cáusticos, que costumavam se arrastar por dias ou mesmo semanas. Com frequência, esses silêncios não eram causados por nada mais específico do que a existência de August.

Ele tomou sem prazer nenhum seu café da manhã de mingau de aveia, e o café estava com um gosto estranho, como se um inseto venenoso tivesse se enfiado no pó de café momentos antes de a água quente atingi-lo. Depois de dois goles, entornou o resto na pia.

Abotoou o casaco, pegou o chapéu e abriu a porta com ímpeto.

O ar frio inundou o vestíbulo. Mary Greer estava parada do lado de fora, o sorriso ainda se formando no seu rosto. Ele consultou o relógio e percebeu que estava tão irritado que se esquecera de que era a hora de ela chegar.

– Vá embora! – ele disse, e sua voz soou distorcida e estranha aos ouvidos dele. – Você não é Eva. Nunca será!

Mary sorriu, como se ele finalmente tivesse respondido a uma pergunta que ela fazia havia muito tempo.

Ele abanou uma mão enluvada para ela.

– Pare de vir aqui! Eu não quero você! Eu quero Eva!

Teria a cabeça dela se inclinado uma fração de centímetro? Ela parecia tão pequena, e ele achou que o espírito dela devia estar frio e encolhido naquele vento gelado. Ele se arrependeu de ter sido ríspido com ela e estendeu a mão, carinhosamente, mas ela desapareceu antes que eles se tocassem.

– Droga! – esbravejou ele, a mão estendida se cerrando num punho. Desejou ter tido coragem suficiente para abraçá-la, mas agora era tarde demais. – Droga.

Ele desceu os degraus da frente e entrou no carro para cumprir as suas tarefas de fim de semana, pôr gasolina e depois ir à mercearia. Ele gostava de ir até lá cedo nos finais de semana, porque era quando as frutas e verduras estavam mais frescas, recém-chegadas dos caminhões de entrega, e também porque havia muito poucos clientes e era mais fácil evitar o contato humano.

Não neste dia em particular. Só havia um melão no seu carrinho e ele começava a inspecionar os tomates orgânicos quando sentiu um tapinha no ombro.

– Sr. Bittner? – ele ouviu uma agradável voz masculina e, ao se virar, viu um homem de trinta e poucos anos parado na frente dele, um sorriso afetado no rosto de queixo pequeno. – O senhor não deve se lembrar de mim – disse o homem, mas Bittner o reconheceu imediatamente, mesmo que fizesse mais de quinze anos que não o via. – Paul Shea. Estou na cidade este fim de semana, visitando os meus pais. Eu...

O homem estendeu a mão e August a apertou, agindo e se sentindo como se estivesse sonhando acordado.

– Eu me lembro de você – disse ele. A mão de Paul Shea era pequena e macia. Ele tinha jeito de ser um contador ou algum tipo de gerente de baixo escalão.

– Lembra? – Shea perguntou, a voz e a risada nervosas. – Faz tanto tempo, eu não...

– Vocês estavam namorando havia um mês – Bittner disse. – O primeiro namorado dela.

Shea abriu um sorriso torto.

– Isso mesmo – ele confirmou. – Eva e eu, nós...

– Como eu poderia me esquecer do garoto que matou a minha filha?

Os olhos de Shea, como os de um passarinho, saltaram do rosto de August para a mão ainda presa na dele. Tudo que August precisava fazer, pensou, era apertar até que as juntas de Shea virassem pó.

– Eu... Eu não... Eu realmente gostava dela, sr. Bittner. Eu tentei...

– Eu não sei o que ela estava fazendo com você naquela campina, ou...

– Só estávamos passeando, passeando e...

August apertou um pouco mais a mão do outro, e as palavras de Shea se tornaram um arquejo baixo de dor.

– ... ou o que você estava fazendo com ela – Bittner continuou. – Mas eu te considero responsável.

Shea começou a falar e August apertou com mais força, sentindo os nós dos dedos de Shea sendo esmagados dentro da sua mão.

– Eu tentei salvá-la – disse Shea, com a voz tensa. Ele tentou soltar a mão, mas August a comprimiu com mais força. – Eu tentei de verdade. Ela... Ela começou a ofegar, como se não conseguisse respirar.

August arreganhou os dentes para Shea. Ele achava que, se o homem não calasse a boca, ele os enterraria direto no seu pomo de adão.

Mas o seu olhar só parecia encorajar Shea, que começou a falar mais rápido, como se o seu relato dos acontecimentos passados naquele dia bissexto, anormalmente quente para a época, fossem apaziguar August ou mudar seus sentimentos sobre a morte de Eva.

– Ela não conseguia respirar, e eu tentei ajudá-la. Eu não sabia o que fazer. Eu era só um menino! Eu não sabia que ela tinha asma! Por favor, sr. Bittner, o senhor está esmagando a minha mão!

August percebeu que havia pessoas – uma senhora empurrando um carrinho e um adolescente arrumando as alfaces na banca, possivelmente um aluno do Montcrief, prestando atenção à sua conversa com Shea. Então largou a mão.

Shea deu um passo para trás, chocando-se contra a banca de tomates e derrubando um no chão.

– Eu sempre quis me desculpar com o senhor – disse Shea. Ele parecia à beira das lágrimas. – Francamente, eu teria feito qualquer coisa para salvá-la. Eva era uma garota incrível, sr. Bittner. Falo sério. Eu fiquei muito mal quando aconteceu.

August fechou os olhos. Ele queria acordar, queria que o diálogo que travara com esse espectro, esse pesadelo dentro de outro pesadelo, simplesmente terminasse.

– Vá embora – ordenou. – Não diga mais nada.

Um instante depois, August abriu os olhos. Shea acabara de chegar à porta automática na frente da loja. Não olhou para trás quando ela se abriu e ele a atravessou.

August olhou para o funcionário adolescente, cujas bochechas marcadas pela acne tinham adquirido um tom forte de vermelho, enquanto ele parecia concentrar toda a sua atenção na tarefa de formar uma pirâmide de alfaces. August ouviu um gotejar no ladrilho sob os seus pés. Ele apertara um tomate grande e maduro nas mãos até transformá-lo em polpa, poucos instantes depois de fazer os ossos de Shea estalarem. E não se lembrava de ter pegado o tomate.

Ele se virou para a senhora, talvez para dar alguma explicação pela sua atitude. Ela tinha sumido, seu corpo translúcido o suficiente para que ele visse o balcão de salada atrás dela, antes de desaparecer completamente de vista.

– O PRIMEIRO FANTASMA está na zona oeste – Kirk disse, como quem se desculpa. As ruas abandonadas e cobertas de lixo a oeste da cidade eram repletas de casarões um dia grandiosos e agora transformados em cortiços. Era lá que se podia encontrar drogas, prostitutas ou a oportunidade de ser assaltado. Verônica nunca tinha passado por lá, a não ser de carro.

– Você sabe mesmo onde levar uma garota... – disse ela. Esse era o segundo "encontro" dos dois, se caçar fantasmas podia ser considerado um encontro, desde a conversa sobre a casa mal-assombrada dela, e Verônica ainda não tinha cumprido a promessa de levá-lo para filmar o pai dela. Mencionara a ideia à mãe, que dissera:

– Por que você não espera um pouco mais e vê se continua gostando dele?

Que animador!, Verônica pensou.

Kirk, distraído, sorriu.

– Só espero que nada aconteça com o carro enquanto investigamos. Meu pai me mataria se acontecesse alguma coisa a ele.

Verônica olhou pela janela, reprimindo um sorriso. A ideia de convidá-la para caçar fantasmas só tinha ocorrido a Kirk depois de ela ter ido embora; ele não tinha tanto jeito quanto James, mas era mais interessante. Ela não estava exatamente com medo de passear por aquele bairro, mas se perguntou por que se dava ao trabalho de fazer isso. A ideia de agir como a turma do Scooby Doo ou aqueles patetas da série de TV *Ghost Hunters* parecia absurda.

O entusiasmo de Kirk quando a convidara aquela manhã era fofo, a maneira como ele agia nas aulas do Peixe com esse novo senso de propósito era atraente, mas sempre que se pegava olhando para ele era de um jeito crítico. A cabeça dela estava uma confusão. Ela não se pegava pensando em Kirk nos momentos de silêncio entre as aulas; era Brian que estava em seus pensamentos.

O fantasma. Verônica estava fantasiando com um fantasma.

– Ah. E hã... – Kirk começou. – Você pode abrir o porta-luvas? Preciso de uma coisa.

Verônica apertou o botão e o compartimento se abriu. Sobre uma pilha de papéis havia um pacotinho embrulhado com papel de presente e um laço vermelho.

– Feliz Dia dos Namorados! – ele disse.

– Uau! – fez Verônica. – Você é um amor. – Ela pegou o pacote do porta-luvas.

– Pode abrir se quiser.

Ela queria, e rasgou o papel todo. Nunca era muito cuidadosa ao desembrulhar presentes. Não via por que desperdiçar tanto tempo abrindo presentes como faziam as pessoas. Embaixo do papel branco, ela viu um dourado metálico familiar.

– Ooh, Godiva! – ela disse. – Quer um?

– Claro. Só um. O resto é seu.

Ela tirou um quadradinho de chocolate da caixa e colocou na boca aberta de Kirk com dois dedos.

– Não é muita coisa – ele disse, mastigando. – Mas tem um cartão também.

Ela pegou o bombom mais redondinho e teve uma surpresa agradável ao sentir a doçura do recheio de framboesa. Abriu o cartão hesitante, mas teve mais uma boa surpresa ao ler uma mensagem simples e discreta sobre novos começos. Era um texto sobre esperança, mas nada muito pretensioso, e ela gostou disso; teria ficado envergonhada se fosse algo muito sentimental ou apaixonado. Especialmente por não ter um para ele.

Por que é que eu sou tão volúvel?, pensou ela. Kirk é atencioso e gentil; por que eu não sigo meu coração em vez de lutar contra ele o tempo todo?

– Obrigada, Kirk! – ela disse com sinceridade. E então deu um beijo com sabor de chocolate na bochecha dele. Ele sorriu de volta.

– E agora vamos a uma caça a fantasmas muito mais romântica! – Kirk disse.

– Hmm. Na parte mais bonita da cidade, aliás – acrescentou Verônica. Ela queria outro chocolate e se preocupou por um instante se seria gulodice comer mais um. Mas então comeu assim mesmo. Tinha sobrado um e ela ofereceu a ele.

Kirk recusou com a cabeça.

– Acho que vou tentar achar uma vaga na rua em algum lugar. Sempre têm policiais rodando por aqui, não é?

– Não sei dizer. – Dois garotinhos em casacos leves demais para a estação pararam de brigar por uma garrafa pet para ver o carro deles passar.

Fitando o último chocolate na caixa, ela se sentiu meio culpada estar fantasiando sobre Brian.

Não *"fantasiando"* sobre ele, exatamente, ela pensou. Mas imaginando como ele era, como era a casa quando Brian Delaney morava lá. O quarto dele, que agora pertencia a ela, devia ser o oposto do ambiente simples, quase austero que ela criara com umas poucas fotografias em branco e preto de praias nebulosas e faróis, em molduras estreitas e pretas. O quarto de Brian teria sido um mundo de cores, paredes cobertas de pôsteres. Ele parecia um roqueiro clássico. Led Zeppelin, Black Sabbath, Jimi Hendrix. Pink Floyd, Iron Maiden, Nirvana. Ele teria uma luminária de lava vermelha e um tapete de lã vermelho sob os pés. E não teria pai, assim como ela.

Engraçado, Verônica pensou. Eles passaram por uma pizzaria onde o pizzaiolo estava parado na porta. Manchas de molho de tomate como sangue velho no avental sujo e o rosto barbado e cinzento lhe dava uma aparência de zumbi. Quando ela fechou os olhos foi quase como se pudesse sentir o cheiro do quarto de Brian, embora o cheiro de alho e farinha invadisse o carro. Por um momento ela conseguiu sentir o tapete de lã sob os pés descalços, quando na realidade as botas apertavam os seus dedos.

– Você se importa em diminuir o ar quente? – ela pediu. Abriu os olhos a tempo de ver o pizzaiolo desaparecer no ar. Os fantasmas realmente estavam a toda ultimamente.

– Sem problema – disse ele, checando um mapa que imprimira da internet. O que o fato de nenhum dos dois saber chegar à Boswell Street, a poucos quilômetros de onde moravam, dizia sobre eles?

Ela fechou os olhos, voltando ao quarto. O quarto dele. E agora Brian estava lá, sentado na cama, usando jeans desbotados e um colar de fio de couro sobre uma camiseta velha, os cabelos loiros com um tom de rosa escuro sob a luz vermelha do abajur. Ele tirava alguns papéis e um *frisbee* de debaixo da colcha e olhava para ela com a mesma expressão ansiosa e preocupada que no banheiro pela manhã. Ela se sentia dando um passo a frente.

Verônica foi arrancada do devaneio ao ouvir a roda do carro raspando na calçada e seu corpo sendo jogado para o lado.

– Desculpa! – disse Kirk. – Acho que estacionei perto demais do meio-fio. Cuidado quando abrir a porta.

Ela olhou para ele por um instante, só porque seu cabelo avermelhado era de uma cor semelhante ao de Brian sob a luz do abajur. Kirk, como Brian, tinha uma pele lisa e bonita, e, para um garoto ruivo, quase não tinha sardas.

Ela abriu a porta, que raspou na calçada até travar numa rachadura. Ela olhou para Kirk, que deu de ombros.

– Não esquenta – ele disse. – Temos que ir andando até lá. Queria deixar o carro num lugar mais ou menos visível.

Ela procurou com os olhos o lugar para onde ele estava apontando. Era o início de uma ladeira com prédios quadrados, espremidos em pequenos terrenos repletos de poeira. Um velho pit bull cheio de cicatrizes claudicou até eles para saudá-los de trás de uma cerca baixa, que ele provavelmente poderia ter pulado quando era mais jovem e mais magro.

– Ele parece amigável – comentou Kirk. Verônica sorriu sem muita vontade. Estava congelando agora que tinham deixado o calor sufocante do carro.

Eles passaram pelo quintal com o cachorro e Ronnie manteve o olhar à frente, achando que o contato visual faria o animal começar a latir. Uma conversa entre dois homens se interrompeu quando eles se aproximaram. Um deles gritou uma única palavra que não conseguiram distinguir – uma palavra que poderia ter sido um cumprimento, um aviso ou uma ameaça.

– Que ótimo! – sussurrou Kirk. Verônica viu que ele estava escondendo a mão com a câmera dentro do casaco. Quase parecia que estava carregando uma arma e ela se perguntou se era esse o efeito que ele estava querendo causar. Se fosse esse o caso, ela achava que era a coisa mais idiota possível.

– Ei! – o homem chamou outra vez, andando na direção deles. Verônica notou que ele não era tão jovem quanto ela pensara a princípio, a pele morena vincada de rugas e a cabeça careca sob o boné, não porque ele fosse estiloso, mas porque não tinha escolha. Usava uma jaqueta azul de funcionário do transporte público, com um logo da SEAT costurado no bolso e o nome dele, Larry, bordado embaixo em dourado. A jaqueta parecia bem usada, o tecido gasto liso e brilhoso nos cotovelos.

– Se prepara pra correr – Kirk sussurrou antes de responder ao homem. – Pois não?

– Estão aqui para ver Louis, garotos?

– Isso mesmo – Kirk respondeu. Louis Green era o nome do fantasma que eles deveriam rastrear.

O homem checou o relógio de pulso.

– É melhor se apressarem. Ele vai chegar logo. Desçam a rua, virem à esquerda, é a terceira casa. Todo mundo vai estar lá esperando.

– Sério?

– Sério – confirmou o homem. – Os idiotas não têm nada melhor pra fazer. Meu conselho para vocês é, podem olhar, mas depois saiam daqui rapidinho sem bobear, e não incomodem ninguém com perguntas.

– As pessoas ficam assistindo ao fantasma? – perguntou Kirk. – Tipo, regularmente?

O homem se virou como se Kirk fosse a pessoa mais burra que ele já tinha visto.

– É, elas ficam. Um bando de retardados na rua assiste todos os dias, e pessoas como vocês aparecem de vez em quando também. Acho que vocês também não têm nada melhor pra fazer além de ver alguém sendo assassinado.

– É para um trabalho de escola – disse Kirk.

– Trabalho de escola – repetiu Larry, balançando a cabeça. – Sei.

Ele voltou para onde o amigo estava sentado com uma expressão igualmente incrédula. O amigo segurava uma garrafa térmica e a ergueu para eles quando passaram.

– Eu achava que ninguém soubesse sobre esse fantasma aqui – explicou Kirk.

– Venha – Verônica o apressou. – Vamos acabar logo com isso.

Havia uma aglomeração de cerca de quinze pessoas de pé na rua em frente à casa, a maior parte garotos de 6 a 16 anos, mas havia alguns adultos também, um deles uma senhora num penhoar de cetim. Um garoto que passara por eles de bicicleta olhou por sobre o ombro para Verônica e se inclinou para sussurrar alguma coisa no ouvido do amigo. Verônica se forçou a não desviar o olhar deles. Kirk tirou a câmera do casaco e começou a brincar com o foco.

– Bela câmera! – disse o menino na bicicleta. O amigo dele riu, um garoto grande com uma jaqueta volumosa e gorro de lã. Kirk apontou a câmera para a casa.

– É aqui que Louis aparece? – perguntou ele.

– Ah, você vai ver – disse o da bicicleta, fazendo o companheiro rir outra vez. – Conseguiu essa câmera por aqui?

– Meu professor me emprestou.

– Tá me zoando! – o garoto se impressionou. – Onde você estuda?

– No Montcrief.

– Perto do campo de beisebol?

– Não. É na Crown Street. Onde ele vai aparecer?

– É só ficar apontando a câmera do seu professor para a casa – ele disse, se virando para Verônica. – Você estuda no Montcrief também?

– Sim.

– Todas as garotas lá são bonitas como você? – O garoto não parecia se importar que Kirk estivesse olhando para ele. Parecia ter uns 12 anos.

– Todas – Verônica disse, sorrindo docemente. – Somos *top models*, quase todas.

A malícia sumiu do sorriso dele.

– Qual o seu nome?

– Verônica – ela disse. – E o seu?

– Verônica – ele repetiu lentamente, pronunciando cada uma das sílabas. – Ve... rô... ni... ca. Meu nome é David.

– Oi, David.

– Ei, David – chamou o amigo. – Ele já vai aparecer.

– Me dá o seu telefone, Verônica? – David pediu. – Talvez pudéssemos sair um dia desses.

– Eu não acho que tenha espaço na sua bicicleta.

Kirk tirou os olhos da câmera, balançando a cabeça.

– Ah, eu dou um jeito.

– Eu não tenho papel.

David tirou um celular do tamanho de um cartão de crédito de um bolso do jeans.

– Eu gravo aqui.

Ela deu um número falso e então ouviu as pessoas ofegarem.

Não por causa dela. A janela grande num canto da casa se escancarou quando um rapaz sangrando pulou através dela e aterrissou com tudo na neve suja. O homem – Louis – lutou para ficar de pé. O clichê de comparar essa imagem a um filme passou pela cabeça dela, talvez porque a expressão aterrorizada de Louis parecia mais com a de um ator de filme de terror do que com a de uma pessoa de verdade. Terror, provocado pelo desespero. Louis correu dois passos e então as costas dele se arquearam e dois buracos vermelhos se abriram no seu peito, cada um com um jato de sangue que evaporou no ar diante dele. Ele caiu no chão, estremeceu uma vez e desapareceu.

A maioria das crianças da plateia vibrou. David não, mas o amigo dele ergueu o punho no ar e soltou um grito de guerra. Kirk tirou o olho do visor com uma expressão de choque no rosto.

– Caramba! – disse, e pegou o braço dela. – Vamos dar o fora daqui.

Verônica viu dois garotos, de 7 ou 8 anos, baterem as palmas das mãos no alto. Um terceiro reencenava o assassinato de Louis rolando no chão sujo, ignorando as irmãs mais velhas que o mandavam parar.

Ela deixou Kirk guiá-la de volta para o carro. O retorno para casa foi feito em silêncio.

Eles saíram à caça de fantasmas uma terceira vez alguns dias depois, direto da escola. Quando Kirk encontrou Verônica em frente ao armário dela, ela estava tentando convencer Janine a ir com eles, uma ideia que a garota, pelo que ele podia ver, tinha achado apavorante.

– Não. Não, não, não, não – ela disse, os cordões do gorro dançando cada vez que ela balançava a cabeça. – Hã-ã. De jeito nenhum.

– Janine! – Verônica insistiu, uma ponta de impaciência e decepção na voz.

– Não, eu não posso. Simplesmente não posso – disse ela.

Kirk só tinha ouvido parte da conversa, mas captou a essência.

– Tem certeza, Janine? – ele perguntou. – Vai ter bolo.

Ela piscou, e depois deu uma risada.

– Nem mesmo tendo bolo.

Ele não sabia o que o deixava mais feliz: o sorriso dela ou o que ele recebeu de Verônica por fazer Janine rir.

– Mas é sério, Janine! – ele continuou. – Vai ser fácil. Nós só vamos ver fantasmas que não são muito assustadores. Tem uma menininha na biblioteca que...

Janine cobriu as orelhas com as mãos enluvadas.

– Fantasmas de crianças são os mais assustadores!

– Ok, ok – ele disse. – Nada de fantasmas de crianças.

– Não posso – disse Janine, a voz reduzida a um sussurro. – Sinto muito.

Derrotada, Verônica se virou para Kirk.

– Tudo bem – ela disse. – Só eu e você, então.

Kirk concordou em dar uma carona até em casa para Janine. Verônica apontou a casa dela para Kirk quando eles passavam em direção à de Janine.

– É mal-assombrada – Janine disse do banco de trás. Verônica teve que abafar uma risada, e viu que Kirk estava fazendo o mesmo.

Kirk parou na entrada de carros de Janine e ela o agradeceu ao abrir a porta; então correu pelo gramado até a casa.

– Coitada – disse Kirk, dando ré. – Ela costumava ser tão durona.

– Acho que está ficando mais corajosa – Verônica disse. – Não vou desistir dela.

– Nem eu. E falando em coragem, você pode precisar para a nossa primeira visita.

– Sério? Achei que tinha prometido que não teria fantasmas assustadores.

– Isso se Janine viesse com a gente. Você – ele disse, sorrindo para ela ao parar num cruzamento –, você aguenta.

– Que simpático! – disse Verônica, dando um soco de brincadeira no braço dele. – Minha mãe disse que você pode ir lá em casa hoje. Para o jantar. – Verônica tocara no assunto com a mãe naquela manhã, logo depois de o fantasma do pai desaparecer.

– Eu ainda gosto dele, mãe – ela dissera.

A mãe bocejou.

– Quem?

– Kirk. Eu ainda gosto dele. Ele pode vir aqui hoje à noite para você conhecê-lo?

– Kirk? – a mãe perguntou. – É ele que quer filmar o seu pai? Acho que tudo bem.

Ouvindo só o resultado da conversa de mais cedo e não o tom indiferente da mãe de Verônica, o humor de Kirk, que já estava bom, ficou ainda melhor.

– Hum. Então para onde estamos indo?

– Primeira parada, Hospital Baccus.

Meia hora depois eles estavam sentados na sala de espera de um pronto-socorro. Havia uma dúzia de pessoas, mais ou menos, esperando para ser atendidas ou acompanhando alguém que seria. A maioria era de casos de gripe, mas também havia uma mulher segurando um saco enorme de gelo contra a testa e uma outra apoiando o braço num ângulo estanho. Kirk engenhosamente jogara a jaqueta no banco ao lado deles para que a câmera ficasse escondida e só a lente visível. Ele duvidava que os funcionários do hospital apreciassem a gravação.

– No livro, o Peixe tem uma lista de fantasmas de toda a cidade – ele disse. – Mas esse aqui eu já vi. No verão passado, quando precisei levar uns pontos por causa de uma cabeçada no basquete.

– Isso explica certas coisas – disse Verônica. – O Peixe tem um livro?

– Sim, é nisso que estou ajudando. Ele está terminando para mandar para a editora. Mas eu discordo de muita coisa que ele diz.

– Por exemplo?

Ele estava prestes a responder quando uma imagem apareceu tão de repente que Verônica e a mulher com a bolsa de gelo soltaram um grito. O fantasma passou pelas portas automáticas sem que elas se abrissem, deitado como se estivesse sendo levado numa maca. A imagem era de um homem com botas de motociclista e jaqueta jeans rasgada e manchada de sangue. A cabeça estava virada para o outro lado, então não puderam ver o rosto dele. Ele desapareceu antes que a maca invisível chegasse ao balcão. Kirk, confiante de que filmara tudo, olhou para os vivos em volta. Ele achou a atitude da recepcionista a mais estranha, porque ela não esboçou nenhuma reação. Só continuou arquivando e grampeado ou seja lá o que estivesse fazendo.

– Acho que esse foi a "hora da morte" – Verônica sussurrou. Kirk embrulhou a câmera no casaco e eles deixaram o hospital.

Nem todos os fantasmas – ou imagens – provocavam uma reação em Verônica, mas o do Hospital Baccus provocou. Os mais ensanguentados eram um lembrete eficaz da sua frágil mortalidade. Ela o imaginou como um motociclista que cometera só um erro milimétrico, e isso lhe custara a vida.

– Verônica?

– Hum?

– Está tudo bem? – Kirk perguntou. – Eu estava te contando sobre a nossa próxima imagem.

– Ah. Desculpa. É outra imagem de crise?

Kirk balançou a cabeça.

– Não se você acreditar no que diz o Peixe. Ele diria que o que vamos ver é uma "imagem de hábito". Imagens de hábito são as que aparecem fazendo alguma coisa que provavelmente fizeram várias vezes durante a vida; geralmente uma atividade rotineira e mecânica.

– Como a professora que apareceu durante a aula? A srta. Janus?

– Pode ser. Mas ela poderia ser uma "imagem de apego". São imagens de pessoas que aparecem em lugares com os quais tinham uma forte ligação, boa ou ruim.

Ela pensou por um instante.

– Então existem as imagens de crise, hora da morte, apego e hábito? – ela listou.

– Se você acreditar no Peixe.

– Então o fantasma da mulher atropelada na Case Street seria um fantasma de crise? – ela perguntou, pensando na horrível mulher sangrando no vestido azul.

– *Imagem* – Kirk corrigiu. – Imagem de crise. Mas, sim, com certeza.

– E a garotinha que você viu? É um fantasma de apego?

– Você pega rápido.

– Então o meu pai seria uma imagem de hábito? – ela disse.

A pergunta o deixou desconfortável.

– Só se você acreditar no Peixe – ele disse. – Ei, estamos quase lá. Você pode trocar a fita para mim?

Ela pegou o estojo de couro e virou a câmera nas mãos algumas vezes antes de descobrir como ejetar a fita cassete.

– Eu nunca usei uma dessas antes – ela disse.

– É das antigas – explicou Kirk. – Eu não me preocuparia muito com as teorias, Ronnie. O Peixe tem muitas ideias malucas.

– Não estou preocupada – ela afirmou. A fita cassete se ajustou no lugar com um clique satisfatório.

– Eu acho que esses fenômenos têm muito mais substância do que ele pensa – disse Kirk. – Acho que algumas dessas supostas imagens *são* fantasmas ou fantasmagóricas, porque...

Uma risada louca encheu o ar, e Kirk quase jogou o carro na outra pista.

– Que diabos...?! – ele disse por sobre o barulho. Verônica fez sinal para ele ficar quieto.

Na pequena tela da câmera de vídeo, uma garotinha de pijama estava cutucando uma bola pendurada num dos galhos mais baixos de uma árvore de Natal cheia de guirlandas, luzinhas e enfeites. Uma moça bonita, também rindo, também de pijama, estava sentada de pernas cruzadas do lado da menina, tentando evitar que ela estragasse alguma coisa. A imagem sacudiu uma vez e então se estabilizou, enquadrando uma parte maior da árvore, mas ainda focada na mãe e na menina.

– Venha cá, Stephen! – disse alguém fora de vista, e um instante depois um homem usando calça de moletom e camiseta apareceu e se sentou ao lado da mulher – a esposa dele, sem dúvida.

Kirk tinha dirigido para um posto de gasolina e parado o carro para poder assistir também, mas Verônica nem percebeu até que ele estivesse curvado sobre o ombro dela, de um jeito muito semelhante ao que o homem do vídeo se inclinava sobre a mulher. Ele – o homem, não Kirk – se curvou para beijar o pescoço dela.

– É o Peixe – Kirk disse num sussurro.

Mas um Peixe que ela nunca vira antes; ele estava sorrindo, para começar – um sorriso de verdade, não um risinho cínico como os que soltava na classe. A cabeça dele estava cheia de cabelos e ele não tinha a barriga protuberante que exibia agora. Mesmo na imagem levemente granulada, dava para ver que a pele dele não era tão pálida, os olhos não eram tão inchados.

Verônica pensou na mãe e achou que talvez as pessoas não tivessem que morrer para se tornarem um fantasma. Ela duvidava que essa teoria aparecesse em qualquer parte do livro do Peixe.

– ESTOU SURPRESO que a sua mãe esteja nos deixando fazer isso – Kirk comentou.

– O quê? – perguntou Verônica. – Um trabalho para ter crédito extra?

– Você entendeu – ele disse. Ergueu a cabeça para os flocos de neve leves e cinzentos que começavam a cair do céu, observando-os pousar no chão ou no cabelo de Ronnie. A neve que tocava o asfalto se liquefazia com o contato, mas os flocos que caíam nas lâminas verdes e opacas de grama permaneciam ali, agarrando-se à vida. – Eu não posso levar garotas lá em casa quando os meus pais não estão.

– Eu disse para a minha mãe que não estava nem um pouquinho atraída por você – disse ela. – Isso ajudou.

– Ah, é? – murmurou Kirk.

Ela pegou a mão dele.

– Nem um pouquinho – repetiu, e se inclinou para mais perto. O cabelo dela e o perfume fizeram cócegas no nariz dele.

Ela destrancou a porta da frente e o convidou a entrar.

– Minha mãe ficará fora pelas próximas horas – ela disse, jogando a chave na mesa e deixando a mochila cair no chão.

– Ah, sério? – ele comentou, tão sutil quanto possível. – O que você quer fazer até lá?

Ela encolheu os ombros para tirar o casaco e o pendurou num gancho na porta. Olhou de volta para ele, e por um instante de incerteza ele conseguiu vê-la lutando para tomar uma decisão. Seu ânimo foi desmoronando até que ela colocou os braços em torno do pescoço dele.

– Pensei em fazermos isso – ela disse, a voz nada além de um sussurro quando se inclinou para beijá-lo. Os lábios dela eram quentes e macios contra os dele, e o hálito tinha gosto de canela quando Kirk abriu a boca. Ele a puxou para mais perto, envolvendo-a pela cintura e segurando-a com firmeza, e eles ficaram parados ali por algum tempo, beijando-se na entrada.

Ela estava sem fôlego quando eles pararam. Ele não a soltou, nem a deixou se afastar.

Ela gosta de mim, Kirk pensou.

– Quer beber alguma coisa? – perguntou Verônica, e antes que ele pudesse responder ela se inclinou e deu uma mordidinha no lábio inferior dele. – Leite, chá gelado, Pepsi Diet? Deixa eu tirar o seu casaco.

– Eu tiro. Um refrigerante está ótimo, qualquer um – ele disse. Pendurou o casaco no gancho ao lado do dela, vendo a saia de Verônica rodar quando ela se virou na direção da geladeira e pegou um refrigerante; e depois o suéter dela subir quando estendeu o braço para o armário de copos.

Ela pôs cubos de gelo em cada copo e serviu o refrigerante. Beijou-o outra vez, mais um beijo longo e vagaroso, quando lhe entregou a bebida.

– Posso precisar de mais gelo – brincou Kirk quando se separaram.

Ele deu um longo gole e descansou o copo na mesa da cozinha. Ela bebericou o seu refrigerante e então Kirk a puxou para si, beijando sua boca, sua bochecha, e se demorando no seu pescoço.

– Hum... – ela murmurou, as mãos nos ombros dele, fazendo uma pressão leve. – Devagar aí. Devíamos fazer a nossa lição de casa.

A resposta de Kirk, por sorte, foi abafada pelo pescoço dela.

– O quê?

– Eu disse que você tem razão – respondeu Kirk. Ele abriu a mochila, tirou o livro pesado de química e o colocou sobre mesa. – Está totalmente, absolutamente certa.

– Você está bravo? – ela perguntou.

– O quê?

– Você está bravo?

– Por que eu estaria bravo? – Na verdade, ele estava eletrizado. Beijar Ronnie era ainda melhor do que ele tinha imaginado.

– Não sei – disse ela. – Vou subir para me trocar. Já volto, ok?

– Ok – Kirk disse. Ela subiu as escadas. O ar estava quente e estagnado na cozinha dos Calder. Ele fechou os olhos e tentou imaginar o que Ronnie tiraria primeiro, a saia longa ou o suéter macio de caxemira. Seus devaneios foram interrompidos por um baque abafado. As botas, ele se esquecera das botas. Como pudera se esquecer das botas?

O ruído do sapato batendo no assoalho o trouxe de volta à cozinha. Ele bebeu o refrigerante e se permitiu pensar que ela queria que ele a seguisse até o andar de cima. A escada acarpetada o atraía e ele quase derramou a bebida ao apoiar o copo sobre o livro de química enquanto pensava em subir, dois degraus de cada vez.

Por outro lado, ele não teria alternativa a não ser se matar se subisse as escadas e essa *não* fosse a intenção dela. Isso se ele não caísse morto de vergonha ali mesmo.

Eu realmente gosto dela, pensou Kirk.

James, é claro, não iria nem pensar essas coisas. Ele só subiria as escadas e, se Ronnie gritasse, pediria desculpas e voltaria à cozinha.

Talvez James já tivesse subido essas escadas, ele pensou.

Kirk deu outro gole. Havia uma dúzia de bilhetes pregados na geladeira com ímãs, a maioria de vacas ou pequenos porta-retratos com fotos de uma Ronnie muito mais nova. Ronnie com um chapéu de festa pontudo, soprando uma vela em formato de número 1. Ronnie com um figurino de dança extravagante, fazendo beicinho para a câmera. Uma Ronnie de 2 anos de idade com um maiô listrado, segurando a mão do papai na praia.

Kirk se voltou para a mesa da cozinha. A cadeira virada para a porta estava um pouco distante da mesa. Ele se sentiu constrangido e arrepiado ao mesmo tempo.

Sinto muito ter beijado a sua filha na sua frente, fantasma do pai da Ronnie, ele pensou. Mas, na verdade, não sentia muito. Nem um pouquinho. A ideia de beijar e tocar Ronnie na frente do fantasma do pai dela – da *imagem* dele – era meio bizarra, mas Kirk podia sobreviver a isso.

Ele tirou a câmera do Peixe da mochila e de repente se deu conta da rapidez com que o seu esquema para passar mais tempo com Ronnie dera certo. Ronnie era mais esperta do que a maior parte das dezenas de garotas por quem ele estivera interessado, e talvez essa fosse a diferença. Havia uma curiosidade ardendo dentro dela, uma tendência a perguntar e descobrir, e tinha sido isso que a aproximara, rapidamente, dele.

Missão cumprida, Kirk pensou. Ele podia largar aquela coisa toda do crédito extra agora, se quisesse. Deixar que o Peixe andasse para cima e para baixo na cidade, filmando as imagens ele mesmo.

Ele apontou a câmera para o lance de escadas. Eu também tenho uma curiosidade ardente, Ronnie, pensou. E uma imaginação muito fértil.

Ele se virou para a mesa outra vez, ligando a câmera e apontando-a para a cadeira onde ele imaginava que o pai de Ronnie aparecia.

– A noite vai ser longa, pai da Ronnie – disse ele, prevendo a sua madrugada insone pensando em Ronnie e no beijo dela.

– Sério? – Ronnie disse atrás dele, pegando-o tão desprevenido que Kirk teria derrubado a câmera se a tira de couro não a prendesse à sua mão. – Eu estava justamente pensando que gostaria que tivéssemos mais tempo.

– É ne-nessa cadeira que o seu pai aparece? – ele perguntou, atropelando as palavras numa tentativa desajeitada de esconder seu embaraço.

– É aí mesmo – confirmou ela. – Toda manhã, às 7h13 pontualmente. Com um jornal e uma xícara de café. Não consigo entender a xícara, porque ele não a segura na maior parte do tempo. As roupas eu entendo, os óculos e o jornal, porque ele toca todas essas coisas. Mas a xícara? Por que ela aparece se ele não está tocando nela?

– Isso é meio estanho – Kirk comentou, grato por Ronnie não ter prolongado o seu constrangimento. Ela vestira jeans desbotados e justíssimos nas pernas. Não tinha trocado o suéter.

– É o contrário do cara cortando grama. Ele usa um cortador de grama invisível.

– Exatamente. Por que você acha que isso acontece?

– Não sei. Mas a xícara do meu pai aparece.

– Ela quebrou? Talvez seja o fantasma da xícara do seu pai.

A risada dela era como música.

– Não, seu bobo – ela disse, tirando a xícara do armário. Era uma caneca barata e tinha uma foto desbotada de um bebê sorridente. – É essa aqui.

– É você? O bebê?

– Eu não era fofa?

– Ainda é.

– Às vezes eu a uso no café da manhã quando ele aparece, só para ver o que acontece. Acho que fico esperando poder mudar o padrão dele.

– Alguma coisa mudou?

– Não – ela disse, devolvendo a caneca ao armário. – É sempre a mesma coisa. Ele lê por um tempo, pega a caneca, dá um gole, coloca a caneca na mesa de novo e aí vira a página. Um tempo depois ele ergue os olhos e sorri.

– Hum...

Kirk pensava. Uma imagem na caneca, a caneca em si uma imagem. Ele se perguntou o que o Peixe acharia dessa história. Os conceitos anuviavam a cabeça de Kirk, uma sensação parecida com a que ele experimentara ao beijar Ronnie.

– Eu estava olhando as suas fotos – ele disse, apontando a fotografia de Ronnie no vestido cheio de babados e com o chapéu de festa. – Você não parece ter só 1 ano de idade nesta aqui – comentou. – Parece ter a idade da minha irmã Jenny.

– Quantos anos Jenny tem?

– Quatro.

– Você é um detetive e tanto. É a piadinha do meu pai. Eu nasci no dia 29 de fevereiro. Essa foto é do que teria sido o meu quarto aniversário.

– No dia 29 de fevereiro? Está brincando! Eu nunca conheci ninguém que tivesse nascido nesse dia. Ei, acabei de me tocar, este ano é bissexto. Você vai fazer aniversário de verdade este ano.

– É, em algumas semanas.

Kirk riu.

– Enfim – disse ela –, não vamos fazer a lição de casa na cozinha. Tem mais espaço no sofá.

– Ok.

– E ainda temos algum tempo antes que a minha mãe chegue em casa – ela disse, os olhos verdes maliciosos.

Ela o pegou pela mão e o levou para a sala de estar.

Ouviram o tilintar de chaves, seguido do arranhar da fechadura girando. A porta se abriu, e Verônica e Kirk ouviram o farfalhar e o baque de malas sendo largadas no chão e no balcão apressadamente.

– Vocês se divertiram? – a sra. Calder perguntou da cozinha.

Verônica olhou para Kirk antes de responder; ele ergueu uma sobrancelha e abriu um sorriso satisfeito.

– Sim, mãe – disse ela. Eles tinham espalhado livros e cadernos e folhas soltas pela mesa de centro na frente do sofá numa simulação razoável de dever cumprido. Tinham aberto os livros mais ou menos uma hora antes, mas Kirk estava encarando a mesma página do livro de química havia uns 45 minutos e ainda não tinha nem uma vaga noção do que estava escrito ali. Os outros quinze minutos ele passara olhando para Ronnie ou para a TV, que ela tinha ligado logo depois de decidir que eles simplesmente tinham que parar.

Kirk não queria parar. As coisas estavam tão quentes quanto podiam estar entre duas pessoas vestidas. Mas ele parou mesmo assim. Logo depois Ronnie atendeu a uma ligação do celular e ele a ouviu dizer “Oi, James”. Ele não podia ouvir os dois lados da conversa, mas a ouviu dizer muitos nãos. Antes de ela se despedir e ele ouvi-la dizer "Não posso. Vou sair com Kirk nessa noite". Ele sorriu, porque não tinham marcado nada ainda.

Ronnie conseguira digitar no laptop três páginas de uma redação que o sr. Bittner pedira. Kirk estava impressionado com a habilidade dela de mudar o foco.

Ou então, ele pensou, talvez ela só não esteja tão a fim de você.

A sra. Calder entrou e a semelhança entre ela e a filha era espantosa. A diferença era que Ronnie estava na flor da idade, tão viçosa que parecia brilhar, enquanto a sra. Calder parecia murcha.

Mas o seu sorriso tinha calor de verdade.

– Você deve ser Kirk – disse ela.

– Oi, sra. Calder – disse Kirk, levantando-se do sofá para apertar a mão dela, que estava quente, mas parecia frágil na dele. Ela usava uma aliança e um anel de noivado com uma pedra modesta e nenhuma outra joia.

– Como foi o trabalho, mãe? – Ronnie perguntou, com animação na voz, como se estivesse entusiasmada que a mãe o tivesse conhecido, ou vice-versa. – A sra. Hergstrom voltou?

– Ela estava lá – respondeu a sra. Calder. Kirk achou que ela parecia exausta. – Pobrezinha.

– A minha mãe tem um fantasma novo no trabalho – Ronnie explicou.

– Ah.

– Ronnie me contou do seu projeto para conseguir crédito extra – disse ela. – E que você gostaria de gravar o meu marido.

– Hum, sim. Se não tiver problema, quer dizer.

A sra. Calder cruzou os braços, um gesto que a fez parecer menor e mais retraída, e assentiu com a cabeça.

– Eu ainda não pensei no jantar – ela disse. – Você vai ficar para jantar, certo?

Kirk olhou para Ronnie, que ergueu uma sobrancelha.

– Claro! – ele concordou. – Seria ótimo.

– Posso pedir comida chinesa. Você gosta de comida chinesa?

– Gosto – disse ele. – De qualquer tipo.

A sra. Calder pegou as chaves do balcão.

– Eu volto já. O restaurante é só a alguns minutos daqui. – Ela já estava no celular fazendo o pedido quando chegou do lado de fora.

Kirk olhou para Ronnie.

– Ela gosta de você – Ronnie disse, como se lesse a mente dele.

– É, eu percebi.

– Não, é sério! – ela disse, atravessando a cozinha para dar nele um abraço rápido demais. – Ela não teria te convidado para jantar se não gostasse. Ela só tem um pouco de dificuldade às vezes com, hã, pessoas de verdade.

– Como Janine?

– Não, não como Janine. É meio que o oposto. Ela prefere estar com o fantasma do meu pai do que com pessoas de verdade, às vezes.

– Uau!

– Só fale sem parar. Ela vai ficar mais animada.

Ele sorriu.

– Falando em ficar mais animado...

Ronnie fez uma careta.

– Ela volta em vinte minutos. Vamos fazer um pouco da lição.

A sra. Calder demorou cerca de quarenta minutos, e quando voltou Kirk já estava com muita fome. Ele esperava que a sra. Calder não ouvisse sua barriga roncando.

Ronnie pôs os pratos e talheres de prata sobre a mesa de jantar e então ajudou a mãe a colocar a comida em travessas. Kirk se esgueirou para a cozinha, oferecendo ajuda, mas as mulheres o tocaram dali. Havia arroz frito, frango com brócolis, ovos Foo Young, Moo Goo Gain Pan, rolinho de ovos e costela desossada.

– Você exagerou um pouco, mãe – disse Ronnie, servindo sopa de *wonton* numa tigelinha azul que pusera na frente de Kirk.

– Quando é que recebemos visitas? – a mãe respondeu, enquanto trazia mais alguns pratos. Kirk esperava que isso significasse que James nunca tinha sido convidado. Cara, Kirk pensou, você não vai ficar nada feliz quando descobrir. – Considere um presente de aniversário adiantado. Vocês dois podem levar as sobras para a escola amanhã, se quiserem. Puxa, esqueci as bebidas. Chá gelado está bom para você, Kirk?

– Está ótimo! – ele respondeu. Talvez a falta de visitas significasse que Ronnie não chamava muitos garotos para ir à casa dela.

Um pouco depois a sra. Calder voltou com as bebidas.

– Uau, minha mãe deve gostar mesmo de você! – Ronnie disse, sentando-se ao lado dele. Quase imediatamente ela começou a esfregar a panturrilha dele com o pé. – Ela nunca põe uma fatia de limão no *meu* chá.

– Quietos, vocês dois – a sra. Calder disse, finalmente se sentando. – Olha como está linda a comida! – admirou-se. – E o cheiro está ótimo também.

– Não cozinhamos muito – Ronnie explicou. Ela estava sentada muito perto de Kirk e ele conseguia sentir o cheiro do perfume dela mesmo com a mistura de aromas da comida. – Muita salada e sopa enlatada.

Kirk se perguntou se a mãe dela tinha notado quanto eles estavam próximos, ou visto o pé da filha subindo e descendo pela barra do jeans dele.

– Sopa é bom – Kirk disse. – Não tem nada errado com sopa. – Ele cortou um *wonton* com a colher.

– A sua mãe cozinha bem? – a sra. Calder perguntou. – Ou é o seu pai quem cuida dessa parte?

– A minha mãe – Kirk respondeu. – Ela é boa cozinheira.

Na verdade, quando parou para pensar, ele se deu conta de que a mãe era uma cozinheira excepcional, sempre preparando refeições rapidamente, para uma família de sete pessoas, todos com horários diferentes, empregos, esportes e outras atividades extracurriculares. Ele não fez nenhum comentário, entretanto, porque não tinha certeza de como a sra. Calder reagiria. Ele via uma fragilidade nela, uma ferida que o fazia pensar que qualquer comentário sobre a versatilidade da sua própria mãe a faria se sentir um fracasso.

Além disso, ele estava adorando a sopa de *wonton*. As raras vezes em que a família dele comia fora era quase sempre pizza ou hambúrguer.

– Você tem irmãos, Kirk?

– Três irmãs e um irmão – ele respondeu. – Casa cheia.

– Cinco filhos... – a sra. Calder disse, com um olhar distante. – Eu sempre esperei que Eric e eu fôssemos dar a Ronnie um irmão, uma irmãzinha talvez, mas não era para ser. Deve ser maravilhoso ter uma família grande.

– Às vezes – ele disse. – Mas nós não saímos muito para comer comida chinesa.

Ela riu.

– Então me conte sobre o seu projeto – pediu. Ela não estava olhando para ele quando disse isso; estava empurrando um *wonton* solitário pela tigela com a colher. Os dedos de Ronnie se afastaram da perna dele e Kirk se perguntou se era alguma espécie de sinal, mas um instante depois ela apertou a parte de cima da sua coxa.

– Bem... – ele começou, limpando a garganta. – Eu tenho que rodar a cidade gravando imagens. É assim que o Peixe chama os fantasmas.

– O Peixe? – a sra. Calder perguntou, erguendo os olhos da sopa e sorrindo.

Ele tossiu.

– É como chamamos o sr. Pescatelli.

– Ah – ela disse. Quando os olhos dela brilharam, ele pôde ver de quem Ronnie tinha puxado o sorriso.

– Enfim – continuou ele –, o sr. Pescatelli quer que eu grave tantos tipos diferentes de imagem quanto possível. Como pesquisa para o livro que ele está escrevendo.

– Por que você acha que vemos fantasmas? – a sra. Calder perguntou, finalmente cortando o *wonton* no meio ao falar.

– O Acontecimento – ele disse.

A sra. Calder esperou. Ronnie tirou a mão da coxa dele e foi como se ele conseguisse pensar novamente.

– Bem, claro que foi o Acontecimento – ele começou, a garganta subitamente seca, como se a comida estivesse temperada com algum condimento estranho. – O que eu quero dizer é que, de acordo com a teoria, todos nós temos uma espécie de energia dentro de nós...

– Uma energia?

– Alguns chamariam de alma, outros...

– Essa teoria é sua ou do sr. Pescatelli?

Kirk olhou para Verônica buscando ajuda, mas os olhos dela estavam fixos no prato à sua frente. Ele teve a sensação de estar andando sobre o gelo e ouvir o estalo agudo de uma rachadura.

– Minha – ele respondeu. – Eu li todo o trabalho do sr. Pescatelli, alguns outros livros e artigos também. Só estou começando a formar uma teoria própria.

– Você acredita em almas, Kirk? – ela perguntou.

Ele respirou fundo.

– Acredito. E acredito que a alma, em vida, deixa rastros da sua energia em todo lugar por onde vai. – Ele pensou em Molly, a garotinha da biblioteca, o olhar de felicidade simples e pura no seu rosto enquanto tentava alcançar um livro. – E acho que há certas coisas, emoções, acontecimentos especiais, que fazem com que mais dessa energia seja liberada.

– De onde vêm os fantasmas, então? – perguntou a sra. Calder, a voz suave, como se algo que ele dissera tivesse repercutido dentro dela.

– Eu penso o seguinte. Quando todo mundo... morreu... no Acontecimento, uma grande soma dessa energia anímica foi liberada de uma vez só. A radiação dessa energia atravessou o ar e a matéria e ativou as imagens.

Sua sopa tinha acabado, então ele começou a se servir dos outros pratos que Ronnie passava para ele. A sra. Calder estava olhando na direção de Kirk, mas ele teve a sensação sinistra de que ela estava olhando por sobre o ombro dele, para a cozinha.

– O Peixe provavelmente vai me dar um zero pelas minhas teorias – disse ele, esperando melhorar o clima.

Ela deu uma risadinha.

– Por que você acha isso?

– Ele não parece acreditar em nenhuma explicação metafísica. A maioria das pessoas acredita em fantasmas, e que a morte de todas aquelas pessoas na cidade abriu uma fenda entre este mundo e o próximo, trazendo de volta os espíritos dos mortos. Mas ele acha que as imagens são resultado de um processo químico, causado pela liberação de toda essa "energia vital". Essa energia ativou imagens armazenadas que de alguma forma estavam impressas no mundo. Então, na cabeça dele, não é uma ponte entre este mundo e a vida após a morte que está surgindo, mas uma ponte entre o nosso mundo e o passado.

Ele parou por tempo suficiente para provar os ovos Foo Young, cobertos por um molho marrom espesso.

– Se o Peixe estiver certo, não tem nada de sobrenatural nessas imagens – Kirk continuou, desejando conseguir parar de falar e comer mais rápido. Ele nunca tagarelava assim em casa, pensou, onde o jantar era disputado com outras seis pessoas famintas e não se podia desperdiçar um segundo. – São só o resultado de um processo raro, mas natural do ponto de vista da química.

– E você? No que acredita? Por que ele te daria um zero?

– Eu acredito em almas – disse Kirk. – Ele só acredita em memórias.

– Interessante – disse a sra. Calder, pondo de lado o que restara da sua sopa e sorrindo para ele. – Acho que gosto mais da sua teoria. – Ela colocou no prato um pouco de arroz frito e Moo Goo Gai Pan. Ao contrário da mãe dela, Ronnie, ainda bem, tinha um apetite tão voraz quanto o dele. – Você mencionou tipos diferentes de imagem?

Ele assentiu, dando outra garfada antes de relacioná-los para ela.

– Uma imagem de hábito – ela repetiu, concentrando-se na descrição que mais se aproximava da do marido dela. – A teoria do sr. Pescatelli não é muito reconfortante.

– Não sei não, mãe – Ronnie entrou na conversa, dando um tempo a Kirk para comer. A comida estava deliciosa, e era óbvio que ele estava gostando muito do jantar. – Muita gente acha os fantasmas assustadores. Talvez tivessem menos medo se houvesse uma explicação racional, científica.

– É assim que você se sente, Ronnie? – ela perguntou. – Você ficaria mais feliz se alguém conseguisse provar que não existe vida após a morte?

Foi como se a sra. Calder tivesse evocado um fantasma, Kirk pensou, como se as palavras dela tivessem expulsado todo o calor do ambiente. Ronnie levou um instante para responder.

– Claro que não, mãe! Mas não acho que explicar as imagens cientificamente é a mesma coisa que provar que não existe vida após a morte.

Kirk tinha que concordar. Afinal de contas, quem ia querer passar a eternidade lendo o mesmo artigo de jornal? Ele limpou a garganta.

– De qualquer maneira – disse ele –, é isso que eu tenho que fazer para o meu projeto. Gravei mais ou menos vinte imagens até agora.

– Tem algum fantasma na sua casa, Kirk?

– Não. Minha mãe diz que a casa é tão barulhenta que eles têm medo de aparecer.

A piada não surtiu efeito.

– Você conhece alguém que agora seja um fantasma? Alguém que morreu e voltou como fantasma?

– Não, não conheço.

Ela levou um guardanapo à boca e assentiu, como se o que ele dissera explicasse certas coisas. Ronnie estava olhando para ele, mas Kirk nem percebeu.

– Estamos lendo *Hiroshima* na aula do sr. Pescatelli – ele comentou. – Ele acha que também apareceram imagens lá e em Nagasaki, e em outros desastres em que muitas vidas foram perdidas. O tsunami na Indonésia, por exemplo.

– É mesmo? – disse ela. – Nunca ouvi dizer que esses lugares fossem mal-assombrados.

– O número de mortes foi consideravelmente menor do que o do nosso Acontecimento – ele explicou. – Então as imagens estavam muito mais localizadas. Quanto maior o fenômeno, maior a quantidade de fantasmas.

– Você não acha que haveria mais indícios? – Ronnie perguntou.

– No caso do Japão, impediram que grande parte fosse divulgada. Mas dá para achar material sobre o assunto na internet.

– Ainda assim – a sra. Calder disse –, acho que ouviríamos falar desses fantasmas com mais frequência.

– Bem – ele começou, sabendo que o que estava prestes a dizer não ia parecer mais engraçado do que a sua piada sobre a casa barulhenta –, ele diz que as imagens desaparecem com o tempo. De acordo com ele, os fantasmas pararam de aparecer regularmente em Hiroshima por volta de 1953.

– Ele acha que isso vai acontecer aqui também? Eu acho que, se houve uma mudança, temos mais fantasmas agora do que nesta mesma época no ano passado. O garoto no banheiro de Verônica e a pobre sra. Hergstrom.

– É verdade – concordou ele. – Isso torna a nossa situação um tanto única.

Mas só se desconsiderarmos outra crença antiga sobre espíritos e aparições, ele pensou, lembrando-se de um assunto mencionado pelo Peixe no capítulo final do seu livro, no qual ele, para parecer imparcial, discorre sobre outro tipo de imagem que abriria buracos do tamanho do Acontecimento nas suas teorias preferidas. Ele postulou um sexto tipo de imagem, uma imagem que Kirk achava mais assustadora que as outras cinco juntas.

O Peixe dizia que a sexta imagem aparecia para pressagiar uma tragédia futura, como os *banshees*, seres fantásticos da mitologia celta cujos lamentos prediziam a morte do patriarca da casa. A sexta imagem podia fazer mais do que simplesmente aparecer.

A sexta imagem podia agir.

Eles assistiram a uma fita que Ronnie tinha gravado, sentados lado a lado no sofá sem se tocar, enquanto a sra. Calder lia revistas na sua poltrona reclinável. Kirk não achou a filmagem interessante a ponto de desviar a sua atenção de Ronnie completamente, apesar de que uma horda de Fantasmas de Crise babões poderia ter entrado em torrente pelas janelas e ele não os acharia tão interessante quanto achava Ronnie.

– Boa noite – a sra. Calder disse depois que a fita acabou. – Vou para a cama. Vejo você pela manhã, Kirk?

– Levantando com o sol – ele disse. Kirk esperou até que ela desaparecesse no andar de cima para se virar e beijar Verônica.

– Levantando com o sol – ela o imitou.

Ele se levantou do sofá.

– Claro que seria mais fácil se eu pudesse simplesmente passar a noite aqui – ele disse.

– Claro! – disse Verônica, passando-lhe os seus livros. – Kirk?

– Hum?

– Você falou sério no jantar? Sobre as almas?

Ele riu.

– Você pareceu bem cética. Fiquei me perguntando se disse para a sua mãe alguma coisa que você preferia que eu não tivesse dito.

Ela balançou a cabeça.

– Não, tudo bem. Gostei que você disse aquilo. Acho que pode ter ajudado a minha mãe.

– Agradeça à Molly – ele disse. – Não me sentia desse jeito até vê-la. Não é que eu tenha alguma prova empírica nem nada, mas, quando estava olhando para ela, estava olhando de verdade, entende? E o que eu vi... foi como se eu estivesse vendo alguém com substância, alguém real, não só uma memória. – Ele riu. – Não estou explicando direito.

Ela balançou a cabeça e Kirk, de pé, achou que tinha sentido um leve aroma do xampu e do perfume dela com o movimento.

– Você está explicando muito bem, Kirk – disse ela, levantando-se e colocando a mão no peito dele, bem em cima do coração. Ele queria tomá-la nos braços e beijá-la de novo, mas os seus braços estavam ocupados com os livros. – E acho que concordo com a minha mãe.

– Concorda? – ele perguntou, a voz aguda, atordoado com a proximidade e o contato.

– A sua teoria é melhor.

Ela roçou os lábios nos dele, um gesto ligeiro mas intenso, e então o levou até a porta.

August acordou de um sono profundo com o eco da voz da esposa nos ouvidos e, quando ele não respondeu rápido o suficiente, ela enterrou os dedos de longas unhas nas costelas dele. Ainda que nenhuma das sensações fosse agradável, o sonho era ainda pior e por isso quando voltou à consciência não ficou nem mesmo zangado.

– August – Madeline chamou. – August! – O "s" silvado do nome serpenteou pelo seu canal auditivo. Ele estremeceu e se sentou. – August, eu quero que você vá dar uma olhada na nossa filha.

– O quê?

– Eu quero que você vá...

– Verônica Calder – August disse, levantando-se da cama. Ele começou a desabotoar a parte de cima do pijama.

– Nossa filha, August – repetiu a esposa. – Ela...

As palavras afunilaram diretamente para o cérebro dele, cada som como um arranhão permanente no seu tímpano.

– Ela só vai se tornar Eva – ele começou, esperando expulsar os sons da sua mente – no momento da morte.

– Você faz algo lindo – disse Madeline – parecer feio.

– Eu sempre penso nela, Madeline – disse ele. – Lutando por ar... Encontrar aquele garoto tolo – um homem agora, ou o que se passa por um homem hoje em dia – foi um lembrete desnecessário, pois não há um dia que se passe sem que eu pense nela... Na... na... na... na *garganta* dela se fechando, ou nos *pulmões* e na sua...

– Traga-a de volta, August – ela disse. – Quando você a trouxer de volta, toda a dor irá embora.

Ele esfregou o lóbulo da orelha e se enfiou num par de calças.

– É muito cedo – disse. – Se formos esperar pelo dia certo.

– Você precisa esperar – ela disse. – É essencial.

Ele olhou de volta para a cama, mas Madeline estava indistinguível no escuro, entre os travesseiros e lençóis.

– Mas você pode conferir o que ela está fazendo – ela disse. – E se tiver uma oportunidade, capturá-la.

August suspirou. Ele relanceou os olhos para a cama pela última vez, antes de descer as escadas para pegar o casaco, o chapéu e as luvas.

Depois que o seu amigo foi embora, Verônica vagou pela casa de maneira muito semelhante à minha, não exatamente a esmo, mas com tão pouco propósito que até parecia eu. Ela foi à cozinha e tirou do armário a caneca de café do pai; depois a devolveu e atravessou a sala para fitar um velho retrato de família pendurado na entrada, seu eu mais jovem sentado no joelho do pai. As palavras de Kirk tinham mexido com ela.

Ela subiu as escadas, entrou no banheiro e olhou no espelho. Acho que era a mim que buscava. Verônica Calder é sem dúvida bela, mas, diferentemente de muitas garotas bonitas, ela não costumava passar longos períodos se encarando no espelho. Kirk tinha muita sorte e eu descobri que ainda era capaz de sentir ciúme.

– Por que você está aqui? – ela perguntou, olhando profundamente para o espelho. – Por que *você* está aqui? – Eu não tinha certeza se a pergunta era direcionada a mim ou ao seu próprio reflexo. Eu decidi que não tentaria me manifestar naquele momento e deixaria a pergunta suspensa no ar.

Ela suspirou, e abriu a água quente para lavar o rosto. Percebendo que ela estava se preparando para ir para cama, eu flutuei para longe, deixando-a sozinha.

Por que qualquer um de nós está aqui?, pensei, descendo para o andar de baixo.

Eu obtive a minha resposta, bem mais tarde aquela noite, depois que Verônica tomou seu banho e escovou os dentes, e ouvi seus passos leves ao ir para a cama.

Ele estava a caminho.

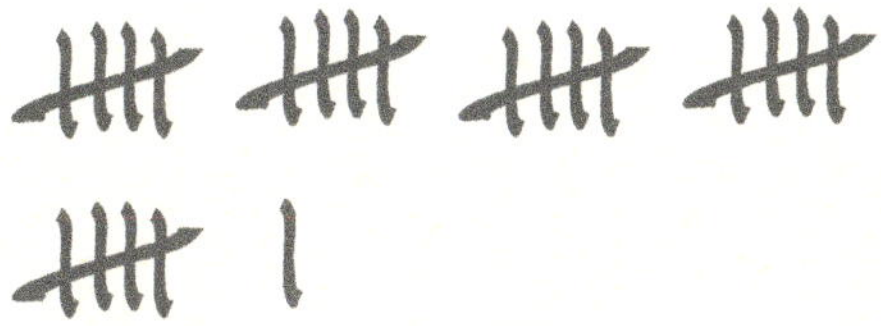

Ela estava em meio a um sono irrequieto e cheio de sonhos sobre o Acontecimento quando ouviu um barulho vindo da cozinha, como uma batida abafada.

A casa toda fazia barulhos, é claro – os assentamentos e rangidos de uma construção cujos alicerces de madeira envelhecem e têm que resistir às intempéries, assim como os seres humanos. Quando ela era uma garotinha, sempre reclamava dos estalos que ouvia atrás da cabeceira da cama. Tinha levado uma semana para o pai descobrir que os barulhos começavam meia hora depois de a caldeira começar a funcionar e que havia um cano atrás da cabeceira dela. Esse "fantasma" foi facilmente afugentado quando colocaram a cama do outro lado do quarto. Agora ela ouviu o barulho outra vez e se deu conta do que parecia ser.

Parecia uma caneca de café sendo apoiada sobre a mesa da cozinha.

Impossível, ela pensou. Imagens não fazem barulho. Seu rádio relógio anunciava 3h33, muito cedo para que o pai chegasse. O que quer que estivesse fazendo aquele barulho, ela pensou, não era o fantasma de seu pai.

Ela pensou ter ouvido o farfalhar de papel, como uma página de jornal sendo virada, e pôde visualizá-la com clareza na sua mente, o homem magro de cabelos escuros da fotografia do saguão, ao vivo e em cores. Uma gota de suor desceu pela testa até o seu olho e Verônica piscou para diminuir o ardor.

Bateu a canela no criado-mudo quando se levantou, mas engoliu o palavrão. Desejou ter pedido a Kirk para deixar a câmera com ela.

Ouviu outro barulho, mais difícil de identificar, ao deixar o quarto e descer as escadas. Um pensamento cruzou a sua mente: e se, além de produzir sons, a imagem tivesse outras habilidades, como romper seu padrão e deixar o jornal de lado, estender o braço e fazer contato físico com os vivos? E se ele estivesse estendendo a mão naquele momento, conforme ela se aproximava, e se não fosse seu pai coisa nenhuma, mas Outra Coisa?

Verônica achou que sentia cheiro de café.

Ela fechou os olhos e cerrou os dentes. Recusava-se a ser como Janine. Não iria fugir da vida ou da morte.

Não estou com medo, ela pensou, e repetiu o pensamento na sua cabeça como um mantra a cada degrau que descia. *Não estou com medo não estou com medo não estou com medo...*

Verônica estava no pé da escada.

A cozinha estava vazia.

Ela foi até a porta, afastando a cortina leve com os dedos. Lá fora, o vento fazia os galhos das árvores balançarem, suas sombras projetando-se sobre as folhas caídas que se acumulavam ao redor dos troncos e passavam voando pelas entradas de carros. Verônica tentou imaginar que os ruídos que elas faziam ao voar e se despedaçar nos alicerces da casa pareciam páginas sendo viradas.

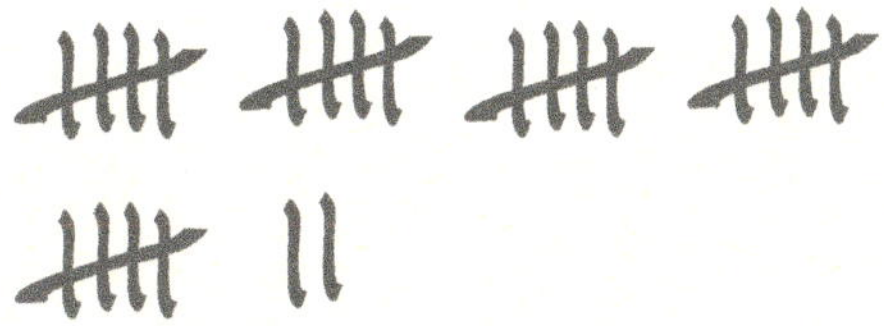

AUGUST CORREU POR QUASE todo o caminho de volta da casa de Verônica até a sua, e apenas uma escorregada quase trágica no gelo ao atravessar a rua o fez diminuir o passo. Se ele caísse e perdesse a consciência àquela hora, Verônica encontraria seu cadáver congelado na neve quando fosse para a escola na manhã seguinte.

O frio parecia fluir dentro dele agora, ainda que ao sair de casa se sentisse imune a ele. Era tão tarde que os únicos barulhos que ouvia eram os próprios passos e a sua respiração. Ele expirava grandes nuvens de fumaça, como um trem a vapor ou alguma besta demoníaca, enquanto audaciosamente se aproximava da casa da menina Calder.

Ainda não tinha muita certeza do que havia acontecido.

Ele caminhara até a porta lateral, que aparentemente era da cozinha dos Calder, abrira cautelosamente a porta de tela e colocara a mão enluvada sobre a maçaneta. Ninguém o vira em seu percurso. Ainda não tinha certeza do que faria a seguir; se a maçaneta girasse, ele entraria na casa? Procuraria quarto por quarto até encontrar a menina adormecida?

Ele girou a maçaneta. Muitas pessoas em Jewell City não trancavam as portas, apesar dos crimes não solucionados da longa história da cidade. A maçaneta girou até ele ouvir um clique.

Ele não soube por que olhou para cima naquele momento; um calafrio indefinível na nuca o avisou de que não estava sozinho. E não estava mesmo.

Ele não reconheceu o garoto que o fitava através da janela de vidro; só reconheceu a sua expressão. Ele a vira no espelho naquela mesma manhã ao recordar o seu encontro com Paul Shea; um olhar de tamanho ódio que a sua respiração ficou presa na garganta e ele recuou um passo.

Mas, quando fez isso, uma mão surgiu *através* da porta e agarrou seu pulso com uma força terrível. A mão ao redor do seu braço não era grande, mas o segurava com um aperto invencível. August olhou para o rosto do outro lado do vidro e onde devia haver olhos só havia duas poças de escuridão.

Então a mão que o prendia se desmaterializou, atravessando o seu corpo como um raio gama. August sentiu como se gelo sólido revestisse a sua mão e, depois de dar alguns passos cambaleantes para trás, fugiu.

Não parou de correr até estar na penumbra da sua própria casa, em segurança, com a porta trancada atrás de si.

– Madeline – ele chamou. – Madeline!

Ela não respondeu.

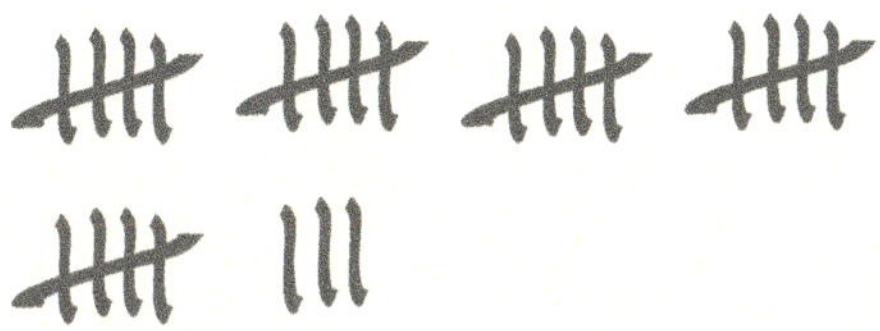

– Dormiu bem? – Verônica perguntou, abrindo a porta para Kirk.

Ela praticamente cintilava sob as faixas estreitas de luz solar que se infiltravam pela cortina, e uma bruma de frescor com aroma de sabonete emanou dela quando abriu a porta para ele. Verônica estava usando uma blusa cinza acetinada e uma saia de cor escura, e brincos de argola prateados dançavam alegremente em meio aos seus cabelos castanho-avermelhados.

– Como um bebê – respondeu ele. – E você?

– Como um bebê – disse ela –, que está sendo criado por uma família de palhaços malignos.

– Nossa! Foi tão ruim assim?

– Não, mas também não foi bom. Chega de falação; é melhor você se apressar e arrumar tudo. Brian costuma chegar um pouco antes das sete.

– Estou indo – disse ele. – Por que você o chama de Brian?

Ela deu de ombros, e novamente ele sentiu o aroma fresco de sabonete.

– História engraçada. Eu comecei a chamá-lo assim porque ele tem cara de Brian. Mas achei a foto dele no anuário e esse é realmente o nome dele. Brian Delaney.

– Que estranho. Devíamos tentar descobrir o que aconteceu com ele, não acha?

– Acho que sim – disse ela. – Acho que eu estava gostando de tê-lo só para mim.

– Que bonitinho.

– Minha mãe já está de pé e pronta para sair – ela disse. – Não tem que se preocupar com mulheres apressando você.

– Muito bom.

O banheiro era muito pequeno, com espaço para uma única pessoa entre a pia e o porta-toalha na parede em frente. Kirk fez uma careta para o seu reflexo no espelho, que não estava embaçado. O banheiro era de causar calafrios, ele pensou.

A sra. Calder passou por ali e disse oi, dando um susto nele.

– Aceita alguma coisa de café da manhã? Acho que temos ovos.

– Não precisa se preocupar, obrigado.

– Que tal torradas?

– Adoro torradas – disse ele.

– Fico feliz que esteja aqui – a sra. Calder disse a caminho das escadas. – É bom ter companhia.

A forma como ela disse aquilo fez Kirk se dar conta de algo: a sra. Calder era muito, muito solitária. Ela ainda era uma mulher atraente e relativamente jovem, mas ele sabia, embora ainda não tivesse comentado com Ronnie, que a sra. Calder não tinha namorado. Ele se sentiu mal por ela.

– Você adora torrada, né? – disse Ronnie, aproximando-se. Ela segurava uma xícara de chá quente.

– Adoro – ele confirmou. – A sua mãe não está saindo com ninguém, está?

– Por quê? – perguntou Ronnie, dando um tapinha de brincadeira na traseira dos jeans dele. – Interessado?

– Bom, ela é bem gata – disse Kirk. – Mas não, é em você que estou interessado. Muito interessado.

– Ela não sai com ninguém.

– Por que não? – perguntou ele, sentando-se na borda da banheira. – Tenho certeza de que a convidam. Brincadeiras à parte, ela é uma mulher atraente.

– Tenho certeza disso – disse Ronnie, se espremendo ao lado dele. – Ela não fala muito no assunto.

– Ela deveria – disse ele.

– Eu sei. Já discutimos por causa disso.

Ele olhou para ela através da lente da câmera.

– Acho que deve ser difícil, com o fantasma do marido dela aparecendo toda manhã. Ela deve sentir culpa.

– Shhhh... – ela fez na orelha dele, e calafrios percorreram o seu corpo todo. – Ele está quase chegando.

Eles esperaram em silêncio por longos minutos, até que o relógio de LED no canto do visor da câmera registrasse 7h05.

– São sete e cinco – ele sussurrou.

– Hum, que estranho... Ele aparece quase todo dia.

– Será que não aparece em certos dias da semana?

Ela balançou a cabeça, e seu cabelo roçou na bochecha dele.

– Não, tenho certeza de que ele já esteve aqui numa sexta-feira.

– Certo.

Eles esperaram mais alguns instantes.

– Devemos ir? – disse Kirk. – Não quero perder o seu pai.

Ela fez que sim, e ele a ajudou a se levantar, dando-lhe a mão.

A sra. Calder estava esperando na cozinha, segurando um prato com duas fatias de pão de forma com manteiga cortadas em triângulos. Ele aceitou as torradas com o que esperava ser um sorriso cativante, mas o bom humor parecia ter se exaurido do rosto da sra. Calder. Ele deu uma mordida num dos triângulos.

– Prepare-se, Kirk – avisou Ronnie.

Kirk postou-se ao lado dela e começou a gravar. Às 7h13 o sr. Calder apareceu, mas tudo o que Kirk conseguiu ver através do visor foi um jornal aberto, como duas asas quadradas e cinzentas. Ele ficou na frente de Ronnie para ter uma visão melhor. O sr. Calder estava sentado. Seu cabelo escuro reluzente estava penteado para trás, como se não tivesse secado desde a ducha matinal.

As asas cinzentas de papel penderam para a frente quando ele soltou uma mão para pegar a xícara de café, e Kirk teve uma visão clara da foto da pequena Ronnie. A caneca fantasma na verdade estava menos desbotada que a caneca "de verdade", não tendo passado pelas centenas de lavagens que com o tempo fizeram a imagem quase se apagar. Um fio de fumaça espiralou da superfície do líquido preto como petróleo antes que ele o levasse à boca. Ele pousou o café na mesa e levantou o jornal, apertando os olhos para uma manchete antes de virar a página. Parou um momento para ler o artigo no canto superior esquerdo, então se virou e encarou a câmera tão diretamente que eriçou os cabelos da nuca de Kirk.

O sr. Calder sorriu. Então desapareceu.

– Uau! – Kirk sussurrou, e sentiu Ronnie apertar o seu braço.

Do lado dele, a esposa do fantasma fungou e secou os olhos.

– Bem, já conseguiu a sua imagem – ela disse, e rapidamente deixou o cômodo.

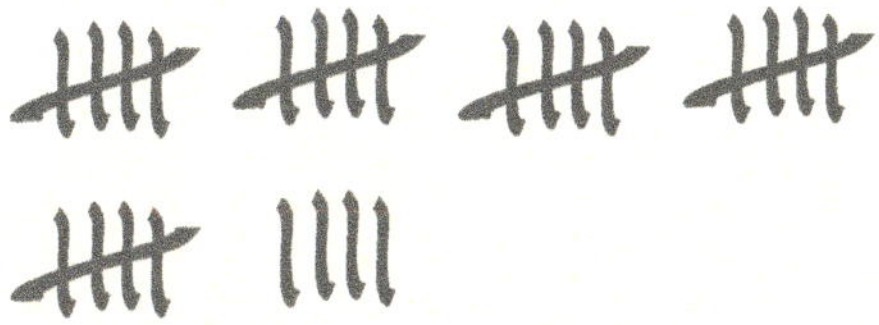

A DECEPÇÃO DE VERÔNICA pairou no ar como o cheiro de folhas queimando, mas não havia nada que eu pudesse fazer. Eu não tinha forças para retornar, não depois do que fizera na noite anterior.

Provoquei dor nele. Eu o segurei e o meu toque foi doloroso. Ela nunca saberia que ele tinha vindo buscá-la na noite anterior, e nunca saberia que só uma coisa o impedira de levá-la: eu. Ponderei sobre o assunto por um tempo, meus átomos flutuando sobre a banheira onde a minha vida chegou ao fim. Tanta coisa da nossa história – coletiva, individual, pessoal – é desconhecida. A única pessoa que teria qualquer lembrança dos meus atos era o inimigo, mas ela desapareceria até da mente dele quando as raízes retorcidas e escuras da sua alma a obscurecessem.

Mas eu me lembraria. Eu me lembraria de como o meu toque o feriu.

No começo, pensei que ao machucá-lo eu sentiria mais poder; depois que ele fugiu, eu me senti animado por uma nova força, mas qualquer que fosse a energia que achei que senti, meu corpo efêmero não pôde contê-la, e foi como se eu me esfacelasse, um castelo de areia destruído por uma mão gigantesca. Depois da força vem a fraqueza e, apesar de Verônica querer desesperadamente que o rapaz que ela trouxe à sua casa me visse, eu não me recompus a tempo.

Eu sei que Bittner não continuará assustado por muito tempo; só posso esperar que, quando ele voltar a aparecer – e ele voltará –, eu esteja pronto.

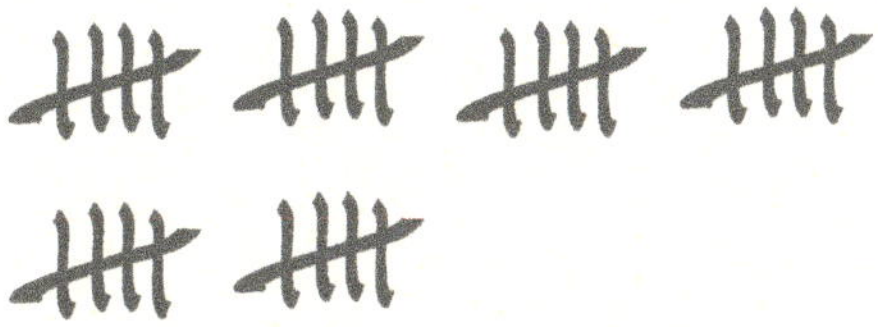

Verônica esperou no final da entrada de carros, acenando enquanto via Janine sair de casa. A amiga retribuiu o aceno de um jeito hesitante, como se não quisesse se intrometer no momento dela com Kirk.

– Foi muito cruel o jeito como você espantou Brian – Verônica sussurrou enquanto esperavam Janine alcançá-los. Ela andava num passo rápido, a cabeça baixa.

– Ele deve ser do tipo ciumento.

– Não fale mal dele. E seja superlegal com Janine, senão vou te odiar para sempre.

– Sou eu que devia estar com ciúme – ele disse. – Ele vê você tomando banho toda manhã, e eu não posso nem dormir na sua casa. E eu sempre sou superlegal com Janine.

– Oi, querida! – cumprimentou Verônica quando Janine os alcançou. – Como vão as coisas?

– As coisas vão bem, Verônica. Olá, Kirk.

– Oi.

– Você dormiu na casa da Verônica essa noite?

– Quem me dera – ele disse. – Minha mãe me trouxe. Eu... – A voz dele fraquejou enquanto tentava pensar numa forma de se expressar que não perturbasse Janine. – Eu conheci o pai de Ronnie. Os pais dela.

– O pai de Ronnie é um fantasma – disse Janine. Seus olhos ainda estavam fixos no chão, a três metros dela, então ela não viu Verônica dar um soco de leve no braço de Kirk.

– Ai! – ele reclamou. – Sim, ele é.

– Ele é um fantasma legal? – perguntou Janine.

– É, acho que sim. Ele pareceu bem legal. – Ele olhou para Verônica, encolhendo o ombro dolorido.

– Talvez eu também devesse conhecê-lo – disse ela. – Estamos chegando perto de Mary Greer.

– Quem?

– Pegue a câmera, Kirk – mandou Verônica.

– Por quê? Está vendo uma imagem?

– Tem uma que aparece na varanda daquela casa toda manhã. – Ela olhou no relógio. – Deve chegar em alguns minutos. Estamos meio adiantadas hoje.

– É Mary Greer – contou Janine, entrelaçando os dedos enluvados com os de Verônica.

– Mary Greer, é? – repetiu Kirk, posicionando a câmera.

Dava para ver que Kirk estava mais do que um pouco constrangido em apontar a câmera para a casa do outro lado da rua. Verônica sabia que ele era do tipo que preferia pedir permissão antes de sair filmando as coisas. Achou que era provável que ele se sentisse ainda pior se soubesse que aquela era a casa do sr. Bittner.

Então Mary Greer apareceu. A visão dos seus braços nus fez com que Verônica estreitasse o casaco em volta do pescoço. Ela ouviu Kirk ofegar quando a garota subiu as escadas. Verônica viu Mary saltitar ao chegar ao primeiro degrau, um detalhe que nunca notara antes. Ela bateu à porta do sr. Bittner. Fez uma pausa, então bateu outra vez, três batidas rápidas e inaudíveis. Depois olhou para a frente e desapareceu.

– Legal! – disse Kirk, sorrindo para ela. – Um bônus. O Peixe vai adorar.

– Eu não acho que o sr. Bittner vai ficar muito feliz que você tenha filmado a casa dele – disse Janine, soltando a mão da de Verônica. Aquilo era um progresso para ela.

Kirk voltou a enfiar a câmera na mochila.

– O sr. Bittner? Essa é a casa do sr. Bittner?

Verônica confirmou com a cabeça. Talvez ela deixasse Janine ir para a escola sozinha dali para a frente.

– Ah, droga! – grunhiu Kirk, como se tivesse sido traído. – Espero que ele não tenha me visto.

– Ele viu – assegurou Janine. – Ele sempre vê. Ele espera à janela do lado da porta e observa.

– Você não pode ter certeza – Verônica disse, contendo-se antes de acrescentar: "Você mal tira os olhos da calçada!". Mas ela também achava ter visto Bittner espreitando do outro lado das cortinas.

Janine balançou a cabeça.

– Ele sempre está lá.

– Ótimo! – disse Kirk, jogando a mochila nas costas e retomando o passo em direção à escola. – Maravilhoso!

– Com que você está preocupado? – Verônica perguntou. – Mesmo que ele tenha visto, você pode simplesmente contar sobre o projeto em que está trabalhando com o sr. Pescatelli.

Kirk balançou a cabeça.

– Você já viu os dois juntos? Não são muito amigos, aqueles dois. Eu odiaria que eles brigassem por minha causa.

– Eu não me preocuparia muito – ela disse, mas viu que ele iria se preocupar, de qualquer forma.

– Quem é a garota? – perguntou ele. – A filha dele?

– Eu já falei – disse Janine. – É Mary Greer.

– Está brincando! – Verônica se admirou. – Você não sabe quem é Mary Greer?

– *Gus deixou Mary pendurada numa árvore...* – Janine cantou, a voz surpreendentemente clara e doce. – Ele a matou.

– Isso é um boato, Janine – disse Verônica.

– Há quanto tempo ele mora naquela casa? – perguntou Kirk.

– Minha mãe disse que ele mora lá desde antes de se casar.

Kirk assentiu, e olhou por sobre o ombro para a casa.

– Mary não vai deixá-lo se esquecer dela – Janine disse. Ela se virou e ficou olhando para a casa de Bittner junto com Kirk, o que Verônica achou estranho até Janine escorregar e se chocar contra ele.

– Cuidado, Janine! – gritou Kirk, deixando o braço estendido para que ela se equilibrasse, o que a fez sorrir. – É escorregadio.

– Eu também não ia querer ser esquecida – disse Janine, agarrando o braço dele.

Verônica contou a Kirk a história de Mary enquanto subiam a colina até a escola. O fato de a imagem ser de uma menina assassinada o fez querer rever o que tinha gravado. Ele também notou que Janine não pareceu se importar com a história, apesar de assustadora. Ela estava torcendo as mãos enluvadas como sempre fazia, mas não estava encolhida ou com a aparência de alguém prestes a desmaiar.

– Obrigada por me deixarem vir com vocês – ela disse quando chegaram à escola. Kirk disse que ela podia se juntar a eles sempre que quisesse.

– Ronnie deve ter comentado que nós andamos... gravando umas imagens – ele disse. – Pode vir com a gente, se quiser. Pode ser que, você sabe, ajude...

Ela estava corando, ou seria só o efeito do frio na sua pele branca?

– Pode ser. – Ela murmurou uma despedida e saiu arrastando os pés. Quando Kirk se virou de volta para Ronnie, ela exibia um sorriso radiante para ele.

– Isso foi muito, muito simpático da sua parte, Kirk!

– Foi?

– Convidá-la. A maioria dos caras faria todo o possível para ter certeza de que ficariam sozinhos comigo, mas você deixou isso de lado para tentar ajudar Janine.

– É – ele disse, um pouco confuso, mas feliz com a aprovação dela. O convite a Janine não fora de forma alguma um ato mercenário pela atenção de Verônica, mas se o gesto o deixava bem aos olhos dela, ele não ia discutir.

– Acho que devíamos analisar melhor aquela gravação – Ronnie disse, indicando a câmera com a cabeça.

– Definitivamente. Depois da história que você contou, é melhor fazermos isso.

– Ok. Vejo você mais tarde, na aula.

O sorriso dela iluminou o corredor acinzentado.

– Até mais! – ele se despediu e a observou se afastar.

Quando ela estava fora de vista, ele rebobinou a fita, voltando aos últimos segundos da imagem do sr. Calder, pouco antes de ele sorrir. Depois que ele desapareceu, a tela ficou azul antes que o vídeo mostrasse a casa do sr. Bittner contra o céu nebuloso da manhã. O áudio saíra um pouco mais alto do que ele imaginara, Ronnie dizendo que estava um pouco adiantada, e então Mary Greer aparecendo.

Mas Kirk não estava olhando para ela. Ele procurava um movimento perto da janela à direita dela, e encontrou uma ondulação na cortina e um vislumbre de dedos enluvados.

Ele também viu movimento em outra parte da casa, algo rápido entre as cortinas de uma janela do andar superior...

A mão pousou pesadamente no seu ombro com um aperto severo e nada amigável. Uma mão enluvada.

– Sr. Lane – disse Bittner, os dedos longos afundando na carne –, há uma razão para que estivesse fotografando a minha casa nesta agradável manhã?

Kirk girou o pescoço o máximo que a mão do homem permitia. Para um cara de meia-idade, Bittner tinha um aperto de aço. E ele era bem mais alto do que Kirk já notara, um e noventa pelo menos. Kirk tinha pouco mais de um e setenta e cinco e precisou olhar para cima para ver o rosto do sr. Bittner, cinzento sob a aba do chapéu de feltro. Seus olhos azuis pálidos brilhavam com divertimento e, para Kirk, malícia pura.

– Eu não sabia que era a sua casa – disse ele, e os dedos longos apertaram com mais força, inchados como salsichas revestidas de couro preto macio.

– Não? – perguntou Bittner. – A srta. Calder não disse que era a minha casa?

– De... Depois – Kirk gaguejou. Pelo canto do olho viu adolescentes, seus colegas de classe, passando por eles no corredor, mas a dor persistente no braço tornava difícil se concentrar em qualquer outra coisa. – Ela só me disse depois.

Parabéns por entregar a sua namorada, ele pensou, você é um verdadeiro herói.

– Fascinante... – murmurou Bittner. – Mas essa informação não responde à minha pergunta. Por que você estava filmando a minha casa?

– Eu estou filmando imagens – ele explicou, e tentou se libertar, mas Bittner continuou a apertar. – Estou fazendo uma pesquisa com o sr. P... Pescatelli.

Bittner o soltou.

– Imagens? – disse.

– Fantasmas – explicou Kirk, tentando levantar o braço, que estava dormente, como se Bittner tivesse apertado um nervo que temporariamente entorpecera o membro. – Não estava tentando espiar o senhor nem nada. Só queria filmar o fantasma.

Bittner o fitou.

– Fantasmas – ele repetiu. – E é essa a câmera com que você filmou esse "fantasma"?

Kirk quis dar uma boa resposta, dizer algo inteligente sobre essa ser sua câmera reserva, porque o braço e o pescoço doíam e ele estava constrangido por ter sido imobilizado no corredor diante de todo mundo. O seu orgulho ferido doía mais do que o ombro – e o ombro doía como o diabo.

Mas ele não fez isso. A seriedade gélida do olhar fixo de Bittner congelou as palavras ásperas na sua garganta. Ele só confirmou com a cabeça.

– Ah – Bittner fez, e tirou a câmera da mão dele. – Você vai tê-la de volta depois da aula. Se tiver.

Bittner se virou e desceu o corredor, e os alunos que tinham parado para assistir à discussão se apressaram em sair do caminho quando ele passou, o casaco longo e cinza adejando de um lado para o outro como uma vassoura de palha, a cada passo zangado que ele dava.

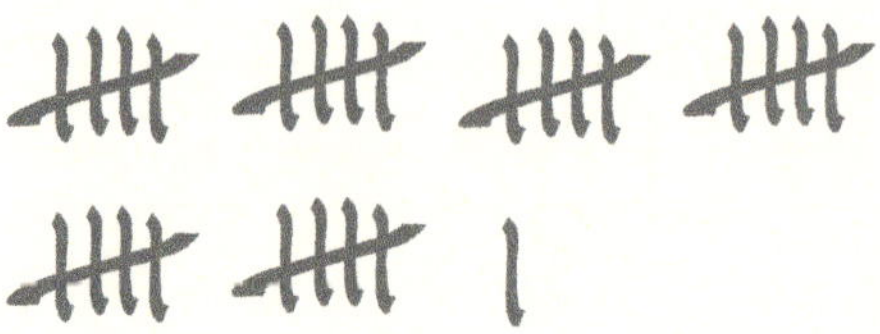

Pescatelli entrou na classe de August depois do segundo sinal, fechando a porta atrás de si, o olhar desvairado.

– Que diabos você pensa que está fazendo?! – perguntou. Estava com tanta raiva que tremia, e a sua voz estremecia também. – Confrontando um dos meus alunos como se ele fosse um... um... um assassino? Você podia ser afastado sem remuneração por pôr as mãos num aluno daquele jeito! Processado!

August lutou contra a ânsia de imitar a gagueira do colega de trabalho.

– Bem, Stephen – ele disse. – Você tem sorte de eu não ter vindo "pôr as mãos" em você.

Ele reprimiu um sorriso quando os olhos esbugalhados de Pescatelli baixaram para a mesa, onde as mãos de August tinham se cerrado em punhos enormes.

– Que diabos você pensa que está fazendo, mandando um dos seus alunos filmar a minha casa? – disse numa voz firme e fria, e viu o efeito que ela exerceu sobre Pescatelli, que lutou para manter a tremedeira e a tagarelice sob controle. – Você invadiu a minha privacidade! – August continuou, levantando-se lentamente da cadeira até que, se inclinando um pouco sobre a mesa, olhou o homem menor de cima. – Eu devia colocá-lo na cadeia.

– Devia... *me* colocar na cadeia?! – Pescatelli gaguejou, a voz alta e aguda, quase um guincho. – Eu não fazia ideia de que Kirk ia filmar a sua casa!

– Mentira! – August disse, com a voz baixa e retumbante. – O garoto me contou sobre o seu pequeno projeto. Pesquisa uma ova!

– Gus, eu não sabia que Kirk ia filmar a sua casa. – Suas mãos pequenas e rechonchudas estavam estendidas na frente dele, e tremiam. – Juro, eu não sabia.

August olhou para ele. O colega parecia amedrontado demais para estar mentindo, toda a raiva exaurida. Mas Pescatelli fizera comentários sarcásticos demais sobre ele e Mary Greer, desde que ela começara a aparecer à sua porta, para que August o deixasse se livrar tão fácil. Ele voltou a se sentar.

– Diga a verdade, Stephen – pediu. – Admita que o mandou à minha casa.

– Não mandei – ele balançou a cabeça. – Eu dei a ele uma lista de imagens do meu livro. Eu não tenho ideia do porquê...

– Do seu livro? – August interrompeu.

O sorriso de Pescatelli era nervoso e sem graça. Ele correu os dedos curtos e grossos pelos cabelos gordurosos que já rareavam.

– É – concordou. – Estou escrevendo um livro... sobre fantasmas. – Ele deu uma risada trêmula. – Quer ler?

– Sim, eu quero. – Claramente não era a resposta que Stephen esperava. Ele parecia ter acabado de engolir um sapo vivo. – Eu de fato quero ler, e sugiro que, caso tenha qualquer especulação a respeito da pobre garota que aparece na minha varanda, que você a retire desse livro, assim como qualquer menção ao meu nome ou à minha casa.

– É sério, Gus – disse ele. – Não tem nada disso lá. Eu escrevo sobre algumas imagens da cidade. É o que eu acho que são, imagens, mas evito as que ficam em propriedade particular.

– Vou passar na sua casa hoje para pegar uma cópia – disse August. O dia 29 não tardaria; ele queria se certificar de que nada ficaria em seu caminho.

– Ho... Hoje? Sério, eu posso mandar por e-mail...

– Sete da noite é muito cedo?

Pescatelli olhou para ele, piscando.

– Não. Não, acho que não tem problema. Talvez você possa me dar umas sugestões antes que eu o envie para a editora.

– Farei isso – afirmou August. Depois pôs a câmera na beirada da mesa. – Você pode entregar isso ao menino. Eu apaguei a fita.

– Por que você fez isso? – o Peixe disse, pegando-a da mesa. – Esse era o trabalho de crédito extra dele!

– Imagino que vá ter que dar uma nota baixa.

– Por que você está sendo tão ignorante? Qual é o grande problema, afinal? Por que você se importa que ele filme a sua casa por alguns minutos?

– Ele não pediu.

– Eu não acho que haja nenhuma lei que o obrigue, August.

Bittner sorriu.

– Eu faço as minhas próprias leis – disse ele.

DEFINITIVAMENTE, havia algo estranho com o sr. Bittner hoje, Verônica pensou.

Não só porque ele se interrompia em certos momentos da aula para olhar para ela. Os professores faziam isso o tempo todo – os bons, pelo menos –, examinando a classe durante a aula, avaliando quem estava prestando atenção e quem estava viajando pelo espaço sideral. Mas toda vez que Bittner se interrompia – *toda* vez –, os olhos dele pousavam nela.

Às vezes, Verônica pensou, ela parecia *causar* essas pausas. Normalmente um excelente orador, ele parecia congelar momentaneamente quando a via, como se ficasse confuso. Ela conhecia bem aquele olhar embasbacado.

Era a mesma expressão que as pessoas exibiam ao ver um fantasma.

– Isso é tudo que eu tenho a dizer sobre a guerra hoje – ele disse, depois de uma pausa particularmente longa. – Podem ligar seus leitores e começar o próximo capítulo.

Ele se sentou e fechou os olhos. James olhou para ela, franzindo o cenho. Kirk não fez contato visual; ele estava observando Bittner.

O leitor digital emitiu um apito baixo quando Verônica ligou o seu e avançou para o próximo capítulo.

Ela ergueu os olhos. O sr. Bittner a encarava.

Ele sorriu.

Durante todo o resto da aula, ela sentiu como se estivesse numa sala cheia de fantasmas. Fantasmas em círculo ao redor da sua carteira, cada olho espectral colado nela. Ela não ergueu os olhos porque, se fizesse isso, se fizesse contato visual com um deles que fosse, ela também se tornaria um fantasma. Quando o sinal tocou, Verônica se levantou da carteira e andou até a porta de olhos baixos.

– Srta. Calder! – A voz do sr. Bittner a fez parar a meio passo. Ela olhou para ele, uma gárgula grande e cinzenta atrás da maciça mesa de metal. – Venha até aqui, por favor.

Ela foi. Não havia como escapar. Alunos passavam por ela – pareciam passar *através* dela, como se ela não estivesse lá de verdade.

O sr. Bittner ficou olhando para ela, esperando-a chegar, até que ela sentiu que não conseguia respirar.

– Sr. Lane! – ele chamou, erguendo a voz e sobressaltando-a. – Pare de espreitar à minha porta e vá para a sua próxima aula. Eu quero conversar com a srta. Calder em particular.

Verônica arriscou um olhar por sobre o ombro. Kirk estava parado à porta, preocupação e raiva evidentes na sua postura e expressão. Isso a fez adorá-lo.

– Sr. Lane – o sr. Bittner repetiu, a voz fria e áspera –, eu não pedirei duas vezes.

Kirk não se moveu até que Verônica concordou com a cabeça. Quando ela se virou de volta, os olhos do sr. Bittner estavam colados nela.

– Todo dia você passa pela minha casa a caminho da escola – começou ele. – Geralmente com a sua amiguinha, a do gorro de lã.

– Janine – ela sussurrou, e então se arrependeu de ter dito o nome dela.

– Janine, sim – disse o sr. Bittner. – E quase todo dia eu a vejo olhar para o fantasma que aparece na minha varanda. Você sabe quem o fantasma era, Verônica?

– Mary Greer.

– Mary Greer. Isso mesmo. E você sabe o que aconteceu com Mary Greer?

– Ela foi a... assassinada.

Ele fez que sim, sem tirar os olhos do rosto dela.

– Sim. Ela foi assassinada, e o seu assassino nunca foi punido. Ele morreu antes disso. Mas o que talvez você não saiba é que Mary Greer foi minha aluna. Uma das minhas alunas favoritas, na verdade, e eu exerço essa profissão, muitas vezes ingrata, há tempo demais para fingir que não tenho meus alunos prediletos.

Os lábios cheios e rachados do professor se repuxaram num sorriso repentino. Ela sentiu o coração dar um salto quando uma faixa estreita de dentes ficou visível.

– Você, de toda a safra atual, deveria entender isso. Você entende, não é?

– Sim.

A forma como ele disse "safra" a fez pensar que ele via os estudantes mais como algo a ser ceifado do que cultivado.

– Ótimo. Então deve saber que não se passa um dia sem que eu não pense naquela pobre menina. Nem um dia sequer. Mesmo antes que o Acontecimento viesse e arruinasse nossas vidas, eu pensava nela diariamente. Às vezes acho que foram os meus pensamentos e a minha aflição que a conjuraram de volta do túmulo, e não aquela abominação que destruiu tudo ao sul da nossa bela cidade.

Ele fez uma pausa, a força do seu olhar prendendo-a no lugar. Os olhos dela eram janelas pelas quais ele tentava entrar.

– Eu penso nela todo dia, Verônica – continuou. – Mas isso não significa que quero que me lembrem dela mais do que é preciso. Por favor, diga ao sr. Lane que ele não deve mais apontar uma câmera ou qualquer outra coisa para mim ou para a minha casa outra vez.

Ela fez que sim.

Finalmente ele interrompeu o contato visual com ela. Verônica sentiu que podia respirar outra vez.

– Você pode se retirar – disse ele, e ela foi embora o mais rápido possível sem realmente começar a correr.

Parte dela queria voltar à mesa dele, olhar naquele rosto de pedra e dizer que ele devia falar com Kirk ele mesmo, mas Verônica sabia que aquele não era o único motivo por que ele a parara. Algo no recado do sr. Bittner se dirigia a ela e somente a ela, mas Ronnie estava assustada demais para descobrir o quê.

Esse sentimento não durou muito, no entanto. Quanto mais ela pensava no medo que sentia, mais furiosa ficava. Solicitou permissão para ir à biblioteca, com Janine, durante a aula de estudos no final do dia.

– Por que você me arrastou de novo para cá? – Janine perguntou.

– Não seja rabugenta! – disse Verônica. Ela pousou três anuários sobre a mesa entre elas. – Eu quero que você me ajude. – Abriu o livro em que achara Mary e Brian, e alisou a página em que estava a foto da classe do sr. Bittner. – Procure aqui e veja se encontra fotos ou qualquer outra coisa sobre aquele garoto, Brian Delaney.

Janine apertou os olhos para a página.

– É o garoto do seu banheiro?

– Sim, é o garoto do meu banheiro – Verônica disse, esperando outro sermão sobre ter cuidado com os fantasmas.

– Ele é bonitinho – disse Janine em vez disso. – E, olha! Mary Greer está aqui.

– Eu notei – respondeu Verônica, surpresa e feliz ao ver que a fotografia não de um, mas de dois adolescentes transformados em fantasmas não parecia incomodar Janine, que já estava folheando outro anuário.

Verônica não procurava havia muito tempo quando encontrou uma foto grande de Brian na seção de fotos do dia a dia. Ele estava parado na frente da escola num dia bonito, falando com uma menina. Verônica praticamente podia ver a atração que existia entre os dois na foto de alguns anos antes.

A menina era Mary.

– Uau! – ela exclamou, levantando o livro para Janine ver. – Olha isso!

Alguns minutos depois, Janine encontrou no seu anuário uma foto do casal sentado lado a lado numa reunião escolar.

– Ah, e escuta só essa! – Verônica exclamou. – Nos Anúncios Estudantis. "Brian – Obrigada por um ano incrível; mal posso esperar pelo verão! Da sua garota, Mary."

– Tenho um também – Janine disse. – "M.G. – Acasos Magníficos Ocorrem Realmente – B.D."

– Não entendi – Verônica disse.

– Ele começou as palavras com letra maiúscula. As primeiras letras formam a palavra "amor".

– Que fofo... Ele devia ser poeta.

Janine deu uma risada. Ela estava realmente se divertindo, e as duas encontraram mais três anúncios sentimentais do jovem casal, mais duas fotos deles juntos e algumas fotos individuais nos anuários. Também descobriram que Mary trabalhava no Comitê do Anuário, tinha participado de uma peça da escola no primeiro ano e era líder de torcida. Brian estava na equipe de corrida e jogava basquete. Janine mal se assustou quando uma criança fantasma atravessou o carrinho de livros da biblioteca e literalmente desapareceu na sessão de biografias.

– Eles ficaram juntos um bocado de tempo – Verônica comentou, encontrando outra foto do casal no anuário do primeiro ano deles.

– Ele deve ter ficado arrasado quando ela foi assassinada – Janine comentou. Verônica viu que Janine tinha encontrado o grande coração no mais recente dos quatro livros que estavam examinando.

– Dá para imaginar? – Verônica perguntou, olhando para os dois adolescentes sorrindo para ela do meio da página. Ele obviamente estava mais jovem nessa foto do que quando aparecia no banheiro dela, o cabelo menos comprido e as bochechas um pouco menos angulosas.

– Sabe o que é estranho? – Janine disse. – Não consigo achar nenhuma menção a ele neste anuário.

– Sério? Nada? Talvez ele tenha se mudado.

– Mesmo assim, devia ter alguma mensagem ou coisa assim, em algum lugar. Você não sabe quando ele morreu, sabe?

– Não – respondeu Verônica.

Janine tinha a testa franzida.

– O que foi?

– Tem uma mensagem nos anúncios que é meio perturbadora. "Brian D., espero que você nunca consiga dormir." Não está assinada, e não tem nenhum outro Brian D. na escola inteira.

Verônica sentiu um arrepio, e olhou para cima no mesmo instante em que o fantasma do menino reapareceu e atravessou o carrinho de livros na direção oposta.

– Isso é muito estranho – ela disse. Quando o sinal tocou, foi ela, e não Janine, quem deu um pulo tão alto na cadeira que quase chegou ao teto.

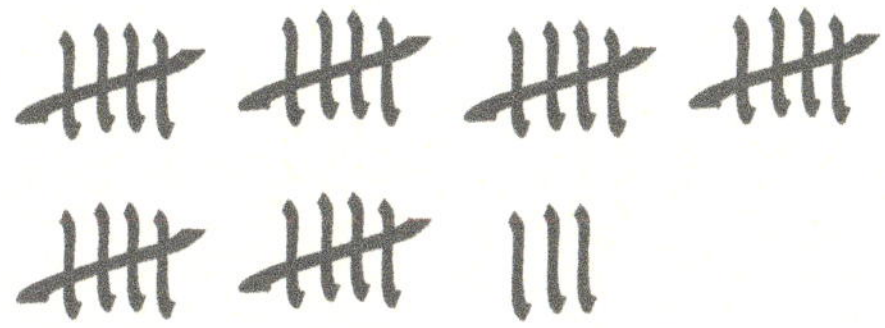

Na educação física, Kirk foi escolhido como capitão de um dos times, o que significava que o treinador Gleason não estava baseando suas decisões no talento de cada aluno para os esportes. Havia dezesseis garotos na sua classe e o treinador os dividiu em quatro times de quatro. Kirk escolhia primeiro e apontou para James, apesar de haver pelo menos dois outros caras dentre os doze restantes que eram melhores do que ele.

– O vencedor fica na quadra – anunciou o treinador. – Vai a sete. Times um e dois, podem entrar. A bola é sua, Ruivo.

Ao ouvir o seu apelido mais detestado, Kirk rangeu os dentes enquanto o treinador lhe passava a bola. Ele queria desesperadamente responder "Valeu, Carecão!", mas não pretendia passar a tarde na detenção. Já estava no seu limite depois da esquisitice do sr. Bittner com Ronnie na aula de História, logo depois da esquisitice dele no corredor aquela manhã. Tinha alguma coisa errada com aquele cara.

Ele pôs a bola em jogo passando-a para James, que partiu para a cesta, driblando o jogador da defesa, e a enterrou, fazendo o primeiro ponto. Talvez só houvesse um garoto melhor do que James, Kirk pensou.

Num piscar de olhos, eles estavam ganhando de quatro a um, e Kirk se sentiu com coragem suficiente para tentar uma cesta. A bola bateu no aro e não entrou, mas James pegou o rebote e devolveu a ele. James plantou os pés no chão, bloqueando um adversário, e fez um gesto para Kirk, que tomou isso por um sinal de que devia tentar arremessar a bola outra vez. Kirk começou e estava a meio caminho da cesta quando James girou, o cotovelo batendo com força nas costas de Kirk, fazendo-o tropeçar em sua perna esticada. Kirk caiu com tudo, a bola quicando para longe, saindo da quadra. O som do apito do treinador foi como um sinal distante vindo do outro lado de um mar revolto.

– Ah, foi mal, cara! – disse James, alto demais e encenando muito mal. Ele se abaixou e pegou o braço flácido de Kirk, se inclinando mais para perto ao fazer isso. – Vou socar a sua cara depois da aula! – sussurrou. – No campo de futebol. Espera pra ver.

Kirk deixou que James o pusesse de pé. Tinha arranhado o joelho e o cotovelo. Sentia uma pressão atrás dos olhos, mas era mais raiva do que qualquer outra coisa, e ela cresceu quando ele viu James dando uma risadinha cheia de malícia e olhares de cumplicidade no rosto de alguns colegas. Decidiu então que iria ao encontro de James depois da aula no campo de futebol, e que, sim, ele ia levar uns socos na cara, mas valeria a pena se também conseguisse deixar um hematoma na cara presunçosa de James.

– Melhor aparecer – avisou James, achando que podia intimidar Kirk.

Pode apostar, Kirk pensou.

– Não perderia por nada – sussurrou de volta.

O treinador fez soar o apito outra vez, olhando de Kirk para James.

– Não foi falta – ele disse. – São do mesmo time. O time um será punido. Você está sangrando, Ruivo. Vá para a enfermaria colocar um Band-Aid. Time três, vocês ficam com a quadra.

James tentou encarar Kirk enquanto ele andava até a saída do ginásio e, quando isso não funcionou, mostrou o dedo do meio. Kirk ficou mais satisfeito ao ver que os companheiros de James não estavam mais impressionados. Pareciam constrangidos pelo amigo, isso sim.

Não tenho medo de fantasmas, Kirk pensou ao escancarar a porta. Por que teria medo de você?

Depois da educação física, Kirk desceu o corredor para ver o Peixe, que não tinha nada além de notícias amargas para ele.

– Ele apagou a fita? – perguntou Kirk.

– Ele apagou a fita – repetiu o Peixe. – Fora isso, não tem nada de errado com a câmera.

– Hum. Que droga. Eu só tinha duas imagens naquela fita, mas eram muito boas.

– O que você tinha lá, além da menina na varanda de Bittner?

Kirk não respondeu à pergunta.

– Você acha que ele a matou?

Pescatelli, ele notou, também não respondeu à pergunta.

– A polícia interrogou Bittner, mas ele nunca foi considerado suspeito.

– Ela parecia feliz na varanda dele. Por que ela apareceria ali? Não seria mais provável que aparecesse onde foi assassinada?

O Peixe fez que não com a cabeça.

– Não necessariamente. Não leu o meu livro com muita atenção.

O seu *manuscrito*, Kirk corrigiu em pensamento. *Livro* implica ter sido publicado. Mas ele relevou, sem mencionar que tinha lido o "livro" com muita atenção, mas que as teorias contidas ali não passavam disso: teorias. Não leis, não verdades comprovadas.

– O que eu deixei passar?

– Ela não é uma imagem de crise ou de hora da morte. Temos a tendência natural de pensar que alguém que foi assassinado automaticamente se torna uma imagem de hora da morte ou de crise, mas não é esse o caso. Se ela estava sorrindo, como você disse, pode ser uma imagem de apego. Além disso, ela morreu em fevereiro e, quando Mary aparece na varanda de Bittner, está de short e regata.

– Ela parecia feliz.

O Peixe suspirou.

– Ela foi aluna dele. Por dois anos seguidos. Visitava-o quando ia ver o namorado.

– Tem alguma coisa muito estranha com relação ao sr. Bittner. A forma como ele olha para Ronnie.

– Tem mesmo alguma coisa muito esquisita nele. Mas como eu disse, ele nunca esteve na mira da polícia.

O Peixe estava fazendo o melhor que podia para excluir as emoções da sua expressão. O que, para Kirk, era como assistir a uma das criaturas às quais o professor devia seu apelido agonizando no leito seco de um rio.

– Eu estava assistindo à fita quando Bittner a levou embora. E vi uma coisa – disse Kirk.

– Bem, e o que era?

– Tinha algum tipo de movimento na janela do andar de cima. As cortinas estavam fechadas, mas tinha uma fresta e no vídeo dava para ver algo se movendo. Quase um lampejo.

– Devia ser ele, andando pelo quarto.

Kirk balançou a cabeça.

– Não. Dava para ver claramente a mão de Bittner e parte do braço através das cortinas da sala no andar de baixo, e esse outro movimento estava acontecendo ao mesmo tempo.

O Peixe parou um instante para refletir.

– O que mais tinha na fita? – perguntou, repetindo a pergunta que fizera antes. Era evidente que o Peixe estava escondendo alguma coisa, mas Kirk decidiu que as suas próprias perguntas podiam esperar.

– O pai de Ronnie – ele disse.

– O pai de Ronnie? – o Peixe perguntou, as sobrancelhas muito arqueadas sobre os óculos. – Onde você o achou?

– Na casa dela. Ele aparece toda manhã.

O Peixe se recostou na cadeira.

– Sua missão chegou ao fim, eu acho.

Kirk concordou, constrangido.

– Você vai continuar com a sua pesquisa?

Kirk achou que o Peixe tinha um ar meio patético. Havia perdido o botão do punho da manga esquerda e Kirk podia ver que o professor não tinha dúvidas de que ele abandonaria o projeto.

Mas Kirk ainda tinha dúvidas, e sabia que eram dúvidas que o Peixe não poderia esclarecer para ele. Mas não havia motivo para que ele não recebesse crédito extra por chegar às suas próprias conclusões.

– Eu quero continuar – ele disse.

– Ótimo!

– Não vai ficar zangado comigo.

– Zangado com você? Por que eu ficaria zangado com você? Estou contente que vá continuar. Acho que a sua pesquisa pode ser muito valiosa.

– Bem, parte da razão por que eu quero continuar com o projeto é que eu não tenho certeza de que algumas das suas teorias estão corretas.

Ao contrário do que Kirk esperava, o Peixe riu, quase caindo de costas com a cadeira.

– Então você quer me desbancar, é isso mesmo? – ele disse. – Isso é ótimo! É isso que é pesquisa.

– Eu achei que você não fosse gostar.

– Escuta – disse o Peixe, secando um dos olhos. – Eu também quero a verdade. Minha única recomendação é que você colete provas com muita objetividade. Só deixe acontecer, não tente fazer com que se ajustem às suas teorias. É por isso que pedi que escrevesse alguma coisa sobre cada imagem. Isso testa a sua objetividade, mas as anotações também podem ser reveladoras se você perceber que não *consegue* continuar sendo objetivo. Pode valer a pena ouvir a intuição.

O Peixe pegou um fichário muito semelhante ao que dera a Kirk dias antes, e tirou um bloco de folhas grampeadas de um bolso da frente.

– Isso é algo que fiz para me testar. Veja a lista.

Kirk deu uma olhada na lista, composta por três páginas impressas e vinte itens numerados. Ele viu o nome de Mary Greer no número oito. Do lado do nome havia ASSASSINADA POR ESTRANGULAMENTO em letras maiúsculas, e o local, data, dia e "hora estimada da morte". Na linha de baixo havia uma descrição curta da sua imagem e do local e hora em que aparecia. O Peixe escrevera "Bittner" a lápis com um ponto de interrogação do lado das anotações sobre a imagem. Nem todos os vinte itens tinham anotações perto da imagem.

– Todas essas pessoas foram assassinadas? – ele perguntou.

– Todas morreram violentamente – respondeu o Peixe. – Há algumas vítimas de acidente de carro, e uma morreu num incêndio. Dentre os assassinatos, pelo menos metade continua sem solução.

– Algumas delas não têm imagens?

– Essa é a parte que eu quero que você verifique. A maioria dessas pessoas não foi assassinada no lugar onde encontraram o corpo.

– Louis Green está na lista – notou Kirk. – Eu o vi com Ronnie.

– Você conseguiu filmá-lo?

– Sim. Mas ele está meio borrado.

O Peixe assentiu.

– Não se preocupe. Eu já tenho gravado. De três ângulos diferentes.

Kirk olhou as anotações sobre Mary Greer outra vez. Ela fora encontrada no bosque do Parque Pequot, numa sexta-feira.

– O que eu devo procurar, exatamente?

– Vá a esses lugares e veja se eles têm uma imagem – esclareceu o Peixe. – E se tiverem, filme, tome nota e vamos ver o que podemos descobrir.

Kirk olhou novamente para a lista. ASSASSINATO POR ESTRANGULAMENTO. ASSASSINATO A TIROS. ASSASSINATO POR ESPANCAMENTO. E o Peixe queria que ele fosse a todos os lugares onde essas pessoas perderam a vida, os assassinos não identificados.

Parecia divertido.

– Começo amanhã – anunciou.

James já estava no campo de futebol coberto de neve quando Kirk finalmente chegou, junto com um grupo de vinte alunos, a maioria garotos.

– Incrível! – disse ele. – Não achei que você teria coragem de aparecer. Imaginei que tivesse pegado o ônibus como um maricas.

– É – Kirk disse. – Você imagina muita coisa errado. – Ele largou a mochila na neve, quase atingindo um dos espectadores. – Vamos mesmo fazer isso?

– Pode apostar. Vou socar a sua cara.

Kirk não diminuiu o passo ao empurrar o peito de James com as duas mãos. O campo de futebol estava escorregadio e James, claramente surpreso, quase perdeu o equilíbrio. Ouviram-se vaias e gritos de estímulo na multidão, que parecia tão chocada quanto James por Kirk ter vindo pronto para a briga. James era alguns centímetros mais alto que ele, tinha o peito mais largo e uns dez quilos a mais.

O primeiro soco atingiu a orelha de Kirk quando ele tentou se esquivar, e com o golpe veio uma pulsação dolorida e quente. Era ruim, mas o pior foi que ele perdeu o equilíbrio e caiu sobre um joelho. James estava de volta, preparando um soco furioso, mas escorregou e o seu punho atingiu o ombro esquerdo de Kirk. Doeu, mas só causou um estalido quando as juntas bateram contra o osso. Kirk ficou de pé num salto e atingiu a barriga de James e então os dois caíram na neve, lutando para conseguir agarrar um ao outro pelas roupas.

A multidão parou de gritar. James conseguira virar Kirk de costas, e ele, em pânico, tentava afundar o punho nas costelas do outro. James contraiu o corpo e tentou proteger a lateral desguarnecida. Mas, em vez de esmurrá-lo, saiu de cima de Kirk e recuou alguns passos.

Kirk viu o motivo para o silêncio dos alunos e o recuou de James. Um novo membro se juntara à multidão, um aluno que ninguém reconhecia, nem pelas roupas surradas nem pelo rosto jovem e assustado.

Kirk assistiu quando mãos invisíveis arrancaram os óculos do recém-chegado desgrenhado, e um golpe que ninguém viu o fez se curvar. Um instante depois o nariz do garoto estava esmagado no rosto, sangue escuro esguichando e desaparecendo ao tocar a neve. As pernas do menino saíram do chão, e ele caiu de costas pesadamente – mas sem produzir nenhum som.

– Meu Deus! – alguém sussurrou. – Estão *chutando* o cara!

Kirk podia ver o impacto de botas invisíveis nas roupas do menino. Sua boca, um buraco ensanguentado, estava aberta e soltando gritos que não podiam ser ouvidos. Um hematoma apareceu e fechou um olho lacrimoso. A violência não cessou até que o fantasma do garoto desaparecesse.

James só fez um breve contato visual com Kirk.

– Ela é um peixe morto mesmo – disse, esfregando os nós dos dedos. – Só provoca. Já vai tarde.

Kirk, as roupas ensopadas, a orelha latejando, só sentiu indiferença ao ouvir as palavras de James. Como se ele soubesse, pensou. Pegou a mochila na neve e começou a longa caminhada para casa.

– Você voltou a vê-la, August? – perguntou Madeline. Alguns dias tinham se passado desde que ela falara com ele pela última vez; ele ficou feliz em ouvir a voz da esposa novamente.

– Sim.

– Como... como ela estava?

– Ela é uma linda garota, Madeline. Acho que Eva vai ficar contente.

– Em breve, August? Ela estará em casa em breve?

– Sim – ele disse, e se levantou para pegar o chapéu e o casaco. – Muito em breve. Estou indo visitar Stephen agora. Gostaria de me acompanhar?

– Stephen Pescatelli é um homem horrível! – ela pontuou. – E eu detesto sair de casa.

– Entendo – disse August, e se virou com um sorriso compreensivo para a esposa, mas ela já desaparecera; provavelmente estava no andar de cima, de volta à sua costura ou visitando o quarto de Eva outra vez, contando pacientemente os minutos até a chegada da filha.

Ele entrou no carro e virou à esquerda, embora o caminho mais curto para a casa de Pescatelli fosse pela direita. Ele queria passar pela casa de Ronnie. August esperava conseguir um vislumbre da sua garota, mas, apesar de uma sombra ter passado pela janela, obstruindo a luz, ele acabou indo embora desapontado.

Em breve, pensou, enquanto manobrava no final da rua para ir à casa de Stephen Pescatelli.

No começo ele achou que Pescatelli não ia atender à porta, e August o imaginou encolhido atrás de um sofá marrom cheirando a suor e batata frita, tremendo como um rato encurralado. Mas ele atendeu, vestindo jeans e uma jaqueta leve sobre a camiseta de algodão, e o surpreendeu ao convidá-lo para entrar.

– Minha humilde residência – disse Pescatelli, fazendo um gesto para o colega entrar. – Posso ficar com o casaco e o chapéu?

– Não vou ficar muito tempo – August disse. – Está com o manuscrito?

– Estou – confirmou Pescatelli, entregando um fichário preto a August, que o inspecionou. A última página era número trezentos e trinta e três.

– Eu devolvo quando acabar – disse, embora não tivesse a menor intenção de fazer isso. Ele tinha calçado luvas, principalmente para não deixar digitais, mas também para não ter que tocar em nada na casa de Pescatelli, que ele tinha imaginado um casebre imundo. Ficou surpreso ao ver tudo limpo e organizado, até a escrivaninha do homem, que ficava contra a parede na sala de estar.

– Por favor – pediu Pescatelli.

Pescatelli estava nervoso, mas muito longe de parecer aquele desastre ambulante e todo trêmulo a que August o reduzira no seu escritório. Ele fora àquela casa com total intenção de aterrorizar o homem até deixá-lo à beira de um ataque cardíaco, mas, por alguma razão, o próprio August se sentia inquieto. Pescatelli exibia um sorriso que parecia congelado no rosto, mas também havia um novo jorro de confiança sob o exterior pálido.

Por um instante, August se perguntou se o outro estaria carregando um revólver ou alguma outra arma no bolso da jaqueta. Girou nos calcanhares e a mão de Pescatelli se contraiu na direção do bolso desabotoado, perto da mão direita.

August sorriu para ele.

– Você disse ao garoto que ele não deve se aproximar da minha casa outra vez? – perguntou.

Pescatelli lambeu os lábios e fingiu coçar a barriga logo acima do bolso.

– Eu disse – respondeu. – Nós nos vimos depois da aula.

– Bom – disse August. – Estou ansioso para ler o seu livro. Tenho pensado em fantasmas também, ultimamente.

Ele abriu a porta e andou de volta para o carro, sentindo os olhos vidrados de Pescatelli grudados nele a cada passo.

August começou a ler o livro durante o jantar, num restaurante da região chamado Bosco's, um dos últimos da cidade que não fazia parte de uma rede vagabunda. Ele pediu bife ao ponto, batata assada, brócolis, mas primeiro comeu uma salada Caesar e pãezinhos. Pescatelli estava cheio de surpresas hoje. August tinha imaginado que o livro seria tão confuso e inconsistente quanto o próprio autor. Em vez disso, constatou que Pescatelli tinha um estilo claro e pouco rebuscado e expunha seus argumentos com elegância. Quase não se encontrava as hipérboles que costumavam marcar presença nas conversas de hora do almoço, na sala dos professores.

Mas, embora a redação não fosse ruim, Bittner achou que as classificações dos fantasmas, ou imagens, feitas por Pescatelli estavam completamente erradas. O próprio Bittner não acreditava que as imagens se encaixassem em qualquer categoria preestabelecida; podia com certeza aceitar a ideia de que o Acontecimento era o gatilho para a aparição dos fantasmas, mas afora isso havia pouco com que concordasse. Na sua cabeça, não havia dúvida de que os fantasmas eram exatamente isso – fantasmas, entidades sobrenaturais cuja forma e comportamento tinham um propósito específico. Mary Greer aparecia na sua porta toda manhã porque ela o estava assombrando, ponto final.

Ele pediu uma taça de Merlot com o bife e o bebericou enquanto virava as folhas do fichário, pensando que não era por falta de imaginação que Pescatelli deixava de notar a floresta em vez das árvores; era por medo. Medo da vida após a morte e do que ela poderia significar; era por isso que Pescatelli decidira embalar esses espectros muito reais em teorias científicas.

Se ele conseguisse se convencer de que os fantasmas que via ao seu redor não eram de fato fantasmas, mas meros resquícios de memória gravados numa espécie de fita cósmica, não precisaria pensar no tipo de questão que a realidade de uma vida após a morte levantaria. A existência de uma vida após a morte implica um contexto. Implica céu e inferno e implica algum tipo de propósito, divino ou de outro tipo, entrelaçado à vida cotidiana.

Mastigando, August pensou na sua própria situação. Se Pescatelli estivesse certo e a vida após a morte fosse um mito, então todos esses fantasmas não passavam de uma foto polaroide muito antiga desbotando. Ele não precisaria se perguntar por que Eva morreu. Não precisaria perguntar a Deus por que Ele a tirara de August, e não precisaria perguntar por que ele continuava a sofrer.

Enquanto cortava o bife, August imaginou Pescatelli martelando o teclado do computador, usando seus parágrafos como tijolos para construir um muro entre ele e essas perguntas. De acordo com as suas teorias, o Acontecimento não era a Mão de Deus extinguindo milhares de almas, era meramente uma transferência de energia. A mulher morta havia muito tempo na sua sala de aula não era um fantasma, era um dado gravado numa mídia invisível. Esposas, filhos, entes queridos morriam porque o coração parava de bater, não por causa de um plano que abrangia todos os seres vivos.

Nojento, August pensou, escolhendo uma parte do bife que ainda tinha um pedaço de gordura agarrado a ele.

Somos assombrados, ele pensou, somos assombrados e cumprimos os papéis a nós designados. Deus existe, mas não é o Deus gentil e benevolente dos contos de fadas cristãos, é um ser destrutivo e malévolo e fez August à sua própria imagem quando aniquilou sua filha e anulou a existência dela antes que vivesse uma vida plena, e então riu na cara dele. E August sabia que ele ainda estava rindo.

August tinha visto os fantasmas e sentido seu toque frio dentro dele, da sua alma. Ele não temia a vida após a morte.

Ele lhe dava as boas-vindas.

A vida após a morte, para ele, representava outra chance de estar com as pessoas que amava. Se não acreditasse na vida após a morte, tudo o que lhe restava eram lembranças.

Ele abocanhou outro pedaço de bife e tomou o último gole do vinho para ajudar a comida a descer. Logo estaria indo para casa, para Madeline.

Deus é bom, ele pensou, o vinho ficando amargo na sua língua.

Verônica ligou o chuveiro e imediatamente começou a pensar em coisas que a distraíssem do fato de que logo teria que passar pela casa de Bittner. Coisas como Kirk.

Kirk era um cara legal, ela estava pensando ao entrar embaixo do jato de água morna, *mas...*

Ela colocou um pouco de xampu na mão e começou a espalhá-lo pelo cabelo. Kirk era inteligente, era engraçado, era aventureiro. A semana inteira tinha sido atencioso e gentil, e estava entusiasmado com a ideia de levá-la para caçar fantasmas no fim de semana.

Mas...

Ele era fofo. Ele beijava bem. Não mastigava de boca aberta e não tentava apalpá-la em lugares públicos. Ou privados. Ela gostava dele.

Ela se virou para o chuveiro e recebeu um jato de água fustigante no rosto antes de enxaguar o cabelo.

Mas...

Ela gostava dele. Então qual era o problema?

O problema era que Kirk estava se apaixonando por ela. Rápida e profundamente, numa espiral que só podia ter um fim duro e abrupto.

Verônica via isso no jeito como ele olhava para ela com cara de bobo quando achava que ela não estava prestando atenção. Sentia isso nas centenas de maneiras sutis pelas quais ele a colocava em primeiro lugar quando estavam juntos. Ele sempre abria a porta para ela, sempre lhe oferecia o lugar à sombra. Se ele queria comida chinesa e ela queria pizza, eles pediam pizza.

Apego. Espuma descia em cascata pelo seu rosto e ela a tirou dos olhos. Desejou que os garotos com que saía não se... *apegassem*... tão rápido. O apego complicava as coisas; causava um nível de pressão que não deveria ser tão alto. Sem mencionar o compromisso. Ela não queria ter nenhum compromisso nesse momento, mesmo que fosse com alguém como Kirk.

Não com alguém *como* Kirk, ela pensou. *Kirk.*

Kirk.

Ela gostava mesmo dele, porém. Correndo os dedos pelo cabelo para retirar o resto do xampu, ela se perguntou se havia um jeito de desacelerar as coisas para que pudessem continuar saindo sem que Kirk mergulhasse assim de cabeça. Ainda que já tivesse tido "aquela conversa" com garotos antes, não achava que a tivesse aperfeiçoado. Às vezes eles a confundiam com a história do "apenas bons amigos" e se fechavam completamente para ela, ou se esforçavam incansável e pateticamente para fazê-la "mudar de ideia", o que era tão fácil quanto transformar chumbo em ouro.

"A conversa" era mais sobre apego; era um aviso, não um adeus. Pelo menos foi isso que ela sempre pretendeu que fosse, apesar de nenhum dos seus ex-namorados ter entendido. Kirk entenderia? Ela estaria disposta a arriscar?

Quanto mais pensava nisso, mais achava que uma conversa a essa altura não iria funcionar. As emoções seguem o seu próprio ritmo.

Ela checou o relógio antes de passar condicionador no cabelo. Tinha o tempo exato para terminar antes que Brian aparecesse, se ele fosse aparecer de novo.

Talvez ele fosse como os caras com quem ela saía, pensou, geniosos e enciumados porque ela passava um tempo com outra pessoa. Talvez ele tivesse sentido a presença de Kirk e ido embora ofendido, desaparecendo para sempre no éter. Por que garotos fantasmas seriam diferentes dos vivos?

Ou talvez, ela pensou, o coração dele tivesse se partido para sempre quando Mary foi assassinada. Ela lembrou a si mesma de que precisava descobrir o que acontecera com ele depois que Mary morreu.

Quando Verônica terminou, desligou o chuveiro e secou os olhos na toalha pendurada na barra da cortina. Espiou o banheiro, sem saber o que a fazia se sentir mais tola, a ideia de que um fantasma conseguia vê-la ou o fato de que se importava em saber se ele tinha mesmo visto.

Ela ainda tinha um minuto. Ficou observando duas gotas d'água se juntarem na cortina de plástico, tornarem-se uma e escorrerem rapidamente. Ela ergueu os olhos e lá estava ele.

Estava adiantado, e ainda que ela o estivesse esperando, sua aparição súbita a sobressaltou, a ponto de fazê-la soltar a mão da cortina e se expor. Ela se encolheu e puxou a cortina de volta, mas achou que naquele breve momento de exposição Brian tinha erguido os olhos e a visto.

As bochechas dela estavam vermelhas quando se recompôs para olhar para ele outra vez. Ele parecia tão sólido quanto as paredes azulejadas ou a pia de porcelana, e o seu reflexo no espelho límpido era tão definido que ela poderia estar olhando para um tela de LCD. Ele não tinha reflexo das primeiras vezes em que ela o viu, mas agora o reflexo estava lá toda vez.

Verônica se perguntou como o sr. Pescatelli classificaria a "imagem" de Brian. Ela o observou pentear o cabelo, pensando que talvez houvesse centenas de imagens pela cidade que eram estranhas ou únicas, e faziam coisas que não se encaixavam no comportamento típico dos fantasmas.

Ela consultou o relógio outra vez, na hora em que Brian deveria desaparecer. Em vez disso ele passou o pente pelo cabelo uma última vez e o colocou no bolso de trás. Seus olhos encontraram os dela no espelho e mais uma vez ela teve a estranha sensação de que ele conseguia vê-la. A sensação se intensificou quando a indiferença que ele exibia ao pentear o cabelo foi substituída por um olhar de grande preocupação.

Ele se virou e andou na direção dela, cruzando o pequeno banheiro num único passo, a boca desenhando palavras que ela não podia ouvir.

As gotículas quentes que ainda cobriam a pele dela se tornaram gelo. Ela ofegou, puxando a cortina fina. Fechou os olhos.

Voltou a abri-los um instante depois. Não havia nenhuma sombra na cortina, nada bloqueando a luz das duas lâmpadas fluorescentes de cada lado do espelho. Mas Brian projetaria uma sombra? Ela nunca ouvira falar de um fantasma projetando uma sombra. Mas, pensando bem, que ela soubesse, nenhum fantasma já produzira um reflexo, e nunca ouvira falar de nenhum fantasma que tivesse alterado o seu padrão.

Brian é diferente, ela pensou. Seu coração saltava como um coelho ansioso, sua pulsação forte aquecendo a pele gelada. Ela se virou para o relógio. Tinham se passado dois minutos da hora em que ele normalmente aparecia.

Ela segurou a cortina com mais força. O plástico continuava quente, como se a nuvem gelada, ou seja lá o que fosse que o fantasma emanara, tivesse passado direto pela cortina e afetado somente a ela. Contou os segundos, certa de que seu coração explodiria no peito se afastasse a cortina e o encontrasse parado ali, o rosto a centímetros do seu.

Os anéis da cortina tilintaram ao longo da barra quando ela a afastou. Brian se fora.

Ela usou a toalha de banho para afastar o resto do gelo da sua pele antes de ir se trocar no quarto.

Seu pai já estava à mesa quando ela desceu para a cozinha. A mãe lhe lançou um olhar reprovador quando ela entrou correndo. Verônica estava dando uma mordida num bolinho de aveia quando o pai sorriu.

Quando ele se foi, a mãe se virou e se apoiou na pia.

– Você quase perdeu a hora! – ela ralhou.

– Sinto muito – disse Verônica. O bolinho estava um pouco seco e esmigalhou no prato. – Brian ficou um pouco mais do que de costume hoje.

– Brian?

– O fantasma do andar de cima – explicou. – Desculpe.

A mãe fungou, abrindo a torneira para lavar a louça apesar de não haver nenhuma louça ainda. Verônica percebeu que a mãe nunca iria ao andar de cima para ver Brian, porque não arriscaria perder um instante com o fantasma do marido.

Verônica encheu a xícara com chá.

– Mãe?

– Sim?

– Talvez você não precise estar aqui toda manhã, sabe?

A mãe se virou para ela, uma faísca de raiva brilhando nos olhos.

– Aonde mais eu iria? – ela perguntou, fechando a torneira e deixando a cozinha.

Verônica a ouviu jogando revistas e livros sobre a mesa de jantar, arrumando a bolsa para o trabalho. Ela se sentou à mesa da cozinha de frente para a cadeira onde o pai estivera minutos antes e bebericou o seu chá, grudando ocasionalmente uma migalha de aveia no dedo e levando-a à boca. Ela olhou diretamente para a frente e tentou evocar a imagem do pai na sua mente. Quanto a sua vida seria diferente se ele estivesse vivo.

Ficou imaginando se sentiria mais a falta dele se o seu fantasma não aparecesse todo dia.

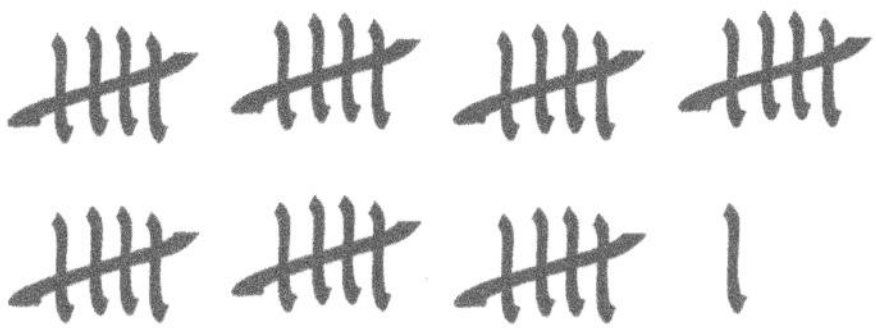

Sinto que estou fazendo um jogo perigoso; não para mim mesmo – para quem o perigo passou há muito tempo –, mas para ela. Ela quer um vínculo; quer algo e alguém a que possa se apegar. Alguém que vai permanecer quando todo o resto falhar e desaparecer.

Esse alguém nunca serei eu.

Mas o que mais posso fazer? O tempo flui como um rio e eu consigo ver o ponto em que ele encontra o oceano. Se eu não fizer nada, ele vai matá-la. Provavelmente, vai matar de qualquer forma, apesar das minhas boas intenções. Há linhas de convergência demais, intersecções demais onde antigos padrões podem se repetir.

Eu a escuto conversando com a mãe; a conversa é familiar, tão familiar que não só as palavras mas também as pausas e suspiros entre elas seguem um roteiro infalível. Eu queria que a minha influência fosse forte o bastante para fazê-las esquecer o roteiro. Se Verônica abraçasse a mãe, isso de alguma forma acrescentaria um ponto ao tecido do universo? Descarrilharia o ruidoso trem para o inevitável?

Mais adiante na rua, átomos espectrais unem-se para formar a imagem pós-vida da minha amada, a minha Mary. Fragmentos aleatórios do universo combinam-se para criar seus shorts, sua regata, o tom escuro da sua pele. Eu posso variar o meu padrão – posso tocar Verônica, posso tocar Bittner –, tudo o que preciso é concentração e energia. Eu teria então a energia para deixar esta casa, este jardim? Eu teria então energia para mudar o passado, o meu presente, o meu futuro?

Mais adiante na rua, a memória dos pés calçando sandálias de Mary sobe o primeiro de três degraus.

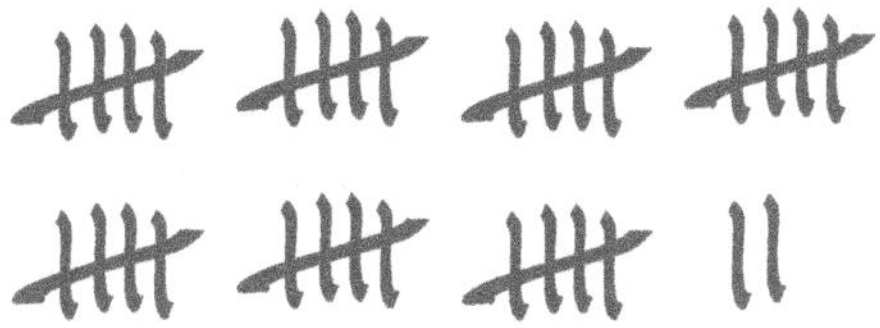

– Eu vou olhar para ela hoje – Janine anunciou. Isso após vários dias arrastando os pés o caminho todo até a escola, baixando a cabeça e afastando os olhos.

– Quem? – Verônica perguntou.

– Mary. Eu vou olhar para Mary.

Janine olhava para a frente, uma determinação implacável evidente nos lábios contraídos e no queixo projetado com ar de desafio. Verônica estava tão absorta pensando na mãe que não tinha nem notado a resolução de Janine quando se encontraram na frente da sua casa.

– Ah, é?

Janine confirmou com a cabeça, os fios do seu gorro balançando vigorosamente.

– Eu pensei no que vocês disseram. No que Kirk falou.

– Do que está falando, Janine?

– Eu também não quero ser esquecida – ela disse.

Pelo que Verônica se lembrava, Janine é quem tinha mencionado as imagens e sobre não querer ser esquecida, mas não a corrigiu. A memória era uma coisa fluida e fugidia e ela não podia afirmar com certeza que o conceito inteiro partira de Janine.

Janine apertou o braço de Verônica quando elas se aproximaram da casa de Bittner, e ela sentiu os dedos da amiga puxando a sua manga conforme chegavam mais perto. Sua cabeça estava abaixada, mas Verônica conseguia vê-la de perfil, e notou os grandes olhos azuis fixos na varanda de Bittner quando Mary apareceu. Janine não se apressou como normalmente fazia, em vez disso seguiu o passo cadenciado de Verônica.

Elas observaram Mary subindo os degraus, e a viram erguer um braço nu e bronzeado para bater à porta. Janine não se virou até que a outra desapareceu.

– Você conseguiu, Janine! – exclamou Verônica, puxando-a para mais perto e, por impulso, pressionando os lábios contra o gorro de lã que cobria a testa de Janine. Ela estava surpresa que o sr. Bittner não tivesse aberto a porta.

– Eu consegui! – concordou a outra. – Eu me sinto muito, muito melhor, de verdade.

Havia orgulho na voz de Janine, mas ela não soltou o braço de Verônica, não até que tivessem entrado no Colégio Montcrief.

Verônica foi fria com Kirk quando eles se encontraram no corredor antes da aula, mas ou ele não notou ou não partiu para as centenas de conclusões diferentes e equivocadas como a maioria dos outros garotos fazia.

– Vai fazer alguma coisa depois da aula? – perguntou ele. Talvez estivesse completamente alheio ao que estava acontecendo.

– Por quê? – ela disse em resposta, como se fosse estranho que ele estivesse perguntando.

– Eu ia gravar mais alguns fantasmas. Pensei que pudesse querer vir junto – disse ele.

– Claro! – ela disse.

– Ronnie? – perguntou ele. – Tem alguma coisa errada?

Ela fez uma pausa, em dúvida se deveria contar mais sobre a mãe dela. Também se perguntou se deveria dizer que ele não deveria se apegar tanto a ela, porque ela tinha alergia a compromisso.

– Não – respondeu. – Nada errado. – E então: – Ah, droga. Acabei de lembrar que tenho que trabalhar hoje. Você também não tem?

– Não – ele disse, obviamente tentando não parecer ou soar desapontado.

– Mas eu aceito uma carona se você estiver de carro – ela disse.

– Parece bom – disse ele, alegrando-se. Ele a levou até a sala de aula.

Ela pensou em Brian e Mary. Pensar neles fez com que ela se perguntasse se era o apego de Kirk que a assustava ou os *seus próprios* sentimentos de apego por *ele*.

Ela olhou furtivamente para o garoto enquanto andavam juntos pelo corredor. Ele caminhava de cabeça erguida, mas não havia nada de arrogante na forma como se portava.

Eu gosto mesmo dele, pensou.

Era um sentimento novo, essa certeza, um sentimento que ela conseguira se impedir de ter por outros garotos, mas com ele vinha algo mais – ela percebeu que estava um pouquinho assustada.

Eles passaram por James no corredor. Os meninos trocaram um olhar que ela não conseguiu decifrar. Eles não se cumprimentaram, mas também não se evitaram. Talvez os garotos que conhecia estivessem amadurecendo, ela pensou.

– Ok – Kirk disse quando chegaram à classe. – Vejo você na aula do Peixe.

– Tchau – disse ela. Ele não tentou beijá-la, algo que ela odiava fazer na escola, ou tocar o braço dela ou mesmo trocar um olhar ardente. Verônica não sabia se estava aliviada ou desapontada.

Ah, Ronnie, ela disse consigo mesma. O que você está pensando?

August não estava feliz.

Ele não estava feliz porque a intromissão de Pescatelli e de seu paparazzo amador tinha estragado a sua estima por Mary Greer. Ele andara tentando reunir coragem para tocá-la, tomá-la nos braços, mas não queria correr o risco de que o gravassem fazendo isso. Seria um prato cheio para Pescatelli. E hoje Verônica Calder e sua amiga medrosa estavam lá, observando. Como se estivessem cronometrando seus passos para que coincidissem com a aparição de Mary. Só que Verônica não estava vigiando a menina fantasma, estava vigiando August, e ele tinha segurado o fôlego atrás da cortina como uma criança assustada.

Matá-la seria um desafio agora.

Existia um vínculo entre ele e as outras garotas, então tinha sido fácil atraí-las e envolvê-las numa confiança quase entorpecente. Agora Verônica suspeitava dele; August a vira no corredor duas vezes naquele dia e nas duas ocasiões ele a pegara sussurrando de um jeito conspirador com Kirk.

Bittner pensou que talvez matasse Kirk também. Mas na verdade ele não queria nenhum filho.

Também ficou irritado ao perceber que algumas das teorias de Pescatelli o deixavam intrigado. Ele nunca voltara à fábrica, ou ao lugar onde matara a adolescente fugida, mas a ideia de que os seus fantasmas pudessem retornar com alguma frequência ao lugar onde morreram era interessante. Ele adoraria vê-las outra vez.

Mais do que isso, ele adoraria tocá-las outra vez.

Kirk passou de carro para pegar Ronnie e a levou para casa depois do trabalho.

– Eu devo ter visto uma dezena de fantasmas – Ronnie disse, e Kirk só sorriu. – É incrível quantos a gente vê quando está procurando. Você podia conseguir vários para o seu projeto de crédito extra só no cinema.

– Sério? Você acha?

– Tem um monte! Um em cada sala, pelo menos – afirmou ela. Ela cheirava a pipoca e açúcar, e Kirk esperou que ela não percebesse que ele estava farejando o ar. – Sabia que numa das salas tinha um *casal* fantasma? Foi muito estranho. Dois garotos sentados juntos nos fundos da sala. Ele estava com o braço em volta dos ombros dela e ela estava inclinada contra ele, como se estivessem muito apaixonados ou assistindo a um filme de terror ou as duas coisas. Não sei se eu já tinha visto dois fantasmas antes... Desculpa, eu fico dizendo fantasmas... Quero dizer *imagens*... juntas desse jeito. Você já?

Kirk confirmou com a cabeça, mas ela não estava olhando para ele. Estava mais interessada em acenar para um grupo de colegas de trabalho que deixavam o prédio enquanto se afastavam.

– Só pude pensar que talvez eles tenham morrido juntos a caminho de casa. Num acidente de carro ou algo assim. Mas mais tarde, quando eu estava enchendo o copo de refrigerante de alguém – e, Kirk, encher o copo das pessoas deve ser o trabalho mais entendiante do mundo, mas o cinema lota tanto que o meu chefe precisa de uma pessoa só para os refrigerantes! –, eu pensei "Não seria fantástico se eles *não* tivessem morrido juntos?". Tipo, e se eles morreram anos depois daquele momento, separados e distantes, mas foi esse o momento que seus espíritos escolheram para voltar?

– Bem... – Kirk começou, mas Ronnie continuou falando. Ela estava num estado de espírito estranho desde que ele tinha jantado na casa dela; às vezes pensativa e distante, outras vezes tagarela e curiosa.

– Essas pessoas podem ter morrido em qualquer lugar, em qualquer época, e agora estão juntas outra vez naquele cinema. Estava passando algum filme idiota de guerra, mas eu só vi os dois na hora da faxina entre a primeira e a segunda sessão da noite. E se esse foi o último encontro deles? E se tiveram uma briga tão horrível a caminho de casa que nunca mais se viram? E se o que permanece naquele cinema não é o fantasma deles, mas do relacionamento entre eles? Eu não consigo tirar aqueles dois da cabeça, é a coisa mais estranha.

Kirk limpou a garganta.

– Realmente parece estranho.

– Humm... Eu não sei se devia me sentir feliz por eles ou muito triste, sabe?

– Escolha se sentir feliz – ele sugeriu. – Facilita as coisas.

– É – concordou ela, a voz ficando melancólica. – Acho que sim.

Ele sentiu a tristeza dela, e tentou pensar em algo para dizer, mas foi a própria Ronnie quem quebrou o silêncio.

– Falando em estar feliz e triste, adivinha o que eu descobri!

Ele sorriu para ela.

– O que você descobriu?

– Brian Delaney e Mary Greer eram namorados. – Então ela contou tudo o que tinha descoberto com Janine.

– Isso é incrível! – ele disse.

– É. E, ah!, nós vimos outro fantasma na biblioteca. Um garoto bem novo, meio rato de biblioteca.

– Bibliotecas, escolas e cinemas – recitou Kirk, pensando alto. – Hospitais, fábricas. Lugares onde é mais provável que haja imagens.

– Talvez tenha a ver com o que esses lugares representam – disse ela. – Portais para outros universos. Lugares para abrir a sua mente.

– Essa é uma teoria muito interessante. – Ele tamborilou com os polegares no volante. – Talvez esses sejam lugares onde as pessoas entram num estado diferente de consciência. O Peixe acredita em "resíduos físicos". Algumas ações e emoções deixam rastros mais fortes, como as imagens residuais que você vê depois de olhar para uma luz muito forte. Vai saber?

Eles ficaram em silêncio por um momento.

– Você quer ser um fantasma depois de morrer? – ela perguntou por fim.

A pergunta fez os pelos do pescoço dele se eriçarem.

– O quê?

– Uma imagem. Tanto faz – disse ela. – Eu costumava pensar que seria horrível, estranhos assistindo a um fragmento da sua vida. Agora não tenho tanta certeza. Estou começando a pensar que pode ser legal que uma parte de você permaneça.

– Acho que depende – Kirk disse. Ele estava pensando na imagem de Molly na biblioteca.

– É – concordou ela, e Kirk se perguntou se ela estava pensando em Brian e Mary. – Acho que depende.

– Você tem algum grande plano para o fim de semana?

– Nada de mais. Por quê?

– Eu tenho mais alguns fantasmas para ver – disse ele. – Mas preciso avisar. As coisas podem ficar assustadoras.

Ele dissera aquilo para fazer graça, mas Ronnie, provavelmente ainda pensando em Mary e Brian, pareceu desanimada.

– Jura? O que é? – perguntou.

– Os fantasmas que eu estou procurando são vítimas de assassinato – ele disse, desejando nunca ter aberto a boca. Por que ele não podia simplesmente convidá-la para ir jogar boliche ou andar de patins ou algo do gênero?

– Que adorável! – ela disse com ironia. – Vou estar livre no sábado por volta das três.

– Excelente. Pego você, então.

Ele estacionou em frente à casa dela. Ela se inclinou para o banco de trás para pegar a mochila, e Kirk a olhou se esticar.

– Obrigada pela carona – Verônica disse. Ele se inclinou para beijá-la quando ela se virou para abrir a porta e acabou dando um beijo na bochecha dela. Surpresa, ela se voltou para beijá-lo na bochecha de volta. Kirk pousou a mão ali por reflexo, e ela colocou a mão sobre a dele. Seus dedos se entrelaçaram, como se estivessem se assegurando de que não eram fantasmas, eles próprios. O toque pareceu mais íntimo do que o beijo.

Quando ela estava do lado de fora, ele não achou que Verônica fosse olhar para trás, mas ela olhou, acenando depois de destrancar a porta da cozinha.

Ele foi embora, o rosto formigando com a lembrança do contato.

PARTE TRÊS: CORAÇÕES PARTIDOS

August saiu de casa por volta das seis. Quase quatro anos atrás ele havia assassinado Amber em algum momento entre sete e oito horas da noite, não tinha certeza. A morte ocorrera depois do Acontecimento e a precisão não era tão necessária. Fazia mesmo tanto tempo? Os anos se atropelavam. Parecia que tinha sido ontem que ela dera o seu último suspiro contra o rosto dele. A lembrança o fez sorrir.

O humor dele havia melhorado consideravelmente desde o final da semana letiva. Pescatelli o ignorara a semana toda, mas passou na sala de August depois de dispensar a classe.

– Então, Gus... – ele disse, como se não se detestassem. – Você teve oportunidade de ler algumas páginas do meu livro?

– Algumas – Gus respondeu. – Tenho algumas correções a fazer também.

– Quais? – o outro perguntou, um pouco na expectativa, um pouco hostil.

– O capítulo que eu li era... interessante.

– Interessante?

– Bem, eu não li tudo ainda.

– Interessante.

– Em sua maior parte. Mas não acho que possa aceitar todas as suas teorias.

Pescatelli sorriu, como se tivesse atraído August para uma armadilha.

– É por isso que preciso que Kirk faça as gravações – disse ele. – Eu preciso fundamentar as teorias do livro. Dei a ele uma lista de todos os fantasmas da cidade que conheço.

Idiota, August pensou, Pescatelli era um idiota. Mas assentiu com a cabeça, feliz em deixar Pescatelli pensar que tinha ganhado uma preciosa batalha na guerra que travavam.

– Como queira – ele disse, fechando a sua pasta. – Talvez eu termine o livro este fim de semana.

Ele tirou o chapéu e o casaco do armário e ficou surpreso ao ver que Pescatelli ainda estava apoiado no batente da porta.

O outro professor lambeu os lábios e deu um passo para o lado.

– Tenha um bom final de semana, Gus – desejou, todo o ar saindo dos pulmões junto com a sua voz.

– Cuide-se! – disse August em resposta, e o seu bom humor tinha voltado, como num passe de mágica.

Isso acontecera no dia anterior. Agora era oficialmente fim de semana e ele ainda não tinha lido mais nada do tolo manuscrito de Pescatelli.

Dirigiu até o centro e deixou o carro no estacionamento da estação ferroviária. Os trens tinham voltado a operar, mas, como a cidade deixara de ser uma parada, eles pareciam um pouco sem propósito, um gesto de nostalgia, ou pior, de desafio. Mas quem quer, ou o que quer, que tivesse orquestrado o Acontecimento dificilmente se impressionaria com uma demonstração tão ínfima de determinação ou perseverança. Qual a vantagem de se ter um trem se todas as outras cidades para onde pudesse ir eram tão esquecidas e suburbanas quanto a deles?

Ele havia matado Amber, sua terceira e última vítima, no porão de uma tecelagem. Ela não era sua aluna. Tinham se conhecido num albergue para sem-teto onde, ironicamente, ele se oferecera como voluntário para tentar mitigar parte da culpa que sentia desde o assassinato de Mary. Madeline começara a lhe falar sobre Amber assim que August dera início ao trabalho voluntário, perto das festas de fim de ano, lembrando-o de que só faltavam alguns meses para 29 de fevereiro.

Era uma caminhada rápida do albergue até a tecelagem, atravessando a cidade e descendo uma rua que a falta de uso deixara coberta de mato. Do outro lado da estrada de ferro. Ele a matou ali, depois de convencê-la de que a tecelagem era um lugar onde muitos indigentes acampavam no inverno. Eles podiam fazer uma boa ação, dissera ele, se distribuíssem uma caixa de casacos às pessoas que se abrigavam ali. Amber, como Mary, tinha um coração puro demais para esperar qualquer coisa além da mais nobre das intenções vinda de um gentil e conhecido professor de História. Com Madeline sussurrando no seu ouvido o tempo todo, ele perguntara a Amber se ela tinha medo de ir à tecelagem. E, ironia das ironias, ela respondeu que não teria medo se estivesse na companhia de alguém tão grande e forte quanto ele.

Um trem com destino à cidade trovejou do lado de fora da tecelagem depois que ela morreu, fazendo a poeira se soltar das vigas de madeira expostas e se acumular na aba do chapéu de August e na gola do casaco. Na ocasião, ele pensara que era Deus descendo à Terra. O corpo dela foi descoberto três dias depois, por um desabrigado recentemente reintroduzido à sociedade, depois que o hospital psiquiátrico estadual tinha fechado as portas. Darryl Kosoff admitiu ter cometido o crime, somente porque a prisão era uma garantia de que ele viveria mais bem alimentado, limpo e descansado do que estivera em anos, sendo a prisão muito mais confortável, para estadias longas ou curtas, do que as instalações do hospital psiquiátrico estadual. A polícia nunca se deu ao trabalho de procurar outro suspeito, pois o sr. Kosoff tinha um histórico de violência e havia atacado uma enfermeira durante o tratamento psiquiátrico. Contra a vontade do sr. Kosoff, seu intrépido jovem advogado argumentou que as marcas e hematomas na garganta da garota encontrada morta não poderiam ter sido feitas pelo sr. Kosoff, que tinha mãos pequenas. O advogado reuniu alguns dos melhores especialistas forenses da área para provar seu argumento, e agiu bem em fazer isso, pois as ratazanas do rio já tinham se apoderado do corpo da pobre garota. Mas, cinco meses depois de ser preso, Kosoff foi assassinado a tiros pelo pai da menina no trajeto para o tribunal, poupando assim o Estado de um longo e arrastado julgamento. O pai se matou não muito tempo depois. Bittner se sentia mal por isso.

Ele se lembrava da morte dela com detalhes vívidos. Estrangulara-a com as duas mãos, até que seus esforços para se soltar diminuíram de intensidade. Depois ele apontou a lanterna para o rosto dela com uma mão, enquanto punha fim à vida da menina com a outra.

Ele tentou imaginar como foram os últimos momentos dela, quando ele se inclinou sobre seu corpo, tentando capturar um vislumbre de Eva se agitando em seus olhos. Sua visão tinha se ofuscado, os olhos preenchidos com a luz da lanterna, como se lhe mostrassem o caminho à frente.

Deve ter sido como nascer, ele pensou.

Ele mal podia esperar para vê-la novamente. Tocá-la. Seu toque lhe daria vitalidade; eletrizaria o seu sangue. Ele tentaria tocar tantas quanto possível, suas filhas, quanto pudesse. A força delas passaria para ele e lhe daria coragem para o que tinha que fazer. E, quem sabe, tê-las dentro dele ajudaria conduzir a sua Eva e assegurar que ela voltaria do outro lado e se apossaria do corpo de Verônica.

August tinha certeza de que encontraria a garota ali; ela nunca visitara a casa dele como Mary fazia. Mas tinha certeza porque Madeline dissera que ele a encontraria. Ela sabia esse tipo de coisa.

– Dê um beijo nela por mim, August. – Foi a última coisa que ela lhe disse antes de acompanhá-lo até a porta. – Dê um beijo nela por mim.

Uma caminhada rápida, pouco mais de um quilômetro e meio, ao todo. Tinha pouco trânsito, as lâmpadas incandescentes dos postes de luz começando a zumbir. Suas mãos enluvadas estavam enterradas nos bolsos do casaco, e ele as cerrou até os nós dos dedos estalarem.

Então começou a assoviar uma melodia qualquer.

– NÃO ACREDITO QUE DEIXEI você me convencer a fazer isso! – reclamou Verônica, sem acreditar. – Não é ilegal entrar aqui?

A fachada de tijolos em ruínas da tecelagem entrou no seu campo de visão. As pessoas costumavam falar em transformá-la num prédio de escritórios; depois em construir condomínios ali. Agora, quando falavam, se é que isso acontecia, era em demoli-la.

– Provavelmente – disse ele. – Mas não acho que vamos ser presos nem nada. Pelo menos espero que não. Meus pais não pagariam a fiança.

– Minha mãe pagaria. A minha.

– Eu tinha a impressão de que a sua mãe gostava de mim – disse Kirk.

Ele estacionou no ponto mais distante do estacionamento, embaixo dos galhos de uma árvore. E notou as sobrancelhas erguidas de Verônica.

– Está com alguma ideia na cabeça, sr. Lane? – Ela tinha que admitir, o fato de estarem prestes a fazer algo ilegal era um tanto excitante, assim como o fato de Kirk não parecer nem um pouco nervoso.

– Sempre tenho ideias – ele respondeu. – Mas no momento minha única ideia é manter o carro fora de vista. Não precisamos abusar da sorte. – Ele desligou o motor.

Verônica olhou na direção da tecelagem outra vez, para as paredes de tijolos levemente iluminadas pelo luar. A maioria das janelas não tinha sido lacrada direito, revelando uma escuridão impenetrável por trás das frestas entre as tábuas. Se havia um prédio assombrado, era a Tecelagem Slader.

– Parece mal-assombrada – Verônica confessou.

– Tenho certeza de que está cheia de fantasmas – respondeu Kirk. – Mas pensando bem, a cidade inteira está cheia de fantasmas. O país inteiro, talvez.

– Que reconfortante...

– Você não pode estar assustada de verdade. Você mora com dois deles. É até parente de um!

Eles fecharam as portas do carro com cuidado em vez de batê-las, mas ainda assim o barulho foi como tiros de revólver na calada da noite. Uma autoestrada importante ficava a menos de um quilômetro subindo a via de acesso, mas os sons ocasionais do trânsito pareciam vir de muito longe.

Eles ficaram em silêncio ao cruzar o estacionamento em direção ao prédio. A luz da lua desapareceu, como se Deus tivesse desligado um interruptor. Verônica olhou para o céu, esperando ver uma grande nuvem engolindo a lua, mas tudo o que viu foi escuridão.

Verônica contou meia dúzia de placas de "Entrada Proibida", algumas delas com a promessa de processar os invasores. Pelo menos duas tinham buracos de balas. Kirk tentou abrir as portas, mas estavam trancadas.

– Não tem ninguém em casa – disse Verônica. – Vamos embora.

– Deve ter uma forma de entrar nesse lugar – disse ele. – Se um mendigo bêbado consegue, tenho certeza de que dois adolescentes espertos como nós conseguem também.

– Talvez um mendigo bêbado tenha mais motivação.

– Você não está com medo, está? – ele perguntou, passando a lanterna pela fachada do prédio. Todas as janelas tinham sido quebradas e cobertas com tábuas anos atrás, e no segundo andar havia uma janela cujas tábuas tinham se soltado completamente.

– Claro que não!

– Será que eu consigo escalar até ali?

– Nem se fosse o Homem-Aranha – ela disse. – São sete horas e está escuro como breu aqui fora. Aposto que fevereiro é o mês mais escuro. Não vamos nem conseguir ver a imagem se ela aparecer.

– O céu está coberto de nuvens. Vamos ver os fundos – ele sugeriu. – A gente vai achar um jeito de entrar.

– Legal da parte do sr. Pescatelli te ajudar a cometer crimes – ela comentou, descendo atrás dele, por uma pilha de entulho.

– Talvez ele pague a minha fiança. Principalmente se eu der o nome dele como a mente criminosa por trás de tudo.

– Ele é professor, seu bobo. Não tem dinheiro para isso.

– Bem lembrado.

Os fundos da tecelagem davam para um rio, que ficava depois de um barranco, logo após a estrada de ferro. Verônica parou um instante para fitar a água escura e lodosa. Mais abaixo, ela resplandecia, refletindo as luzes da cidade. Um único barco subia o rio, barulhento, uma luz azulada na proa. Ela se virou para recomendar a Kirk que tomasse cuidado com a lanterna, mas ele já a desligara. Estava parado do lado de uma janela na altura do peito, cujas tábuas tinham sido arrancadas.

– Eu te ajudo a entrar – ele disse. Verônica ainda vestia a saia longa que usara na escola.

– Ótimo. Que cavalheiro. Como podemos saber se tem um chão do outro lado?

– Parece que tem, sim. Quer saber, deixa que eu vejo.

– Quem será que tirou as tábuas? – ela se perguntou.

– Os mendigos. Eles estão por todo canto. Isso, ou adolescentes. – Kirk deu impulso para subir e se debruçou sobre a janela até conseguir levantar a perna esquerda e passá-la para o outro lado. O facho da lanterna cortou a escuridão, revelando nada mais que um assoalho de madeira empoeirado e colunas grossas de madeira distantes uns dez metros umas das outras.

– *Nós* somos adolescentes, seu bobo.

– Delinquentes juvenis – ele especificou. – Adolescentes que saem para beber e usar drogas e... – *Fazer sexo*, era o que ele ia dizer, mas o olhar dela o impediu. Ele passou a outra perna pela janela e pulou do parapeito. A luz da lanterna sumiu.

– Kirk?

Ele apareceu de pé do outro lado da janela, sobressaltando-a.

– Tudo bem com o chão – disse ele, sorrindo.

– Idiota. Como vamos fazer isso?

Ele se sentou outra vez no parapeito da janela e saltou.

– Eu junto as mãos, você pisa em cima delas. Ergo os braços o suficiente para você passar uma perna. O chão é mais alto lá dentro do que aqui fora, então vai ser baba.

– Ótimo.

Ela conseguiu na primeira tentativa, e ele a seguiu. Uma vez lá dentro, ela espirrou duas vezes quando a poeira chegou às suas narinas.

– Apavorante! – confirmou ela.

– É. Mas ainda bem que as janelas são fechadas com tábuas, porque senão poderiam ver a luz da lanterna de fora.

– O que vamos fazer se tiver mais gente aqui? – ela perguntou. – Tipo, pessoas de verdade?

– Mendigos, quer dizer?

– Qualquer pessoa.

– Correr, eu acho. Vou devagar. Ou talvez acelere para ir buscar ajuda.

– Há! Eu corro bem mais rápido que você.

Ela segurou a mão dele enquanto andavam lentamente pela tecelagem.

– Estamos procurando uma escada para baixo. Ele matou a garota no porão.

– O porão, que beleza... – ela disse, abraçando a si mesma. O ar era seco e frio, o cheiro forte de serragem invadindo as suas narinas.

– Onde será que Bittner estava quando Amber foi assassinada?

Verônica olhou para ele, mas sua expressão era indecifrável no escuro. Ele estava deliberadamente tentando assustá-la?

– Por que diz isso?

Ele deu de ombros.

– Não sei. Amber foi estrangulada. Mary foi estrangulada, o pescoço quebrado. Eu me pergunto se Amber foi aluna dele. Você se lembra de quando aconteceu?

– Lembro.

– Eu não lembro, de nada. Tinha me esquecido completamente até que vi o nome dela na lista, e mesmo lendo sobre ela não me dei conta de que só aconteceu há quatro anos.

– Você não é uma garota – Verônica disse. – Talvez a gente repare mais em coisas assim.

– Talvez.

– Ele está me assustando de verdade, Kirk.

– Ele surtou totalmente quando filmamos Mary. Consciência pesada, talvez?

Verônica apertou a mão dele, mas não havia nenhum romantismo no gesto.

– E se for isso, Kirk? E se ele a matou? E Amber também?

– De acordo com a lista que o Peixe me deu, Amber foi assassinada por um indigente maluco que confessou tudo. Ele foi baleado e morto pelo pai dela na saída do tribunal.

– Sério? Eu não me lembrava disso.

– Palavra de escoteiro.

– Mesmo se não foi Bittner, tem algo errado com esse cara. Muito errado.

Ela começou a se sentir apreensiva, do jeito que sempre ficava pouco antes de um fantasma aparecer.

– Vai ter mesmo luz suficiente para ver onde ela está? – Verônica perguntou. – Aposto que o porão, quando o encontrarmos, vai ser bem grande. Vamos ter muito terreno para cobrir.

– Ela foi encontrada no canto nordeste – ele disse –, que fica do lado do rio, por onde entramos. Tudo que temos que fazer é encontrar a entrada para o porão.

– Bem, acho que você pensou em tudo, então – disse ela. – Temos umas duas horas até ela aparecer?

– Duas horas e meia – disse Kirk. – Começando daqui a treze minutos. É a estimativa mais próxima da hora da morte a que a polícia chegou. Ela estava morta havia mais ou menos uma semana quando a encontraram.

– Eca.

Ela olhou a hora no celular. Estava a ponto de dizer alguma coisa quando Kirk anunciou que tinha encontrado as escadas.

– Está vendo? – ele perguntou. – Alguém arrancou a porta das dobradiças.

Eles andaram até o alto das escadas. Uma brisa úmida e gelada vinha dali, como uma respiração.

– Primeiro as damas – ele disse, sorrindo.

Verônica aceitou o desafio, e pôs um pé sobre a prancha de madeira rangente.

August sentiu o bom humor evaporar no momento em que viu o feixe de luz iluminando a parede desmoronada da tecelagem. Ele estava começando a se sentir frustrado, como se alguma mão divina obscura estivesse intercedendo de propósito para impedi-lo de se comunicar com os seus fantasmas.

Parando de assoviar, ele saiu da trilha e se embrenhou no mato para olhar mais de perto. A luz agitava-se como um beija-flor, e August podia ver que havia pelo menos mais uma pessoa acompanhando a que segurava a lanterna. Ele apertou os olhos, tomando cuidado para fazer o mínimo barulho possível. A outra figura era uma garota. Ele se deu conta de que eram Kirk e Verônica.

Cuspiu na terra aos seus pés, a fúria lentamente começando a borbulhar nas suas veias. Os caçadores de fantasmas amadores, em mais uma missão de Stephen Pescatelli! Queriam mesmo que ele acreditasse que a gravação da sua casa tinha sido apenas um acidente aleatório? A teoria podia não ter sido apresentada nas páginas do livro, mas estava claro que Pescatelli, um detetive no conforto da sua casa, suspeitava que August cometera os crimes.

Crimes esses que ele tinha, de fato, cometido.

Ele não tinha certeza do que o deixava com mais raiva, a intromissão de Pescatelli ou essas situações que punham a virtude de Verônica em risco. August podia apostar que na mochila do garoto por acaso havia um cobertor, e que, quando ele achasse um lugar isolado, com talvez alguns raios de luar escapando das tábuas pregadas às pressas na janela, ele o estenderia e perguntaria a Verônica se ela gostaria de fazer uma pausa na caça aos fantasmas. Em se tratando de garotos, esse é sempre o único objetivo.

O galho em que August se segurava se quebrou com um estalo alto que ecoou na noite. Ele olhou para a mão, se perguntando quando o tinha pegado. Certo de que seria descoberto, olhou para cima a tempo de ver Kirk e Verônica andando até os fundos do prédio.

Havia uma grande faixa de terreno poeirento entre ele e a fábrica, e August se apressou em cruzá-la assim que a luz da lanterna sumiu de vista. Eles estavam a caminho do porão, sem dúvida seguindo uma dica de Pescatelli. Ele conhecia um atalho – estivera lá antes, afinal de contas, e pretendia estar lá, no escuro, antes que chegassem.

– Eu trouxe um cobertor – disse Kirk, estendendo a mão para a mochila.

Claro que trouxe, ela pensou, observando enquanto ele o estendia no chão liso.

– Pensei que podíamos esperar aqui até Amber chegar – explicou. – Ou não chegar, seja qual for o caso.

Ela alisou uma das pontas do cobertor com a ponta do tênis.

– E o que você propõe que a gente faça até ela aparecer? – perguntou Verônica. – Contar histórias de fantasmas?

– Eu trouxe bebidas também – disse ele. – Chá gelado para você. Podemos contar histórias de fantasmas se você quiser. – Ele conferiu a câmera antes de colocá-la delicadamente sobre o cobertor, e deu uma batidinha no bolso da camisa. – Pilhas extras – disse. – Para a câmera. E mais algumas para a lanterna.

– Que bom.

– Você não vai sentar?

– Ah, acho que sim.

Ele passou o braço pelo ombro dela, para aquecê-la. Duas horas era um tempo muito longo, mas ele tinha algumas ideias de como podiam passar o tempo.

– Você devia ler um pouco do livro do Peixe. Ele tem um capítulo sobre fantasmas e caça-fantasmas “dos velhos tempos”. Ele disse que as pessoas costumavam acreditar que os fantasmas roubavam energia elétrica de aparelhos, baterias e coisas assim para conseguir se manifestar. Por isso elas sempre tinham uma desculpa para nunca conseguir nenhuma prova física de uma caça aos fantasmas, pois quando os fantasmas finalmente apareciam era porque tinham sugado a energia das câmeras e gravadores até a última gota. Celulares e relógios deixavam de funcionar também.

– Vamos ter um problemão para achar a saída se isso acontecer – ela disse.

– Não vai acontecer – garantiu Kirk. – Ele conta essas histórias para desmistificar as noções tradicionais de fantasmas. Pense nas imagens que você já viu, elas parecem fazer algo como sugar energia? O seu pai? As luzes piscam ou a cafeteira queima? Não. Nada. As imagens não causam nenhum efeito físico. São como projeções de cinema.

– Brian deixa o banheiro mais frio.

Ela podia sentir os olhos de Kirk nela, mesmo sem poder vê-los, porque ele apontara a única lanterna para a faixa do assoalho na frente de uma enorme caldeira, o lugar onde, segundo as anotações do Peixe, Amber tinha morrido.

– Sério?

Ela confirmou com a cabeça, mas então disse sim quando se lembrou de que ele não podia vê-la no escuro.

– Ele desembaça o espelho. E quando eu vou para o lugar onde ele estava parado, sinto um calafrio.

– Sério mesmo? – ele voltou a perguntar, transferindo o peso para o lado dela.

– Ele tem reflexo também.

– Muito estranho. Eu preciso mesmo dormir na sua casa para poder vê-lo.

– Ou você pode simplesmente me emprestar a câmera – ela disse. – Ou eu posso usar a minha.

Ele devia ter se virado para ela então, pois Verônica sentiu seu hálito de hortelã na bochecha.

– Assim não é divertido.

– Diz o cara que leva a garota num encontro numa fábrica abandonada e encardida onde uma adolescente foi assassinada.

– Ei! – ele disse. – *Isso* é divertido.

Ele se inclinou e a beijou. Os lábios dele eram quentes.

August podia ouvir cada palavra, ainda que eles estivessem sussurrando. Podia ouvir até os dois se beijando.

Malditos sejam!, pensou.

Estava escondido atrás de uma bancada de trabalho quebrada, a uns vinte passos de onde os dois estavam sentados. Ele viu a lanterna rolar lentamente alguns centímetros, cortando um círculo no escuro com o seu brilho suave.

Uma única pergunta em sua mente: devia matá-la agora? Faltavam alguns dias para 29 de fevereiro e ele nunca havia matado nenhuma delas antes da hora. Ou devia matar só Kirk e dominá-la? Ele conseguiria mantê-la ali por vários dias sem que ninguém descobrisse?

Vinte passos. Ele podia cruzar aquela distância correndo e atacar o garoto antes que eles pudessem reagir. Ou podia se aproximar devagar, sem correr o risco de que o vissem. O garoto ele espancaria até matá-lo, esmagaria a sua cabeça contra o chão de concreto. Mas Verônica... Verônica ele teria que capturar. Não podia arriscar matá-la cedo demais, concluiu.

Parte dele queria esquecer a coisa toda, mas a raiva que sentia era tamanha que ele sabia que só seria apaziguada se ele agisse.

Vinte passos. Ele deu dois, avançando com cautela. A luz da lanterna parou de girar, mas o casal ainda se beijava ou talvez pior. Mais dezoito passos e ele poderia derrubar o garoto. Mas e se Stephen soubesse que eles estavam ali, o que aconteceria? Seus corpos logo seriam descobertos? E se ele tivesse que esconder os corpos? A morte do garoto com certeza seria sangrenta, mesmo que ele tomasse cuidado. August teria que se desfazer do casaco e das luvas, no mínimo, se fosse matá-lo daquele jeito.

Dezesseis passos. August parou quando seus sapados roçaram em alguma coisa, um parafuso ou pedaço de metal no chão de pedra. Ele parou, mas o jovem casal nada notou, ele podia ver as pernas e os sapatos deles à luz da lanterna.

Catorze passos.

Mas de que outra maneira ele poderia matar o garoto? Não viera preparado para um assassinato, nem tinha planejado um, como fizera com Amber. Ele poderia estrangulá-lo. Mas sabia que, se o asfixiasse até que a vida deixasse o seu corpo, ele o tornaria parte da família, e August não o queria como filho, só a garota. E como ele poderia matar os dois ao mesmo tempo? O estrangulamento exigia esforço, não era algo tão simples como apertar um gatilho ou cravar uma faca. Haveria resistência, e luta. Diziam que o pescoço de Mary tinha se quebrado, e ele supunha que fosse verdade, mas ainda assim ela levara uns bons cinco minutos para morrer.

Doze passos. Onze.

Era culpa dele, principalmente, que Mary tivesse demorado tanto. Ele poderia tirar Verônica do prédio e levá-la para a casą dele? Não a pé. Poderia carregá-la, mas seu carro estava estacionado muito longe. Precisaria simplesmente agir e confiar que as coisas sairiam do jeito que ele esperava.

Oito passos.

Uma garota tão linda...

Sete.

E então ela gritou, e as vigas estremeceram e balançaram com o eco da sua voz.

Mais tarde, Verônica se lembraria de ouvir algo sacudindo, como as asas de cem morcegos ou velas açoitadas pelo vento. Kirk depois lhe diria que o barulho tinha sido causado pela passagem de um trem, mas não foi isso que ela ouviu ou sentiu na hora; ela sentiu uma asa roçar na sua bochecha. E viu algo se arrastando para trás à luz da lanterna de Kirk.

– Caramba! – exclamou Kirk, e ela percebeu que seu grito devia estar ecoando nos ouvidos dele, sobrepondo-se até ao furacão de asas. Ele estendeu a mão para pegar a lanterna, mas acabou tocando a barriga dela em vez disso. Num sobressalto, ela mexeu a perna e chutou a lanterna para longe, e no facho de luz que rolava ela viu Amber.

A garota estava a meio metro de onde eles estavam, de costas, empurrando algo com as mãos e os pés. Verônica teve só um vislumbre do seu rosto, os olhos esbugalhados, a língua totalmente estendida para fora da boca aberta. Ela tentou se desvencilhar de Kirk e, quando fez isso, sentiu o tornozelo bater com força no último lugar em que ele queria ser atingido.

– Desculpa! – ela disse.

A iluminação ficou mais intensa e havia um brilho azulado, como uma pintura fluorescente, vindo da garota, que ainda se movia para trás, os movimentos espasmódicos como os de um caranguejo sem alguns membros.

Então a luz enfraqueceu até se apagar.

Ela ouviu um estrépito que só podia significar que Kirk derrubara a câmera. Ela o ouviu praguejar, enquanto ela tentava alcançar a lanterna que rolava para longe.

Por fim, ela conseguiu alcançá-la e bateu-a na palma da mão algumas vezes antes de tentar acendê-la. Quase gritou de alívio quando a lanterna acendeu.

Verônica apontou a lanterna e viu o fantasma. Ainda que o assassino não fosse visível, era claro que ela estava sendo estrangulada. Sua barriga nua estava encolhida como se houvesse um peso sobre ela, e Verônica podia ver a sua garganta contraindo-se como uma esponja. A garota tentava se libertar das mãos invisíveis do assassino, mas logo perdeu as forças e só conseguiu desferir alguns socos fracos.

Agora a menina, os olhos do tamanho de duas bolas de pingue-pongue, conseguiu levantar um braço e estava apontando. Diretamente para Verônica.

Ela tentou manter a lanterna no lugar enquanto gritava para chamar Kirk.

August correu quando Amber apontou para ele. Assim que ela apareceu, ele ficou confuso, depois exultante; mas, quando ela apontou para ele, ficou realmente assustado. Então correu.

Alguém o sacudia, alguém dizia o seu nome. Sua respiração voltou com um ímpeto repentino.

– Kirk? – ela chamou. – Kirk, você está bem?

Ele gemeu, tentando focar os olhos na luz fraca.

– Kirk?

– O que... O que... – Ele sabia que estava balbuciando, mas não podia evitar. Levara um soco, tinha quase certeza. Algo o estava incomodando, algo além da pancada que levara.

Verônica relaxou.

– Ainda estamos no porão, Kirk. Da Tecelagem Slader. Você desmaiou.

– Desmaiei uma ova! – ele disse, esfregando o queixo, que parecia vermelho mesmo sob a luz espectral da lanterna. – Você me bateu. Duas vezes, sem contar o chute na virilha.

– Desculpa, Kirk. Sinto muito mesmo. Senti que bati em você uma vez. Nas, hã, suas partes íntimas.

– Você detonou o meu queixo também.

– Sério? – Ela apontou a lanterna para o rosto dele, ofegando quando o facho enfraqueceu sem aviso.

– É, sério. – Ele ignorou o fato de a lanterna estar mais fraca. – Foi alguma coisa que eu disse? – Ele começou a deslocar o maxilar de um lado para o outro.

– Desculpa – ela repetiu, beijando o lugar onde um hematoma começava a surgir sobre o osso do maxilar. – Coitadinho.

– Ok. Valeu.

– Então – ela disse, soltando-o e passando a lanterna para ele. – Você conseguiu filmar a garota?

Chamar a imagem de "garota" trouxe de volta a angustiante lembrança dela sendo estrangulada, os olhos desvairados de medo, o dedo acusador.

– Está brincando, né? Eu quase nem *vi* a garota.

– Foi horrível! – disse Verônica. Ela mesma parecia estar com dificuldade para respirar. Ele a viu levar a mão à própria garganta. – Por favor, vamos embora daqui.

– Boa ideia – ele concordou.

Só depois de terem saído, ele percebeu o que o incomodava.

– Ronnie – disse –, essa não é a lanterna que eu te dei.

Verônica baixou os olhos para a lanterna, segurando-a como se fosse uma coisa viva que podia se retorcer e morder o seu pulso.

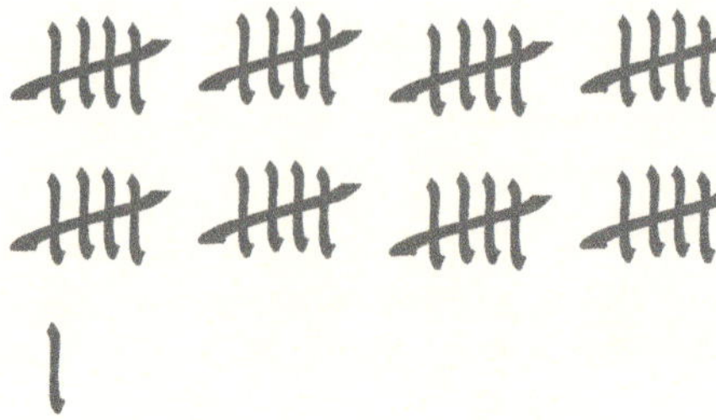

August esperou vinte minutos numa loja de conveniência no final da rua da tecelagem, até o carro do garoto passar. O homem magro no balcão o observava de braços cruzados, e August comprou duas tortinhas para aplacar suas suspeitas. Enquanto o homem punha as compras num saco, uma torta de mirtilo e outra de maçã, August percebeu que eram exatamente situações como essa que levava a polícia a localizar criminosos. *Sim, policial,* August pensou, *um homem alto de casaco cinza, luvas pretas e chapéu preto. Ele ficou aqui por uns vinte minutos, sozinho. Comprou duas tortinhas.*

Ele se perguntou se Kirk e Verônica o tinham visto na confusão. Com certeza Verônica não tinha, ela estava tão concentrada em assistir ao *replay* de uma vida tirada que não teve medo pela sua própria. O garoto podia ter visto. Podia. Ele achava que não, no entanto. Seu punho o havia atingido pela lateral com tamanhas velocidade e precisão, enquanto o garoto tateava à procura da câmera, que ele não tivera a menor oportunidade de se defender. Talvez ele tivesse acordado com a lembrança do beijo pungente das luvas de couro de August, mas talvez achasse que o tênis de Verônica era o que tinha chutado o seu maxilar.

August sabia que, se quisesse ter outra oportunidade para matar Verônica, teria que conseguir sozinho. O problema era que ele sempre contava com a providência para dar uma filha a ele; contava com isso ou com a ânsia constante de Madeline. Mas um pouco de planejamento não faria mal. Assim poderia encontrar um jeito de resolver pequenos desafios, como a melhor maneira de limpar o sangue, encobrir as provas etc. E podia se concentrar na menina, na sua menina, sem precisar matar o garoto também. Matar o garoto seria um esforço desperdiçado.

Um esforço que ele teria feito, com certeza, se não fosse o fantasma de Amber.

Que estranha a mistura de tristeza e felicidade que sentiu ao vê-la de novo! Ele não tinha realmente se permitido acreditar que ela ainda estaria lá, repetindo sua morte; ele tinha muita sorte de ter Mary... E lá estava ela, exatamente como estivera nos seus últimos momentos juntos.

Com uma diferença. Naquela noite, ela não tinha apontado.

Ele tinha certeza. Havia a luz das lâmpadas do estacionamento, antes de serem quebradas, infiltrando-se entre as tábuas e pelos buracos na construção onde o batente das janelas fora arrancado. Quando ela percebeu que eles não estavam numa missão humanitária, Amber tentara arranhar August, enfiar as unhas em seus olhos, mas ele lhe deu um tapa forte e a resistência dela enfraqueceu. Ela conseguira dar impulso suficiente com as pernas para arrastá-los por alguns metros, mas ele pressionou o joelho sobre a barriga dela e a segurou firme no lugar.

No final, ela não conseguia erguer a cabeça do chão, muito menos os braços. Ela não tinha apontado. Ele tinha certeza. Estavam sozinhos no porão. Não havia nada para que apontar.

Aquilo chocou Bittner, o fato de ela ter apontado. Ele estava prestes a cerrar os dedos ao redor da garganta de Verônica, e Amber tinha que apontar e estragar tudo!... Verônica, por sorte, não tinha se virado. Ele começara a recuar no momento em que viu o dedo acusador.

Mas seria mesmo uma acusação? Ou era um *chamado*?

Ela o tinha assustado, mas ao mesmo tempo ele queria tocá-la de novo. A sua filha. Seu propósito original não era cometer um assassinato, mas ver Amber outra vez e tocá-la e sentir o frio que ela traria quando se desvanecesse. Ele queria que ela soubesse que ainda pensava nela.

Mary lhe foi negada pela manhã, Amber à noite. Foi-lhe negado matar Verônica; negado, negado, negado. Tudo foi negado a não ser as tortas, tortas que ele não comeria. Quanta coisa um homem aguenta que lhe seja negada?, pensou ele. Não muita, nem de perto tanta assim.

Ele voltou para a cidade com as suas tortas, pensando no quanto tudo aquilo era estranho. Quando chegou em casa, fez algo que não fazia havia algum tempo; entrou no escritório do segundo andar, onde a esposa tinha se enforcado no ventilador de teto, e onde ela continuava pendurada.

August a observou, uma silhueta escura num quarto escuro, balançando levemente, como uma folha agitada pelo sopro da brisa criada pelas pás do ventilador. Ele não sentia essa brisa, porque quinze anos antes, quando tentara descê-la, o ventilador e o corpo tinham despencado do teto. Ele nunca substituíra o aparelho, então a corda que prendia Madeline no alto não estava amarrada a nada; ela pendia de um espaço vazio.

– Você falhou – ela disse, as palavras pesadas com a amargura e a recriminação, a cabeça formando um ângulo estranho com o chão.

Ele andou até as cortinas, para se assegurar de que estavam bem fechadas.

– Eu não tenho sido um bom pai para as nossas filhas, Madeline – ele disse, olhando de baixo para ela. Estava à beira das lágrimas. – Eu não abracei as nossas filhas. Não abracei nem disse para não terem medo do escuro.

– Você é um homem desprezível – ela disse, ignorando, como sempre, a dor que ele sentia. Os pés dela, girando, desenhavam círculos mais largos que os ombros.

– Não sirvo para ser pai – disse ele. – Eu não abracei nossas filhas, como devia ter abraçado você.

Olhando para cima e abrindo bem os braços, ele ficou frente a frente com o tronco pendente da mulher, estreitando os braços ao redor dela num abraço. A sensação gélida fez os pelos dos seus braços se eriçarem, ainda que ele não tivesse tirado as luvas nem o casaco ou o chapéu.

– Não toque em mim! – ela disse. – Eu detesto você.

Ele ficou parado ali, abraçado à memória dela, por algumas horas.

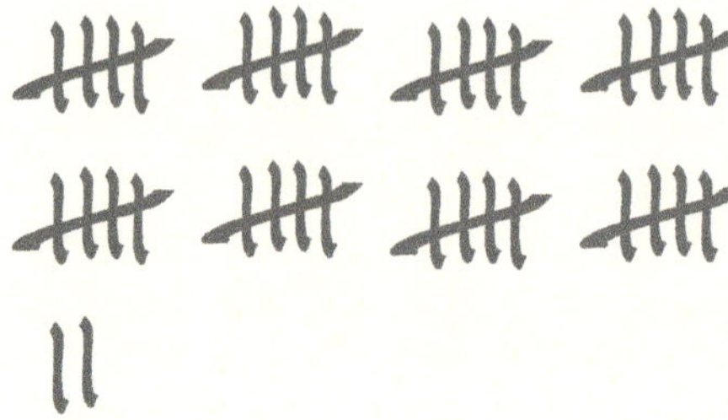

Há dias em que eu consigo vê-la. A minha Mary.

Para tudo é preciso esforço, para tudo é preciso energia. Eu sei que isso também vale para os vivos, mas os mortos precisam literalmente se esforçar para continuar existindo. Sem esse esforço, começamos a desaparecer. Eu posso sentir que estou me desfazendo como um comprimido efervescente num copo d'água. Eu me pergunto às vezes se é esse o destino de todos nós que não cruzamos a ponte, uma existência de lenta erosão e decadência.

Eu sou mais forte onde fui mais fraco em vida. Retorno a este lugar, o banheiro onde pus fim à minha vida, quando o preço desse esforço fica alto demais, depois que me extenuei.

Eu vi Mary quando segui Verônica até a porta. A dor cobriu as paredes como uma nova camada de tinta aquele dia; tanto Verônica quanto a mãe choravam ao assistir à sombra do pai – que é como eu mas não é como eu, que é como elas mas não é como elas – desvanecer. Verônica chorava, mas a mãe não tinha palavras de consolo para a filha porque não conseguia encontrá-las para consolar a si própria. Eu estendi a mão para Verônica, mas ela atravessou seu cabelo, não surtindo efeito além de causar um calafrio que ela sentiu ao andar até a porta. Verônica a bateu enquanto eu passava através de uma das lâminas de vidro, onde um olho atento poderia ter me visto como um reflexo de origem invisível.

A amiga nervosa de Verônica juntou-se a ela na frente da casa. Eu acreditava que a devoção de Verônica pela amiga pudesse ser, por si mesma, a prova de um bem maior, e a minha intenção era manter esse pensamento e me agarrar a ele, quando vi algo que fez esse vestígio de sentimento florescer no meu peito.

Mary. Eu vi Mary aparecer na frente da casa de Bittner, ao pé da escada. Ela se virou para a minha casa, como se soubesse que me encontraria à janela. Estava sorrindo. Então começou a subir os degraus, e desapareceu.

Eu me joguei contra a porta. Podia sentir a luz do sol me atravessando enquanto acelerava o passo, determinado a não perdê-la, não outra vez. Mas não era a luz do sol que me atravessava, era a minha própria energia esvaindo-se rapidamente. Exauri toda a minha existência antes de chegar à calçada.

Eu me recompus dias depois, e na hora marcada a vi e mais uma vez tentei intervir, impedindo que Mary continuasse o seu trajeto. Eu estava explodindo como um sol e dessa vez Verônica deve ter ouvido o meu urro de dor e fúria, porque se virou no mesmo instante. Mary não. Mary continuou andando.

Eu não sei se Mary é como eu ou se ela é como o pai de Verônica à mesa da cozinha. Eu não sei direito se existem outros como eu. Eu vi um rapaz na árvore ao lado da entrada de carros, do outro lado da rua; ele aparece depois da meia-noite e fica visível não mais do que alguns segundos. Eu não acho que ele já tenho sido visto por qualquer pessoa viva. Ele pode ser chamado de assombração se a única pessoa assombrada é um fantasma como ele?

Minha morte me trouxe um vocabulário inteiramente novo. Eu desisti da maior parte das minhas lembranças; talvez as lembranças sejam átomos que eu tenha expulsado. Não me lembro de já ter pensado no significado da morte enquanto estava vivo; talvez, se tivesse pensado, não teria feito o que fiz.

Já não me lembro muito da minha vida.

Exceto por Mary.

Se eu pudesse deixar esta casa, este quintal, se eu pudesse tocar a sombra dela, só por um instante, eu me libertaria. A ponte se abriria para mim e eu pegaria a mão dela e nós a cruzaríamos juntos.

A não ser que, como espero, ela já tenha atravessado e a garota que sorri para mim de tão longe seja apenas uma memória. Eu preferiria que fosse esse o caso, em vez de imaginá-la presa, como eu, num mundo intermediário.

A mãe de Verônica está de pé ao lado da mesa da cozinha. Ela estende a mão hesitante para o lugar onde a imagem dele aparece, como se temesse uma queimadura. A mão treme. A expressão dela me faz pensar que é ela quem está nesse mundo intermediário.

Eu medito sobre o amor. É fácil para mim, depois de acabar de ver Mary e Verônica. Eu imagino o amor e o contemplo e o sinto até o ponto em que eu *sou* o amor; é tudo o que posso fazer. E a mãe de Verônica, ela pode sentir quando eu a atravesso. Ela arqueja quando eu me afasto, e nesse momento ela sente amor, pensa que é dele, e eu sigo meu caminho com uma parte da dor dessa mulher, um fragmento da tristeza gravada na sua alma. É tudo o que eu posso fazer. Por ora, é o bastante.

Isso me custa muito. Estou esgotado. Estou me desfazendo numa espiral. Mas, mesmo enquanto me disperso, sinto uma nova possibilidade, porque eu agi, ultrapassei o mundo intermediário e novamente o meu toque espectral alterou o curso do dia.

E então, sou nada outra vez.

Verônica acordou cedo, apesar de ainda faltarem várias horas para o seu turno da tarde. Ela caiu no sono rápido, e os seus sonhos foram reproduções do que ela e Kirk tinham vivido na noite anterior. Só que não era Amber se arrastando de costas no pó de serragem, as unhas deixando sulcos nas tábuas imundas. Era ela mesma. E o agressor com as mãos na sua garganta não era mais invisível; enquanto a vida lhe escapava, ele a fitava de cima com um brilho cinzento nos olhos e uma expressão de puro amor.

– Bittner – ela dissera, sussurrara, na verdade. Ela tinha dito o nome em voz alta para Kirk na noite anterior, e dessa vez ele não tinha discordado. Ele a levara para casa e, no caminho, diminuído a velocidade do carro ao passar pela casa de Bittner. O Cadillac dele não estava na entrada de carros.

– O que vamos fazer, Ronnie? – Kirk perguntou.

Ela estava completamente aterrorizada. Sentia como se as mãos dele ainda estivessem em volta da sua garganta, e a sensação a encheu de raiva.

– Provas – ela disse, a garganta seca transformando a sua voz num grasnido. – Precisamos de provas. Ele não vai parar.

– Ronnie...

– Nós temos que voltar, Kirk. Ele vai me matar se não conseguirmos algo contra ele.

Kirk não soube o que dizer depois disso. Só a abraçou, esperou que chegasse até a porta e dirigiu de volta para casa.

Aquela noite, assim que o barulho do carro de Kirk foi desaparecendo à distância, Verônica foi fazer uma busca por Brian Delaney na internet. Não havia muito o que ver, só alguns artigos no site do jornal *Jewell City Sentinel* a respeito das suas proezas no time de basquete júnior do colégio... "Delaney marca vinte em derrota para Oakvale" era o primeiro resultado do site de buscas. Ela encontrou o que procurava na metade da página.

O obituário dele.

Assim como o próprio fantasma, o obituário não revelava muito. Ou melhor, revelava mais pelo que não dizia do que pelo que dizia. Só tinha dois parágrafos, nenhuma foto, mas Verônica não precisou ler mais do que a primeira parte da primeira linha: "Brian Kenneth Delaney, 16, morreu inesperadamente...".

Ele tinha se suicidado. Ela teve tanta certeza quanto teria se Brian estivesse parado ao seu lado, sussurrando no seu ouvido.

Ela escondeu o rosto nas mãos e chorou.

E agora estava no chuveiro cedo o bastante para ver Brian, se é que ele planejava aparecer. Ele veio, e chegou enquanto ela se enrolava na toalha. Olhou no espelho, olhou para ela pelo espelho, penteou o cabelo e foi embora, quase como se estivesse muito envergonhado para vê-la depois da descoberta dela. Verônica ficou desapontada.

Ele não tinha se virado ou se aproximado dela, não tinha feito nenhuma das pequenas coisas que significavam uma quebra no padrão que ela vira no outro dia. Ela se perguntou se seria possível que um fantasma – uma imagem – tivesse dois padrões diferentes, ou mais. Subitamente teve vontade de ler o livro do Peixe.

Mas, se as imagens não tinham mais do que um padrão, por que isso acontecia? Tinha que haver coisas mais interessantes na vida de Brian do que o seu ritual matinal diante do espelho – ninguém é tão narcisista!

Ela se vestiu lentamente, decidindo-se afinal por uma camiseta branca lisa, um suéter e sapatos de salto baixo. Quando desceu as escadas, a mãe nem desviou os olhos da louça.

– Você perdeu o seu pai – ela disse.

– Ah. – Verônica sentiu um impulso forte de responder à acusação na voz da mãe, mas resolveu não fazer isso. – Sinto muito.

A mãe se virou, então.

– Eu fiz ovos mexidos para você – disse ela. – E torrada, mas já está fria.

– Obrigada, mãe – disse Verônica. Ela se perguntou se devia contar a ela sobre o sr. Bittner e o modo estranho como ele estava agindo, mas não achou que a mãe estivesse no clima para ouvir a história. O tom da sua voz, o jeito como ela lavava o mesmo prato, de novo e de novo... Tudo nela ansiava por uma briga.

– Kirk pode me trazer para casa depois do trabalho hoje à noite – ela disse, se dando conta de que estava pondo mais lenha na fogueira.

– Você está passando tempo demais com esse garoto – respondeu a mãe, sem erguer os olhos da esponja.

– "Esse garoto"? Pensei que você gostasse de Kirk.

– Você é um pouco nova para um relacionamento sério, é só isso.

A boca de Verônica se abriu com o choque.

– O quê?

A mãe deu de ombros.

– Só estou dizendo que você está passando muito do seu tempo livre com ele. E toda essa coisa de caçar fantasmas. Eu não acho que seja saudável.

Verônica teve vontade de rir. Tentar achar respostas sobre por que os fantasmas apareciam e o que causava as aparições, por algum motivo, não era muito saudável, mas se assegurar de estar na cozinha na hora certa para ter um vislumbre do marido morto há muitos anos era uma prova de sanidade. Ela quase disse algo nesse sentido, mas então finalmente a mãe soltou o prato e se virou para ela.

– Mãe, você sabe quem era o fantasma do andar de cima?

A mãe cruzou os braços sobre o peito, um brilho gelado nos olhos.

– A casa estava desocupada havia alguns meses quando a compramos – disse. Ela olhou para o lugar onde o marido aparecia, como se esperando poder invocá-lo uma segunda vez. – Não tenho ideia de quem ele era.

Verônica sentiu o estômago afundar. A mãe estava mentindo.

Quando ela descruzou os braços, Verônica notou quanto estava magra. As mangas da sua blusa subiram um pouco e Verônica viu os pulsos ossudos e as mãos trêmulas, e a irritação que sentia deu lugar à preocupação. Quando falou, tentou deixar a voz serena e apologética.

– Mãe, se isso é porque eu não estava aqui para ver o papai...

– Não tem nada a ver com você não ver o seu pai! – a mãe gritou, os olhos soltando farpas. Ela se virou de volta para a pia com um grito inarticulado, derrubando o prato mais limpo do mundo da beirada da pia. O prato deu uma única cambalhota antes de aterrissar abruptamente e se partir ao meio.

Verônica mordeu a torrada fria e sem manteiga enquanto a mãe se segurava na beirada da pia com as duas mãos, os ombros esqueléticos tremendo de raiva ou tristeza ou ambos. Devagar, Verônica contou até dez mentalmente antes de responder.

– Mãe...

– Sinto muito, Verônica – disse a mãe, erguendo um punho ossudo para secar as lágrimas que já desciam pelas bochechas.

Verônica sabia que provavelmente devia se levantar e abraçar a mãe, ou pelo menos pegar vassoura e pá para varrer os cacos do prato quebrado.

– Eu acho que você precisa falar com alguém, mãe – ela disse. – Eu acho que você precisa de ajuda.

A mãe fungou.

– Eu vou a uma psiquiatra hoje – contou. – É a minha primeira consulta.

Verônica piscou. A notícia era ainda mais inesperada do que a fúria repentina da mãe.

– Mãe, isso é ótimo!

– É mesmo? – ela disse, rindo e chorando ao mesmo tempo. – Estou com medo de ir. Estou com muito, muito medo.

Verônica levantou-se, então, e pousou uma mão tranquilizadora no ombro da mãe.

– Você não precisa ter medo, mãe – confortou-a. – Ela vai te ajudar com isso.

– Ajudar – a mãe repetiu, balançando a cabeça. – Receio que "ajudar" signifique que ela vá me dizer para esquecê-lo. Tenho medo de que ela vá me dizer para mudar a minha rotina, para que eu não esteja aqui às 7h13 toda manhã, para que eu não esteja aqui esperando ele virar a página e apertar os olhos e... e... e sorrir para mim. Eu tenho medo de que ela me diga para esquecê-lo!

Verônica afagou as costas da mãe e foi difícil para ela não olhar para a coluna saliente ou para os ângulos agudos das escápulas. Por que parecia que a perda de peso da mãe tinha acontecido de repente? Ela era mesmo tão desatenta?

– Ela não vai dizer isso, mãe – Verônica assegurou, mas na verdade não tinha certeza. Ela não tinha nenhuma experiência com terapia de perda, mas parecia plausível que a psiquiatra dissesse à mãe para evitar aquilo que estava prejudicando a sua saúde, mesmo que essa coisa fosse o fantasma do pai dela.

A *imagem* do pai dela.

– Eu não quero esquecer de jeito nenhum – a mãe disse. – Prefiro vê-lo toda manhã como faço hoje. Prefiro que ele parta o meu coração mil vezes, como faz toda manhã, do que passar um dia sem vê-lo, sem pensar nele.

Verônica puxou a mãe para mais perto.

– Eu não quero que ninguém tire isso de mim – disse a mãe dela. – Mesmo que isso supostamente me faça melhorar, eu não quero.

Verônica deu um beijo na têmpora da mãe.

– Talvez a psiquiatra não diga isso, mãe. Talvez ela diga outra coisa.

– Eu não quero esquecer – a mãe repetiu. – Não quero.

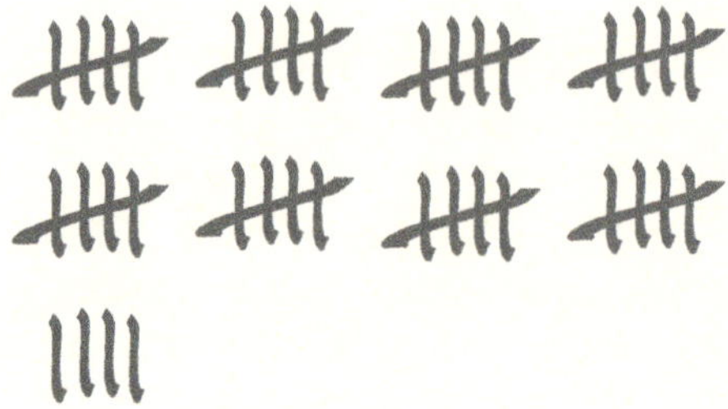

Kirk atravessou a porta da frente de Pescatelli. O homem ainda estava de pijama, um roupão de banho esfarrapado sobre os ombros, uma caneca de café na mão.

– O que você não está me contando sobre Bittner?

– Não quer entrar, Lane? – perguntou o Peixe, piscando várias vezes. – Fique à vontade.

– Quem matou Mary Greer, Peixe? – Kirk perguntou.

O professor ergueu a cabeça e coçou a barba.

– O que é que te deixou tão agitado esta manhã?

Kirk estava andando de um lado para o outro, não conseguia evitar.

– Nós vimos Amber. Nós a vimos na Tecelagem Slader.

– Viram?

– Sim. Nós a vimos, e mais alguém viu também. Nós saímos de lá com uma lanterna diferente da que levamos.

– O quê? Do que você está falando?

Kirk não sabia o que fazer com todo aquele nervosismo, então ele socou a parede. Não ajudou.

– Você não está me dizendo tudo que sabe sobre o sr. Bittner, está?

Pescatelli bebericou o seu café.

– O que quer dizer?

– Ele era um dos suspeitos desses assassinatos ou não?

O Peixe suspirou.

– Eu não acho que ele sequer tenha sido interrogado pelo assassinato de Amber Davis. Ela não era aluna dele, e Kosoff confessou antes mesmo de o corpo esfriar.

– E quanto ao de Mary?

– Ele foi interrogado, mas a polícia já tinha um suspeito. Eles achavam que tinha sido o namorado.

O Peixe estava absorto na história agora, e não percebeu a reação de Kirk, que baixara a cabeça até o queixo quase encostar no peito.

– Eu nunca acreditei – o Peixe continuou. – Aqueles dois estavam apaixonados. Mary e o namorado. Eu os via depois da escola, de mãos dadas. Eles deviam ir para casa de mãos dadas todos os dias, e passavam pela casa de Bittner. Os dois eram alunos dele.

– Brian Delaney – Kirk sussurrou.

– Isso mesmo – concordou o Peixe. – Como você sabe? Andou fazendo umas pesquisas.

– Ronnie andou – confirmou Kirk. – Ronnie mora... na antiga casa dos Delaney.

O Peixe piscou rápido enquanto absorvia as palavras de Kirk.

– Então a imagem na casa dela... – começou, e a sua voz morreu. – Uau!

– É, uau!

– Ele se matou lá – contou o Peixe. – Cortou os pulsos. Foi encontrado morto na banheira. Tenho certeza de que ficou desesperado quando Mary morreu, e depois ainda ser acusado pelo assassinato? Pobre garoto...

– Tem certeza de que não foi ele? Brian, digo?

– Eu *sei* que não foi ele. Foi Bittner.

– Então por que... por que você não *fez* nada?

– O que eu podia fazer? – disse o Peixe, separando as mãos. – É uma cidade pequena. Tranquila. Nos dois casos a polícia encontrou os assassinos em uma semana... justiça feita. Eu não tinha provas, nada.

– Provas.

– O quê? O que você disse?

– Provas. É a mesma coisa que Ronnie disse quando saímos de lá.

– Garota esperta. Mas não tem nada no fantasma de Mary que incrimine Bittner diretamente. Não há nada que eu possa dizer que vá interessar a polícia. Eles sabem que ela era aluna dele, e ele o tutor dela, e não temos nada de novo para dizer.

Kirk tinha consigo a lista de vítimas de assassinato de Jewell City; ele a tirou do meio do caderno e olhou as anotações que tinha feito.

– Os dois corpos foram encontrados no começo de março, certo? – Kirk perguntou. – O de Amber e o de Mary?

– Certo.

– E as duas morreram num ano bissexto?

– Sim – confirmou o Peixe, prolongando o "s", quase sibilando.

– Em que dia a filha de Bittner morreu?

O Peixe piscou.

– Ela morreu em fevereiro.

– Vinte e nove de fevereiro – Kirk especificou. – E se ele assassinar garotas no dia 29 de fevereiro de todo ano bissexto?

O Peixe se levantou, pegando a lista de Kirk, as mãos trêmulas.

– Eu preciso checar isso.

Kirk olhou para ele com repulsa.

– Checar? Por que você não tenta colocá-lo na cadeia?

– Não é assim tão fácil.

– Eu não ligo para quanto é *fácil*! Caso você não tenha notado, ele parece ter desenvolvido algum tipo de obsessão pela minha namorada. E este ano é bissexto. E a droga do dia 29 é aniversário dela!

– Eu sei, eu sei – respondeu Pescatelli, martelando o teclado do computador, o rosto iluminado pela luz espectral do monitor.

– Você suspeitou todos esses anos e nunca nem tentou pegá-lo! Por que não?

O Peixe franziu a testa, mordendo o lábio inferior enquanto arrumava alguns fichários sobre a escrivaninha para endireitar a pilha.

– Não é óbvio? – disse. – Eu morro de medo de fantasmas.

– Todos esses anos você vem trabalhando nesse projeto. Os fantasmas. Por quê?

O Peixe desviou os olhos.

– A sua mulher e a sua filha, certo? – Kirk deduziu. – Não tem a ver com você, mas com elas, não é?

A voz do Peixe, quando respondeu, não passava de um sussurro.

– Eu não ia... Eu não ia querer que pensassem que eu tinha esquecido as duas.

Kirk assentiu.

– Claro que não. Claro que não ia querer que elas pensassem assim. É por isso que você está pesquisando isso, por isso tanto trabalho e reflexão.

– Elas nunca... Elas nunca voltaram – explicou o Peixe. – Elas se foram, depois do Acontecimento. Se foram.

Kirk voltou a assentir.

– Então essas coisas que nós vemos não podem ser fantasmas. Não podem ser conscientes. É por isso que elas não passam de imagens para você, não é? Porque...

– Porque então a minha família ainda pode estar em algum lugar – completou o Peixe.

– Sr. Pescatelli – começou Kirk –, se existe mesmo um outro mundo além deste, você ia querer que elas pensassem que você fez a coisa certa, não é mesmo?

O Peixe assentiu.

Kirk bateu com a mão na escrivaninha.

– Ronnie está viva, sr. Pescatelli. Ela ainda está aqui, e precisa da sua ajuda. A melhor coisa que você pode fazer pelos mortos não seria se preocupar com os vivos?

Kirk olhou para ele. Era como se o Peixe tivesse vontade de chorar, mas nenhuma lágrima lhe restasse.

– Eu sinto falta delas – ele disse, a voz distante. – Você não faz ideia de como é isso.

– Eu sei que não – disse Kirk. – Deve ser terrível perder alguém, e pior ainda é perder e sentir que estão fora de alcance. Para dizer a verdade, eu acho que esse livro que o senhor está escrevendo é a melhor coisa que podia ter escolhido fazer se queria se torturar. Se queria lembrar, todos os dias, que elas se foram e o senhor está aqui, totalmente sozinho, escolheu a coisa certa.

O pensamento obviamente já tinha ocorrido ao Peixe antes. Tamborilando um ritmo nervoso na beirada da escrivaninha com os nós dos dedos, ele parecia estar em dúvida se gritava e expulsava Kirk do seu escritório ou se explodia numa confissão sonora e lacrimosa.

– Você não está errado – ele disse, a voz baixa e áspera.

– Eu não quero sentir o que está sentindo – Kirk continuou. – Sem ofensa ou desrespeito. Eu não quero perdê-la. Temos que fazer alguma coisa – ele disse. – Ronnie está convencida de que Bittner vai tentar assassiná-la.

– Ela provavelmente tem razão.

– Então nos *ajude*. Ela quer voltar à tecelagem!

O Peixe batucava na escrivaninha.

– Você não pode deixá-la ir. Mas vai precisar de algo.

Kirk balançou a cabeça.

– Você precisa nos ajudar – ele repetiu. – Você precisa!

O Peixe continuou batucando, incapaz de olhar Kirk nos olhos. Finalmente, parou.

– Ok – disse ele. – Veja só o que faremos.

Kirk pegou Ronnie em casa meia hora depois.

– Ei – ela disse, enchendo o carro da mãe dele com seu aroma fresco e floral –, obrigada por me pegar.

– Tudo bem. Dormiu bem?

Ela se inclinou sobre o ombro de Kirk enquanto ele saia de ré da entrada de carros.

– O que você acha? Nós vamos mesmo voltar lá esta noite?

– Vamos – ele disse. Era a primeira mentira que contava a ela.

Depois de tirar o uniforme de trabalho, Verônica deixou o cinema. Não viu sinal algum de Kirk, mas a mãe dela estava estacionada no meio-fio.

– Oi, querida! – ela chamou.

Verônica olhou em volta, esquadrinhando com os olhos o estacionamento à procura do carro de Kirk. Não o viu. Andou até onde o carro da mãe estava estacionado.

– Mãe?

– Oi, Ronnie! Kirk ligou e disse que você precisava de uma carona. Acho que ele não estava se sentindo bem e foi para casa descansar.

– É mesmo? – perguntou Verônica. – Foi o que ele disse?

– Foi o que ele me disse – a mãe confirmou. – Entre. Pensei em levar você para tomar um sorvete depois de um longo dia. O que me diz?

– Ótimo! – respondeu Verônica. A maçaneta estava fria como gelo sob os seus dedos. Ele estava doente? Ou só com medo?, perguntou a si mesma, deslizando para a calidez do interior do carro.

Ou...? Não, pensou. Ele não faria isso.

Mas tinha feito. Ela tinha certeza.

Uma hora antes, Kirk trocou de roupa no banheiro dos funcionários, vestindo uma calça Levi's, tênis de caminhada e um blusão de moletom velho em cima de uma camiseta limpa. Levantou o gorro do blusão e jogou a mochila por sobre o ombro, despediu-se dos colegas. Andou até o carro sob o brilho dos postes de luz, pensando nos fantasmas.

Ao ligar o carro, percebeu que aquilo que estava prestes a fazer talvez não fosse a coisa mais inteligente do mundo, mas ele se sentia compelido por algo que não compreendia muito bem. Simplificando, era algo que precisava fazer. Ele não conseguia parar de pensar nelas.

Era completamente normal para um garoto da idade dele passar o dia sonhando com garotas, sair de órbita enquanto servia café e entregar o troco aos clientes pensando nas suas curvas, nos seus sorrisos, no jeito como a luz se refletia no cabelo delas. Só que ele sabia que a sua obsessão não era muito normal, porque as garotas em que ele andava pensando, com exceção de Ronnie, estavam mortas. Ele estava voltando à tecelagem para tentar filmar o fantasma que ele e Ronnie tinham visto na noite anterior.

Havia algo lá, ele pensou; algo que podia ajudar ele e o Peixe a entender por que as imagens apareciam, para começo de conversa.

A caminhada até a tecelagem não foi tão angustiante quanto tinha sido com Ronnie. Parte do motivo era o fato de não ser a primeira vez que ele ia lá, mas além disso havia a consciência de que ele se sentia um tanto responsável pela segurança dela. Ainda que estivesse sozinho, caminhando na noite fria até um prédio assombrado, sob a lua cheia, ele estava estranhamente calmo. Um sentimento de paz tomou conta dele, uma sensação difusa de que ele estava fazendo a coisa certa.

Algo lhe dizia para desligar a lanterna antes de se aproximar do prédio, mas o sentimento mudou no instante em que ele o alcançou. Esse sentimento transcendia a percepção corriqueira do que é certo – agora era como uma ordem do destino.

O pensamento lhe causou um arrepio, mas ele seguiu em frente. Estava pensando em encontrar uma forma de entrar pelo lado sul da tecelagem, mais próximo de onde sabia que ficavam as escadas, quando um lampejo vindo de dentro do prédio o paralisou.

Ele apertou os olhos e viu outra vez, um borrão branco e fugaz, visível através das frestas entre as tábuas que cerravam as janelas. Ele se perguntou se a iluminação viria de um novo espectro. Às vezes os fantasmas emitiam um brilho fraco, às vezes não.

A ideia de que podia haver mais centenas deles, invisíveis na escuridão, deixou Kirk inquieto. Mas o que o deixou ainda mais inquieto foi o pensamento de que aquela luminosidade poderia não proceder de uma imagem. O que ele suspeitava era bem mais assustador; que a luz que se agitava através das janelas fechadas com tábuas estava sendo lançada por um ser humano.

Era Bittner.

Ele não podia dizer por que sentia isso nem conseguia explicar por que aquela noite parecia uma obra do destino. Se o que ele via era a luz de uma lanterna, poderia ser qualquer pessoa. Um policial. Um sem-teto em busca de um lugar quente para dormir. Adolescentes como ele, procurando respostas, ou diferentes dele, procurando aventuras e/ou problemas.

Bittner. Era Bittner. Ele matara aquelas meninas e agora estava voltando ao cenário dos seus crimes.

Kirk sabia disso em suas entranhas e foi em frente mesmo assim.

A luz – que brilhou pelo mais breve instante – tinha desaparecido. Kirk podia imaginar Bittner descendo as escadas até o porão e andando decidido até o canto mais distante, perto da caldeira.

Kirk parou e tirou a câmera da mochila, e então entrou pela janela.

Ele sentiu a mudança no momento em que pisou no chão empoeirado. A mudança – uma leve diferença na temperatura, ou na qualidade do ar. A tecelagem parecia, por falta de uma palavra melhor, *habitada*.

Mas talvez as tábuas que ele quebrara e se esquecera de substituir na noite anterior tivessem causado uma corrente de ar, carregada de umidade por causa do rio. De qualquer forma, ele levou um tempo para se distanciar da janela e chegar ao lado sul. As pranchas de madeira eram grossas o bastante para que ele não tivesse que se preocupar se rangeriam como o assoalho da sua casa.

Kirk deixou a lanterna desligada, guiando-se em vez disso pelos raios de luar que escapavam das frestas entre as tábuas. Começou a suar apesar de não estar muito quente ali. O ar tinha gosto de serragem; suas axilas estavam úmidas e ele sentiu uma gota de suor se formar atrás da orelha e descer pela gola do moletom.

Quando quase chegava no alto das escadas, ouviu passos arrastados ecoando no porão lá embaixo. Bittner não estava sendo tão cauteloso quanto ele ao atravessar o porão. Pegou a câmera, então lembrou que ela fazia um leve zumbido ao ser ligada, então se afastou dos degraus, enrolou a câmera o melhor que pôde nas dobras da roupa e a ligou. O barulho que fez foi como o soar de um sino e ele segurou o fôlego e apurou os ouvidos para ouvir algum sinal de que Bittner tinha percebido. Silencioso, procurou as lentes noturnas da câmera à beira das escadas. Tinha quase certeza de que conseguiria escapar de Bittner se fosse preciso, desde que tivesse uma certa vantagem.

Ele esperou até que o mostrador da câmera indicasse que três minutos tinham se passado. Se o fantasma fosse pontual, Kirk só tinha mais quatro minutos até a sua chegada. Ele desceu as escadas.

Bittner continuava com a lanterna ligada – e sim, era Bittner, do outro lado do porão quase vazio. A silhueta cinzenta do homem, uma figura alta de chapéu de feltro e um casaco até os joelhos, fechado com um cinto, era visível segurando uma lanterna na frente do corpo. Estava bem longe, mas a lanterna projetava um amplo cone de luz.

Kirk se inclinou para espiar de detrás de uma quina. Havia uns três metros entre ele e o que pareciam os destroços retorcidos de uma máquina de costura industrial, uma pilha desordenada de madeira e metal enferrujado. Se Bittner o ouvisse, tudo o que o homem teria que fazer era passar a luz da lanterna pelo porão e o veria ali. Kirk calculou que ainda teria tempo suficiente para fugir, desde que não congelasse no lugar como um veado diante dos faróis de um carro.

Ele deu um passo à frente, desejando ser invisível, poder controlar a luz conforme a sua vontade. Resolveu estudar a natureza da luz quando voltasse à biblioteca. Por que ela não atravessava os fantasmas? No que ela se refletia para dar cor e forma a eles? Não fazia muito sentido sob a perspectiva da ciência.

Ele ainda estava a alguns passos quando Bittner, como se captando os pensamentos de Kirk, passou a luz da lanterna pelo porão. Kirk abaixou-se e mergulhou no chão.

Ele o teria visto? Kirk não ousou erguer a cabeça, pois Bittner ainda apontava a lanterna para o vão da porta que ele acabara de atravessar. Apoiou as costas contra os destroços da máquina de costura, se perguntando se Bittner estaria vindo na direção dele.

O facho de luz se demorou um instante, então recuou.

Kirk olhou para além da máquina. Bittner continuava distante. Ele arquejou quando o fantasma da garota apareceu.

Sentada, ela se arrastava de costas pelo porão, dando impulso com os pés. Bittner se agachou, apoiando a lanterna no chão, então se lançou para a frente com um movimento semelhante ao de uma cobra dando o bote. Kirk filmou.

O corpo largo de Bittner bloqueava a maior parte da luz, mas quando ele alcançou o fantasma, caindo *dentro* dele, a garota começou a emitir um suave brilho violeta. Bittner, as dobras do casaco obscurecendo boa parte do fantasma, ergueu as mãos para cerrá-las em volta do pescoço da garota. Kirk aproximou a imagem da câmera e viu que a expressão no rosto dele só podia ser descrita como êxtase. Ele manteve essa expressão durante todo o tempo em que Kirk ficou gravando.

O fantasma – e tudo o que Kirk conseguia ver da garota era o rosto, os olhos esbugalhados –, tremeluziu antes de desaparecer completamente. A aura violeta irradiava de Bittner agora e ele parecia ofegante, como se o ato repetido de estrangular um fantasma tivesse exigido muita energia. Quando o homem começou a se levantar, no entanto, pareceu se movimentar como alguém muito mais jovem, sem esforço ou queixa, o que fez Kirk se perguntar se o que Bittner fizera não tinha, em vez de tirar, infundido energia a ele.

Kirk ainda estava gravando. O professor parecia estar olhando diretamente para ele e, quando ergueu a lanterna, Kirk soube que de fato estava.

– Quem está aí? – Bittner chamou, a voz ecoando. Kirk correu para as escadas, sentindo a luz tanto quanto a via sobre ele. – Pare! – gritou Bittner, mas Kirk já se precipitava pelos degraus a toda. Depois de percorrer metade da tecelagem vazia, ele torceu o tornozelo.

Foi o vazio da tecelagem, ou talvez a súbita *falta* dele, que o fizera se machucar. Kirk conseguiu pegar a lanterna e segurá-la enquanto subia os degraus, e já tinha identificado duas ou três colunas que podiam atrapalhar o seu progresso. Já via a janela aberta e ela se aproximava rapidamente.

E então apareceu em seu caminho uma máquina de costura, a gêmea em funcionamento da carcaça arruinada do andar de baixo, e ele não conseguiu parar a tempo de evitar uma colisão.

Mas tentou. Tropeçando, esticou os braços na frente do corpo para tentar se proteger do impacto, mas não houve impacto nenhum. Não contra a máquina, pelo menos. O impacto veio um instante depois, quando ele desabou no chão.

Sua mão direita ainda segurava a câmera, presa por uma tira, e ele gritou quando sentiu a câmera se quebrar contra o assoalho, seu pulso se dobrando para trás mais do que deveria. A lanterna voou da mão esquerda e a sua testa bateu no chão empoeirado com força suficiente para que ele visse estrelas ao levantar a cabeça.

Isso não foi tudo o que viu. A tecelagem estava em plena atividade; dezenas de pessoas andavam para as fileiras de máquinas que brotavam como cogumelos feitos de uma luminescência violeta. Fantasmas – imagens –, havia pelo menos cinquenta deles, todos empenhados em manter viva a tecelagem morta.

Ele tentou se levantar do chão e teve que abafar outro grito quando uma pontada de dor percorreu seu pulso até o braço. A máquina com que colidira tinha desaparecido como se se dispersasse pelo contato. Libertando a mão da câmera e flexionando o pulso, ele se apoiou num joelho e percebeu que um dos fantasmas, uma moça de chapéu e vestido esfarrapado, estava apontando para ele, de olhos arregalados. Ela estava apontando com o dedo médio, pois só tinha o indicador até a articulação. Outros fantasmas desviaram-se do trabalho e pareceram encará-lo com uma expressão de fascínio embasbacado.

Estremecendo e piscando para afastar as lágrimas de dor, Kirk olhou em volta e os fantasmas começaram a sumir, as máquinas junto com eles, até que não passassem de contornos. Quando os contornos desapareceram, restou somente uma névoa violeta.

Através dessa névoa, Kirk podia ver onde Bittner estava parado. Não conseguia discernir a expressão do homem, mas ele tinha estancado na beira da escada, então Kirk só podia supor que estava atordoado com a massa de fantasmas que tinha aparecido. Nunca antes Kirk tinha visto ou ouvido falar de qualquer coisa como o que acabara de testemunhar, uma manifestação de grandes objetos físicos e também de pessoas; de um *lugar*.

Mas ele não desperdiçou tempo pensando nisso. Correu em direção à janela, a mão e o tornozelo latejando a cada passo apressado.

Ele já tinha chegado à janela quando ouviu Bittner correndo para atravessar a tecelagem vazia.

Não vou conseguir, Kirk pensou ao se espremer pela janela. Ele considerou, brevemente, a hipótese de pegar uma das tábuas no chão e esperar para derrubar Bittner assim que ele saísse pela janela. Talvez tivesse sorte e o apagasse com um golpe bem dado.

Descartou a ideia e correu para o bosque. Bittner parecia grande e forte o bastante para representar uma ameaça numa luta corpo a corpo, mas não havia chance de ele ter fôlego para uma perseguição prolongada, mesmo com Kirk mancando. Do outro lado do bosque havia uma rua movimentada e, se ele conseguisse ao menos chegar lá, ficaria bem.

Pelo menos até o próximo dia de aula.

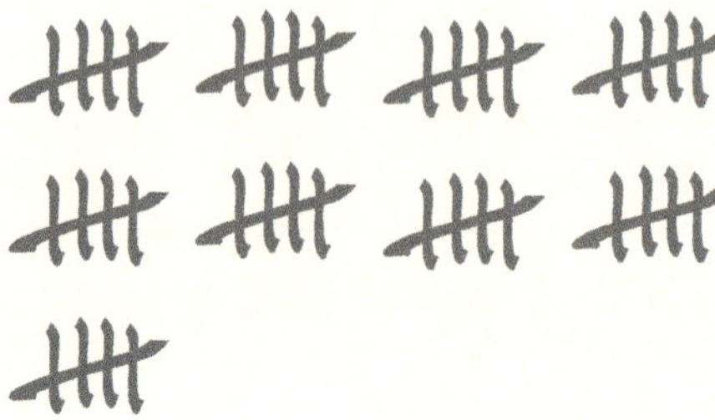

August estava ofegante quando chegou à janela. Sentindo como se os pulmões estivessem prestes a explodir, ele se inclinou para cuspir uma bola de catarro no chão imundo. Praguejou em voz alta.

Olhou para as mãos, que ainda formigavam do contato com Amber. Tinha sido para ele um momento de puro êxtase, sentir a energia dela fluindo para ele. O sentimento foi o mesmo de quando lhe tirara a vida. Ele cerrou as mãos em punhos, os nós dos dedos grandes e cabeludos estalando enquanto ele as apertava. Suas mãos formigaram, mas também doíam, doíam com a ânsia de apertar a garganta do garoto.

Ele achava que tinha visto Kirk com a câmera.

Escalando a janela, pensou na possível repercussão daquilo. Se o garoto o tinha filmado – e por que mais o moleque intrometido estaria lá embaixo outra vez, sem Verônica para tocar e apalpar? –, então qual seria a consequência se a fita viesse a público? O que, pensou ele, certamente ocorreria. Os adolescentes de hoje eram a geração mais lasciva e aberta de todas, mais ainda que os adolescentes pré-Acontecimento, com os seus YouTubes e Facebooks e MySpaces e blogs e tudo mais. O egocentrismo insípido das gerações "Eu" tinha dado espaço para a geração "Você" da atualidade, cuja única meta parecia ser pegar os vizinhos no flagra, fazendo algo indecente ou errado.

Muito semelhante ao modo como Kirk o pegara.

Ele perscrutou as árvores à frente, pensando ter visto um feixe de luz mais adiante. Não havia sentido em persegui-lo agora. No melhor dos casos, tudo o que conseguiria era um ataque cardíaco e uma morte solitária e ofegante sobre as folhas caídas.

Soprou as mãos em concha e então calçou as luvas. Ainda sentia o corpo todo formigando pelo contato com Amber, e o fato de esse momento de alegria ter sido capturado em vídeo, ainda que o perturbasse, também lhe causava uma excitação cheia de culpa. A fita, por si só, não provaria nada. Ele não podia ser preso por esganar um fantasma. Pescatelli podia usar o vídeo para humilhá-lo na escola, mas o pior que poderia acontecer era provavelmente ser convidado pela diretoria a deixar o cargo antes do fim do período. Eram um bando de fracotes, desde o superintendente até o mais reles funcionário da administração. August só teria que mencionar a possibilidade de processar a escola e eles correriam para garantir que ele saísse com todos os benefícios e a pensão. Pescatelli provavelmente seria silenciado sob a ameaça de demissão se não ficasse de boca fechada. A administração era tão cautelosa na prevenção de escândalos quanto era na educação propriamente dita.

O pior que podia acontecer era a divulgação da fita tornar o assassinato de Verônica Calder mais difícil, se não impossível.

Ele viu um homem parado na calçada, um pouco além da clareira entre as árvores, onde começava a rua da tecelagem. Alarmado, August abriu a boca para dizer alguma coisa, mas então o homem desapareceu.

Os fantasmas estavam por toda a parte na sua volta para casa. Antes da volta para casa, até. Só no trajeto até o carro, August localizou mais dois, além do homem no início da trilha; uma velha espiando pela janela escura do segundo andar desvaneceu-se gradativamente, sua imagem espiralando para cima, devagar como uma persiana; e depois uma criança de bicicleta descendo a ladeira, as rodas da bicicleta fantasma acompanhando a faixa central. O garoto evaporou no segundo em que a bicicleta chegou ao cruzamento, onde um farol novinho substituíra quatro placas de pare.

Ele já suava dentro do sobretudo muito antes de chegar ao carro. A corrida atrás de Kirk fora a atitude de um homem tolo e culpado. O único resultado talvez tenha sido proporcionar ao garoto uma boa olhada no rosto dele. Bittner tinha uma chance tão boa de pegar a figura em fuga quanto de ressuscitar as garotas que tinha assassinado.

Ele deixou o estacionamento municipal, ligando o ar quente para afastar o frio tumular que se instalara dentro do carro. Sua pele estava pegajosa e o suor rolava de debaixo da aba do chapéu e chegava aos olhos e às orelhas. O fantasma de uma mulher chamava, sem emitir nenhum som, uma pessoa que só ela via.

As lojas estavam só começando a encerrar suas atividades na Main Street, apesar de o Dunkin' Donuts ainda ter clientes, muitos deles amontoados na calçada em frente à loja, o vapor espiralando dos grandes copos de isopor. Esperando o farol abrir, Bittner olhou para o grupo e viu um deles desaparecer. Do outro lado da rua, um policial ficou transparente e sumiu. August piscou duas vezes e não percebeu que o farol tinha ficado verde até que a motorista do carro de trás meteu a mão na buzina.

Pondo o carro em movimento, August fez a curva em direção à rampa que levava à rodovia interestadual. Ele não queria ir para casa, nem queria ir para um dos muitos bares enfileirados nas ruas do centro da cidade. Imaginou-se sentado num banquinho, bebendo cerveja, enquanto os outros fregueses desapareciam, um por um, até que restassem só ele e o *barman*. Ele pediria outra bebida e o *barman* sorriria, e então ele – August – desapareceria também.

Havia poucos carros na autoestrada àquela hora. August pisou fundo no acelerador, passando por uma carreta solitária rumando para o norte. Não havia ninguém à sua frente até onde os seus olhos alcançavam.

Virando-se, ele viu de relance um movimento à direita. Quando olhou outra vez, o que viu quase o fez perder o controle do carro, e ele teve que esterçar o volante com tudo para impedir que o carro batesse na grade de segurança.

A primeira menina que ele tinha assassinado, a que fugira de casa e ele dera carona na cidade de Nova York, estava olhando para ele através da janela do passageiro, as árvores e placas da rodovia passando atrás dela a quase cento e vinte por hora. Ela entrou no carro, atravessando a porta fechada, enquanto August endireitava o volante, depois de girá-lo demais para a esquerda.

Seu coração martelava no peito. Ela estava olhando para ele e sorrindo, vestindo o mesmo casaco de lã e o batom borrado da noite em que ele a matara. A imagem da garota tremulou e reapareceu e depois tremulou outra vez.

Ela se inclinou para o lado, como se descansasse a cabeça no ombro dele, como fizera muitos anos antes, mas ele dirigia um carro compacto na época, então agora ela inclinava a cabeça para ele e continuava a trinta centímetros de distância.

August suava e sua boca estava seca. Eu tinha outro carro, ele pensou. Não havia nada que a ligasse a este veículo, e o trecho vazio da estrada em que ele dirigia agora não era o mesmo que ele percorrera antes de lhe tirar a vida. Não havia nada que a ligasse àquele lugar, naquele momento. Mas lá estava ela.

A menos, ele pensou, a menos que eu seja a ligação.

Ele se virou para o fantasma sentado ao lado dele e, naquele momento, ela levantou a cabeça e riu, ainda que ele não ouvisse som algum. Ela pareceu se aquietar, e voltou a assumir uma postura relaxada, os olhos se fechando.

Bittner ergueu uma mão para roçar a bochecha dela e as pontas dos seus dedos passaram direto através dela. Ele ouviu um estalido, como estática, e uma descarga elétrica atravessou o corpo dele quando ela desapareceu, deixando-o todo trêmulo.

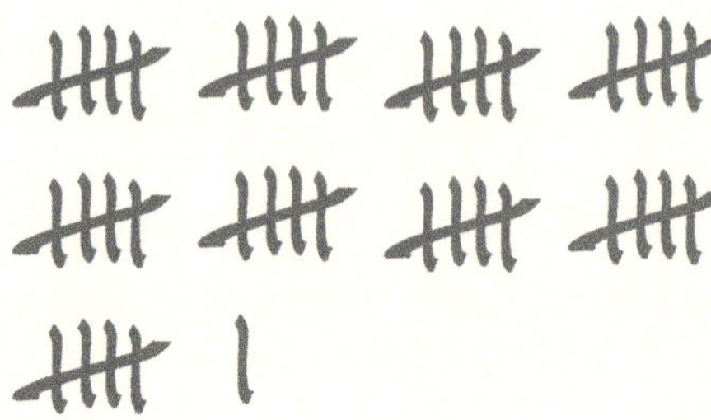

Ela está olhando o meu reflexo no espelho. Está atrás de mim, apoiada na parede de azulejos. De roupão, seus braços estão cruzados sobre o peito e ela está chorando.

Eu quero confortá-la, mas não passo de uma memória. Uma memória que ela nunca teve. Um pente espectral corre pelos meus cabelos de fantasma e a minha imagem não se vira para olhar para ela. Eu estou poupando as minhas forças porque o dia em que o véu é mais tênue está próximo e eu não quero desperdiçar a pouca energia que tenho. Quanto conforto pode oferecer uma memória, afinal?

Quase nada. A minha imagem desaparece aos olhos dela e Verônica seca as lágrimas e se põe no meu lugar em frente à pia. Ela não está chorando por mim. Posso ler os pensamentos dela, os que estão mais à frente em sua cabeça – eles pairam no ar ao redor dela como uma névoa. Ela está assustada. Está se sentindo traída e perdida e esses sentimentos têm algo a ver com o garoto que veio aqui outro dia. Talvez seja fácil para mim identificar os sentimentos dela porque são semelhantes aos que eu tinha, antes de me confinar neste cômodo.

Mary estava vindo à minha casa para me ver, mas fez uma parada no caminho. Uma única parada que acabou sendo o seu destino final.

A tristeza e o medo são úteis até certo ponto. Eu tento reunir as emoções da garota à minha volta como flores, deixando apenas uma, que é uma florzinha que mal desabrochou. Eu irradio a minha própria energia nessa flor, nutrindo-a, ajudando-a a desabrochar completamente.

Eu alimento a raiva dela com a minha própria. Posso não ser capaz de confortá-la, mas talvez possa lhe incutir força.

Ela parou de chorar e o seu olhar desamparado foi substituído por uma emoção muito mais dura. É um pequeno presente que eu dou a ela, um presente que aumenta as suas chances só um pouco, mas o desespero não é nenhum refúgio. Isso eu sei muito bem.

Espero um instante, assistindo-a jogar água no rosto, e a visão desse simples movimento é tão natural, tão bonita e tão *humana,* que é quase doloroso para mim assistir.

Eu preciso me preparar para o dia que está por vir. Deixá-la um pouco mais forte me enfraqueceu um pouco, então eu me deixo desvanecer por completo.

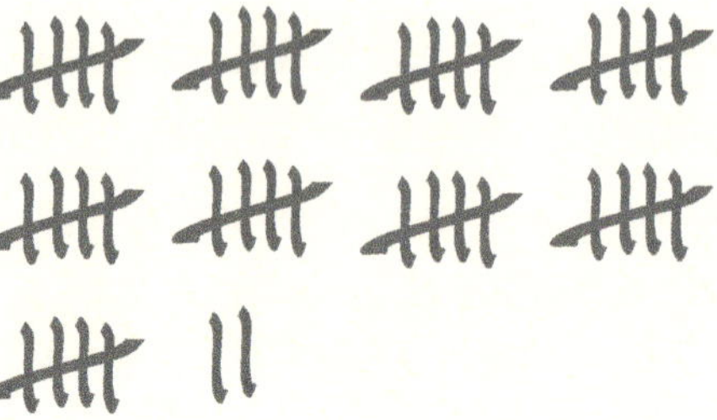

Ela o viu primeiro, parado perto do armário. Ele deve ter ouvido a passada rápida dos seus saltos no chão de ladrilhos, porque se virou assim que ela se aproximou.

– Ronnie... – começou. Ela podia ver as palavras se formando nos lábios dele.

Ela lhe deu um tapa.

– Quer por favor me dizer o que aconteceu, Kirk? – disse ela. – Não estava se sentindo bem, não é?

Ela levantou a mão para dar outro tapa, mas ele desviou o braço dela. Ele tinha uma munhequeira no pulso. Havia pessoas olhando, mas ela não se importou; cerrou a mão em punho e bateu no ombro dele.

– Ronnie, quer parar?!

– Estava com dor de barriga? É isso?

– Ronnie – ele tentou de novo, segurando o punho dela com a mão boa. – Eu voltei à tecelagem.

Ela torceu o punho para soltá-lo, olhando para Kirk.

– Você *esteve* na tecelagem? – ela perguntou, parecendo surpresa, ainda que a resposta dele confirmasse as suas suspeitas.

Ele sorriu para ela.

– Eu tenho provas agora, Ronnie – ele disse. – Acho que conseguimos.

Quaisquer que fossem as "provas" que ele tinha não podiam ser muito impressionantes, porque ela e Janine tinham esperado atrás de um carro estacionado até ver o sr. Bittner sair de casa aquela manhã. Ele saíra na varanda e atravessara o fantasma de Mary Greer, abrindo os braços como se estivesse recebendo um choque elétrico revigorante. Não parecia um homem assombrado. Não parecia um homem prestes a ser obrigado a responder pelo seu passado. Ele parecia extasiado.

Ela socou Kirk um pouco acima do coração, duas vezes.

– Você acha que isso melhora as coisas? – perguntou. – Você me deixou para trás enquanto foi lá e se colocou em perigo. Acha que isso faz de você um herói? Não faz. Faz de você um idiota.

Ela pensou em bater nele outra vez, mas isso não ia fazê-lo entender coisa alguma. Nada faria.

– Eu não gosto de ser deixada para trás, Kirk – ela disse. Ele começou a protestar, mas Verônica ergueu uma mão, silenciando-o. – Então, *eu* é que vou te deixar para trás.

Ela baixou a mão e foi embora.

– Hoje é o seu teste – disse o sr. Bittner. – Hoje é a sua chance de se tornar parte da História.

Era a sua piadinha particular, a que ele fazia antes de cada prova entregue ao longo de trinta anos. Muito raramente o seu gracejo provocava uma risada, e hoje não tinha sido exceção.

Mas hoje *era* um pouco diferente, porque a piada tinha outro sentido. Ele estava encarando Verônica Calder quando disse aquilo.

Ela o encarou de volta, com um olhar quase desafiador.

– Alguns de vocês vão passar, alguns de vocês vão fracassar – disse Gus, deixando uma prova sobre a carteira de Kirk. Então, virando-se de volta para Verônica. – E alguns de vocês não morrerão jamais.

Kirk foi um dos que fracassou completamente, porque nem mesmo tentou fazer a dissertação. Assim que o sinal tocou – depois de um olhar rápido para Ronnie –, ele saiu da classe e percorreu o corredor para encontrar o Peixe.

– Você assistiu? – Kirk perguntou. Ele tinha deixado com o professor a câmera quebrada – e a fita felizmente intacta – antes do primeiro sinal.

– Assisti.

– E o que você acha? – perguntou Kirk. O Peixe rebobinou a gravação e assistiu outra vez.

– O que eu acho? – repetiu, mais para si mesmo do que para responder à pergunta de Kirk. – Eu acho que ele a matou.

– Bom, sim – disse Kirk, dobrando o pulso e cerrando a mão em punho. A munhequeira, que ele tinha comprado no ano anterior quando machucara a mão jogando basquete, rangia a cada flexão. O movimento era doloroso, mas ele tinha sorte de não ter quebrado o pulso. – Eu meio que imaginava. Mas por que ele voltou lá?

O Peixe balançou a cabeça, rebobinou o vídeo e rodou-o quadro a quadro.

– Olhe, lá está outra vez.

– O quê? – Kirk perguntou, chegando mais perto. O Peixe tirou um lenço para limpar monitores de um tubo plástico cilíndrico e deu uma limpada rápida na tela.

– Olhe mais de perto.

Kirk fez isso, mesmo que a expressão da garota – seus olhos esbugalhados, principalmente – tornasse mais difícil assistir. Bittner arrastava-se de joelhos para alcançar a garota em seu andar de caranguejo, e quando estendeu as mãos enluvadas Kirk viu, assim que o professor fez "contato" com a menina.

– Você viu? – perguntou o Peixe, virando-se para ele, a imagem bizarra da morte da garota refletida nos óculos.

– Vi – ele confirmou. – Um lampejo, quase uma faísca, de luz roxa em torno deles quando ele a tocou.

– Um halo – sintetizou o Peixe, voltando-se para a tela.

– O que é?

– Eu não faço ideia – disse o Peixe, balançando a cabeça. – Nunca vi nada assim antes.

Kirk recostou-se na cadeira e bebericou de uma lata de refrigerante que trouxera com ele.

– Nunca? Você tem outros vídeos de fantasmas no seu computador?

– Centenas – disse o Peixe. – Nenhum deles tem nada assim, nem aqueles em que alguém toca a imagem. Olhe.

Ele rodou outro vídeo na tela do computador, uma criancinha sorridente, andando em direção a uma mulher mais velha igualmente radiante, sua avó talvez, que se agacha como que para recebê-la. O Peixe pôs a gravação em câmera lenta quando o garotinho estende a mão para a mulher, passando quadro a quadro quando o braço dele atravessa o queixo da mulher, e depois ela própria. Ela desaparece um instante depois de desabar no chão, e nesse momento o garoto começa a chorar.

– Nenhum lampejo – observou Kirk.

– Aqui tem outro – disse o Peixe, mostrando a gravação de uma maratona num dia ensolarado, um grupo de corredores suados passando por uma calçada apinhada de espectadores animados. Uma figura de chapéu e casaco aparece, atravessando a rua como se não pudesse ver os corredores indo na sua direção. O atleta mais próximo, sem conseguir parar a tempo, ergue as mãos na frente do corpo e tropeça ao atravessar o homem de casaco. Quando todo o grupo já tinha passado por ele, o homem de chapéu dá mais um passo e desaparece antes de chegar ao outro lado da rua.

– Nada aqui também – conclui Kirk. – Poderia ser por causa da escuridão do porão onde ele a matou?

O Peixe volta a fita da maratona, olhando atentamente enquanto os corredores atravessam a figura de casaco em marcha à ré.

– Eu acho que não – respondeu. – Por que teria acontecido no momento *exato* em que as mãos dele entraram em contato com a imagem? Talvez o contato tenha de algum modo gerado o halo. Talvez algum processo químico...

– Tudo isso é muito interessante, mas o que fazemos com a fita, agora? Ele é um assassino. Ele é obviamente um assassino.

O Peixe suspirou.

– Não para os tribunais.

– Como assim?

– Isso seria incluído na categoria "evidência espectral", que não é admissível nos tribunais. Ninguém vai prendê-lo por causa desse vídeo, por mais tentador que seja. – O Peixe apertou a ponte do nariz com o polegar e o indicador.

Kirk jogou as mãos para o alto.

– Precisamos procurar a polícia!

O Peixe fez que não com a cabeça.

– Não temos nada além de provas circunstanciais, Kirk. Provas circunstâncias e evidência espectral. Nada que o ligue diretamente aos crimes.

– Mas as datas... o vídeo! Não podemos pelo menos contar a eles sobre...

– Eles não farão nada, Kirk. Não há nada que possa ser feito.

Kirk estava tão furioso quanto assustado.

– Você não vai... Você não vai nem tentar?! Verônica acha que ele vai matá-la. Logo! Amanhã é o último dia de fevereiro!

– Então você devia estar com ela, não comigo.

– Ronnie – Kirk chamou. – Ronnie, não fuja de mim. Eu tenho uma coisa que você precisa ver.

– Aposto que tem – disse Verônica, e quando ele tentou tocá-la, ela se encolheu para afastá-lo. – Quer me deixar ir almoçar, por favor?

– Ele mata todo mês de fevereiro, Ronnie. Nos anos bissextos. Você é tipo a vítima perfeita. Você...

– Vai embora, Kirk. Some daqui!

– Por favor, Ronnie. Só assista ao vídeo. – Ele segurou a câmera na frente dela, a telinha onde o vídeo era exibido aberta ao lado.

– Eu não quero assistir ao vídeo, Kirk.

– Ele matou a garota, Ronnie. Dá para ver no...

– Eu sei que ele matou. Só me deixa em paz.

Ela se virou para se afastar.

– Ronnie, por favor – Kirk disse, se apressando para acompanhar o ritmo dela. – Você tem que ver. Quando ele a toca, é como se...

Verônica parou, tão subitamente que ele quase trombou com ela.

– Como o quê, exatamente, Kirk?

– É como se... É como se ele a *absorvesse*.

Ele viu o medo nos olhos dela, misturado à raiva. Ela abriu a boca para responder, mas então uma voz grave a interrompeu.

– Srta. Calder. Sr. Lane – a voz de Bittner ribombou. Se antes ela era como um trovão, agora era como uma arma atômica na acústica cavernosa dos corredores do colégio, um som nas proporções do Acontecimento. Verônica ofegou como se tivesse pousado a mão num forno quente, e Kirk teve um sobressalto ao ouvir os nomes deles. – Bom dia para os dois. Como se saíram na prova? Seus desempenhos vão entrar para a História?

Verônica não conseguiu articular nenhuma palavra. Kirk deu meio passo para a frente dela e, por mais raiva que sentisse, estava grata por isso.

O sr. Bittner inclinou-se na direção deles.

– Ou não estudaram? Foi porque o final de semana de vocês foi tão empolgante quanto o meu? Tão repleto de arrepios e aventuras?

No seu longo sobretudo, ele parecia deslizar em vez de andar, a barra arrastando-se como o manto esfarrapado de um fantasma dos pântanos.

– Vou fazer você desejar ter escolhido outro *hobby* – ameaçou Bittner, inclinando-se sobre Kirk, que se esforçou ao máximo para não se encolher. Verônica podia sentir o hálito de anis do professor nas suas bochechas. Ela estava consciente dos outros alunos no corredor, contornando o lugar onde estavam e encarando-os fascinados e de queixo caído diante do espetáculo de um professor de História tresloucado abordando dois adolescentes. Mas era como se eles assistissem à aparição de um fantasma – ninguém parava para ajudar.

Ou *quase* ninguém. Verônica notou outra figura que fez Bittner desviar o olhar.

– Algum problema, Gus?

O sr. Pescatelli saiu do meio do fluxo de passantes. Verônica achou que ele parecia tão assustado quanto ela.

– Ah, sim, sr. Peixe – respondeu Bittner, o humor negro persistindo no seu sorriso. – Há certamente um problema.

O sr. Pescatelli fez sinal com a cabeça, concordando:

– Há um problema, não há? Um problema que podemos resolver. Podemos resolver muito facilmente, na minha opinião.

Por um instante Verônica achou que o sr. Bittner pareceu confuso. Ele era um homem tão imponente que não precisava intimidar as pessoas; as pessoas já ficavam naturalmente intimidadas pelo seu tamanho, sua presença e seus olhos cinzentos, duros como aço. O sr. Pescatelli – o sr. Peixe Pescatelli dentre todas as pessoas – estava parado diante dele e não estava recuando. Tremendo, gaguejando talvez, mas não recuando.

O sr. Bittner se empertigou, ostentando toda a sua altura, e Verônica teve certeza de que ele daria um soco que arrancaria a cabeça do Peixe. Mas não foram socos, apenas palavras vieram em seguida, palavras que Bittner destituiu de toda a emoção a ponto soarem quase inumanas.

– Sim – disse Bittner. – Muito facilmente.

Ele se virou e seguiu para a sua sala de aula.

O sr. Pescatelli piscou furiosamente atrás dos óculos, e a sua mão tremia quando ele a levantou para coçar o queixo. Kirk e Verônica trocaram um olhar e os dois ergueram a mão ao mesmo tempo para acalmá-lo.

Kirk falou primeiro.

– Sr. Pescatelli – ele disse –, obrigado.

– Não me agradeça – respondeu ele, secando a testa com as costas da mão. Ele olhou para cima e sussurrou uma prece – ou talvez uma saudação – a um companheiro invisível.

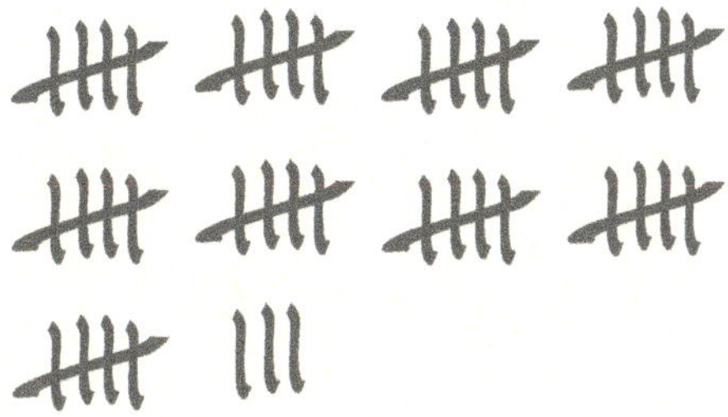

O CONFRONTO ENTRE o Peixe e Bittner pareceu desencadear uma espécie de explosão de imagens, pois fantasmas novos e antigos começaram a aparecer por toda a escola. Na hora do almoço, o fantasma de uma moça trajando um uniforme cinzento e sem graça servia um feijão igualmente cinzento e espectral na cantina. Havia um garotinho agachado embaixo de uma carteira na classe de Verônica, uma memória dos anos 1950. Eileen Janus apareceu novamente na aula de inglês do sr. Pescatelli e não foi embora até que o sinal tocasse. O Peixe deu uma aula sem pausas nem olhares para Verônica ou para os dois novos fantasmas que ocupavam a sua classe. As duas imagens pertenciam claramente a épocas diferentes, a garotinha vestindo um suéter de lã azul e uma saia xadrez que quase cobria os sapatos gastos, e o garoto alto de camiseta, cujo cabelo afro era cheio o bastante para esconder uma cola com as respostas da prova. O garoto desapareceu primeiro, depois de rir de uma piada que ninguém contou.

– Isso é loucura – disse Kirk, esperando Verônica pegar as suas coisas no armário depois do último sinal. – Eu não consigo entender. Acho que vi sete imagens novas hoje. Tinha uma garota nua no vestiário masculino hoje.

– Deve ter sido emocionante – Verônica disse sem rir. Todas essas novas imagens estavam levando a escola inteira ao limite.

– Na verdade, não – disse Kirk. – Ela estava toda molhada, chorando e tremendo muito. Tentava se cobrir, como se alguém tivesse puxado a toalha dela.

Isso a fez pensar em Brian, e dessa vez foi ela quem estremeceu. Kirk não estava percebendo que ela realmente não queria falar no assunto, mas, quando ela se virou, viu uma figura enorme sobre o ombro de Kirk, correndo a toda velocidade, diretamente na direção dele.

– Kirk! Cuidado!

Kirk se virou justo quando a figura, um garoto grande num uniforme completo de futebol americano, correu ao encontro dele – e através dele. O fantasma continuou correndo pelo corredor, atravessando mais meia dúzia de alunos no caminho.

– Nossa! – gemeu Kirk, e estremeceu como se alguém tivesse derramado um balde de água fria na cabeça dele. – Vamos sair daqui.

Verônica queria dizer não. Ela queria dizer para eles não falarem mais de imagens ou fantasmas ou o que quer que fosse, e só ignorá-los – no fundo, ela pensava que talvez fosse toda a atenção que Kirk e o Peixe, e especialmente o sr. Bittner, estavam dando a eles que causava toda aquela nova atividade, como se eles estivessem de alguma forma se alimentando dela.

Ela abriu a boca para responder quando um professor idoso, que ela não reconheceu, saiu de uma sala de aula. O professor olhou para a direita, olhou para a esquerda, ajeitou a gravata-borboleta e desapareceu. Verônica fechou os olhos.

– Ok, Kirk – foi o que ela disse.

Eles foram para a biblioteca, e ele mostrou o vídeo a Verônica. Quando acabou, Kirk perguntou se ela queria um *replay*.

– Não, eu não preciso ver de novo – respondeu Verônica. Ela estava gelada até os ossos, como se o vento tivesse encontrado uma fresta e invadido a sala.

– Maluquice, né?

– É um jeito de descrever.

– Isso prova que o sr. Bittner a matou – disse Kirk. Ele apertou um botão da câmera e a imagem sumiu.

– Eu diria que isso está bem óbvio. – Ela estava pensando na música, a cantiga de ninar que existia desde antes de ela estudar no Colégio Montcrief.

Gus deixou Mary, pendurada numa árvore...

Era como se todo mundo já soubesse que ele era um homem perigoso, que ele já tinha matado, mas ignorasse as provas que estavam diante do próprio nariz. Kirk tinha razão; o modo como o fantasma faiscara e parecera se fundir com Bittner ao toque dele... Tudo que ela conseguia pensar era que ele era uma espécie de parasita negro e gigantesco, absorvendo a pouca energia que restava da pobre menina.

– Ele é obsceno – ela disse. – O que o sr. Pescatelli vai fazer?

Kirk fechou a aba da câmera e pôs o estojo sobre a mesa para começar a guardar o equipamento.

– Tentei convencê-lo a mostrar a fita para a polícia – disse ele. – Nunca houve um caso em que aceitaram a "evidência espectral", e esse é um termo real, usado nos tribunais às vezes. Eu esperava que isso pudesse pelo menos despertar o interesse deles para que retomassem as investigações.

– Você acha que a polícia vai ouvir?

– Não. Ele também não acha. – Kirk suspirou, segurando a mochila fechada para subir o zíper. – Acho que ele não vai nem tentar. Podemos tentar, mas não acho que alguém vá nos ouvir. Ninguém ouve os adolescentes quando eles tentam avisar a cidade de que o monstro está chegando.

Ele estendeu a mão para Verônica, assim como Brian tinha feito aquela manhã, e tocou o cotovelo dela.

– Você está bem?

A risada dela foi ríspida, mas Verônica não viu razão para suavizá-la.

– Se eu estou bem?

– Você ainda está brava comigo, não está?

– Sim. Estou brava com você.

– Você está muito tensa. Os braços cruzados e...

– Kirk. Eu estou apavorada! Estou absolutamente apavorada! Você me mostra esse monstro ass... assassinando a pobre garota e espera que eu fique o quê? Relaxada?

– Eu sei, mas...

– Você acha que eu quero ver essas coisas? Você acha que eu quero vê-lo com as mãos em volta da garganta dela, estrangulando a garota até a morte?

Verônica fechou os olhos e o rosto da menina surgiu no escuro, e por um instante ela pôde imaginar como era – estar sem fôlego por toda a eternidade.

– Achei que você iria querer saber.

– Nossa, obrigada!

– O que eu devia ter feito? Não te contado? Ele é perigoso.

– Bom, obviamente ele é perigoso!

Kirk ergueu os braços e olhou ao redor quando cabeças grisalhas se ergueram de velhos livros por toda a biblioteca.

– Quero dizer para você – sussurrou.

– É, obrigada outra vez.

– Por que você está brava comigo? É minha culpa que ele seja um psicopata? É minha culpa que ele talvez tenha um fetiche por você?

– Sim – ela disse, apesar de não acreditar nisso realmente. – Devíamos ter deixado isso pra lá.

– Que diabos você está falando?! Nós...

– Não erga a voz pra mim!

– Não podemos ignorar isso.

– Todo mundo ignorou. Durante anos. E pelo que você está dizendo, ainda não temos nenhuma prova real de que ele fez isso.

– Não acredito que você está dizendo isso.

– Claro que não.

– Ronnie, ele está atrás de você. Não percebe?

Verônica podia ver no rosto de Kirk que ela não só o confundira como o deixara em pane. Se garotos de verdade fossem como Brian... Só sorrisos, nenhuma exigência. Brian não precisava de nada além da presença dela pela manhã. E ele não reclamava se ela não aparecesse.

– Estou preocupado com você, Ronnie.

Ela riu.

– Claro. Mas só o que você fez foi deixá-lo com mais raiva.

– Ronnie – começou Kirk. Ele podia ter argumentado, mas não se deu ao trabalho. Os braços dela estavam cruzados como se tentasse impedir o seu eu verdadeiro de sair. – Como você já está brava comigo – ele disse depois de uma pausa –, pode muito bem saber de todo o resto. Sobre Brian.

– O que tem Brian? – ela perguntou. – Por que você não o deixa fora disso?

– Ele era o suspeito número um da polícia pelo assassinato de Mary.

– Cala a boca, Kirk. – Ela sabia o que ele ia dizer a seguir, ele ia dizer aquilo que era segredo particular dela, e sentiu o coração gelar. – Ele não a matou.

– Provavelmente não – Kirk concordou. – Mas Brian não conseguiu aguentar as acusações. Ele se matou. Cortou os pulsos e sangrou até a morte no chão do seu banheiro.

– Ele estava apaixonado por ela, seu idiota! – Verônica se levantou.

– Ronnie – disse Kirk, meio como quem se desculpa, quase choroso. Ele teve a audácia de parecer surpreso, como se não tivesse ideia de que o que estava dizendo fosse machucá-la. Ele tentou tocá-la outra vez, mas Verônica puxou o braço como se a mão dele fosse uma cobra venenosa.

– Eu odeio você, Kirk! Não quero te ver nunca mais! – ela disse. – Nunca mais!

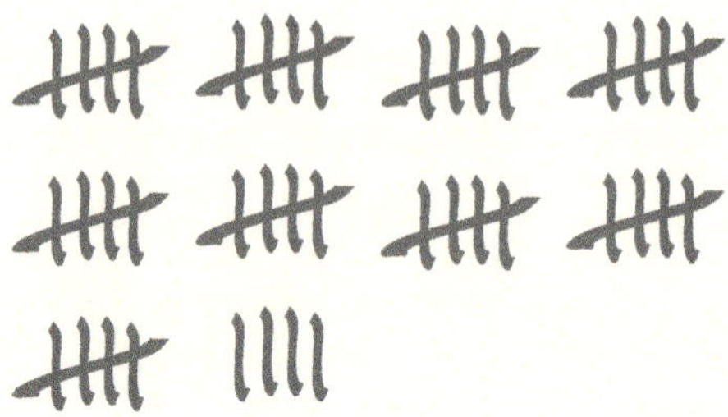

Tudo transcorreu muito bem... Kirk pensou, com ironia.

Ele estacionou na entrada de carros e ficou sentado atrás do volante com o motor ligado. Havia movimento dentro da casa, perto do janelão; uma mão pequena, de dedos rechonchudos, agitou as cortinas azuis. Elas se abriram e a sua irmã mais nova sorriu para ele através da vidraça.

Verônica era provavelmente a garota mais temperamental que ele já conhecera, e ele falava com conhecimento de causa, porque morava com quatro irmãs e a mãe. Até os seus dois gatos eram fêmeas. Havia dias em que ele e o irmão se trancavam no quarto e liam revistas em quadrinhos para não ter que se aventurar pelo ambiente impregnado de estrogênio. Não era à toa que o seu pai trabalhava o tempo todo.

Contra a vontade de Verônica, sem dúvida, Kirk a seguira de carro depois da aula. Ao sair do estacionamento da escola, ele percebeu que o carro de Bittner continuava estacionado. Ainda que ela morasse a apenas um quilômetro e meio da escola, ele achou importante pelo menos se certificar de que ela chegaria em casa em segurança. Observou-a de uma distância respeitosa. Ela caminhava com Janine, que tagarelava sobre alguma coisa, enquanto Verônica só ouvia calada.

Quando passaram pela casa do sr. Bittner, ele achou ter visto movimento na janela do andar de cima. E se o professor tivesse ido embora mais cedo naquele dia, e voltado para casa a pé, para não despertar suspeitas? Kirk se pegara segurando com força o volante do carro da mãe e se perguntando se havia uma chave de roda ou um macaco no porta-malas, para o caso de Bittner sair correndo da casa na direção de Verônica.

A imagem de Bittner atravessando a neve, o casaco esvoaçando e o brilho ensandecido nos olhos, era tão palpável na mente de Kirk quanto qualquer imagem fantasmagórica que já vira, e ele piscou os olhos rápido para se livrar dela. Verônica nem relanceou os olhos para a casa de Bittner. Cabeça baixa, ela continuou andando como quem passa por um cachorro latindo furiosamente, evitando até mesmo a possibilidade de contato visual.

Quando ela chegou à porta de casa um pouco depois, ele esperou que ela fosse ao menos olhar para o carro dele. Kirk sabia que ela estava consciente de que ele a seguia, e achou que a sua preocupação poderia pelo menos aquecer um pouquinho o coração dela, mas se enganou.

Ela atravessou a porta de casa e a fechou sem olhar para trás.

Tranque a porta, Verônica, Kirk pensou. Ele manobrou na entrada de outra casa e fez o trajeto na volta, passando outra vez pela escola onde o carro de Bittner continuava estacionado, vazio. Kirk dirigiu para casa, pensando em Verônica.

Temperamental, ele pensou. Ou talvez não. Talvez ela simplesmente tenha se cansado de mim.

Eu odeio você, Kirk, ela dissera. *Não quero te ver nunca mais.*

Ele suspirou e se inclinou até apoiar a testa no volante. Não conseguia tirá-la da cabeça; era como se Verônica ficasse dando voltas na mente dele, como um fantasma.

Verônica se cansava das pessoas muito rápido, ele concluiu. Dos garotos, principalmente; mas nem James nem nenhum dos outros caras que teve a sorte de sair com ela falava de Verônica em termos vulgares, e estranhamente nenhum parecia nutrir algum rancor depois que ela os deixara.

Mesmo agora a decepção de Kirk era mais consigo mesmo, ainda que tivesse sido a atitude dela que o levara a agir mal.

Ele viu a mãe passar pela janela da cozinha e, ao perceber a luz dos faróis, parar para observá-lo. Ele lhe devolveu um aceno rápido e desligou o motor.

Ronnie era como uma menina que adorava comprar sapatos, ele pensou. Ela gostava de provar os sapatos novos, sair com eles pela cidade por uma semana ou duas e depois guardá-los na caixa, no fundo do armário. Não que ela não gostasse dos sapatos da semana passada, não que eles fossem malfeitos ou estivessem gastos ou fossem desconfortáveis, ela simplesmente gostava de comprar sapatos novos.

E, no momento, ele próprio já tinha duas semanas; era um par de sapatos de couro que tinha perdido o lustro.

Ele abriu a porta do carro e pegou a mochila no banco do passageiro. Parecia pesar uma tonelada com o laptop e a câmera e – ah, sim! – quatro livros que ele teria de ler aquela noite.

Sua irmãzinha Jenny abriu a porta da frente e gritou, o rostinho contorcido numa careta atrás da porta de vidro. Gargalhando, ela bateu a porta e Kirk ouviu a mãe gritando para que ela não fizesse tanto barulho.

Jenny estava igualzinha a um fantasma, ele pensou, um fantasminha. Kirk notou que havia movimento atrás de quase todas as janelas da casa; a mãe cozinhando, uma irmã escovando os cabelos em frente à penteadeira no andar de cima, as menores correndo e pulando.

Ele fez uma pausa e então colocou a mochila no chão para poder pegar a câmera do sr. Pescatelli. Estremeceu, por ter esquecido momentaneamente a dor e a imobilidade do pulso. Apontou a câmera para a casa, indo de janela em janela. A mãe, que não gostava de ser filmada, abanou a mão para ele como faria para espantar um inseto irritante, e se afastou da janela para evitar a câmera.

Fantasmas, ele pensou. Vista através da lente da câmera, a casa parecia estar cheia de fantasmas. Jenny atrás da vidraça, uma agitação atrás das cortinas, uma sombra quando se afastou.

Havia muitos hoje, na escola, na biblioteca, mesmo na rua. O perfume de Ronnie impregnado no seu carro enquanto ele dirigia para casa. Os fantasmas de Hiroshima no livro de Hersey na sua mochila, mais um bilhão no pesado livro de História que ficava no seu armário. A sua gata Skitty aparecendo na janela, andando atrás do sofá, onde ele não podia vê-la, e agitando o longo rabo.

Kirk baixou a câmera e decidiu que queria esquecer os fantasmas por um tempo. Ele se sentira muito perto de uma grande descoberta nos primeiros dias, enquanto andava com a câmera por aí. Falando com o Peixe e Ronnie sobre o que vira, arrastando-se pelo porão fétido da tecelagem, ele se sentira um aventureiro, um cronista do desconhecido, e havia sido um sentimento estranho e maravilhoso, mas isso tinha sido antes de essas aventuras o levarem a ferir Ronnie. Olhando para a sua casa, para as cenas palpitantes de vida atrás da lente, para as calhas que precisavam ser limpas e as paredes que precisavam de uma boa camada de tinta, ele sentiu que não havia descoberto nada de novo, só o que estivera lá o tempo todo.

Não tinha sido desperdício de tempo, ele pensou. E, na verdade, não sentia nenhuma amargura com relação a tudo isso, inclusive, e especialmente o seu rápido namoro com Ronnie, que ele sabia com certeza que tinha acabado. Em vez de se sentir rejeitado, ele estava até achando graça, como se o próprio universo estivesse olhando para ele com um sorrisinho debochado.

Rindo, ele decidiu que entraria e daria um beijo na mãe e ofereceria ajuda na cozinha. Amarraria os sapatos de Curtis se os cadarços estivessem desatados, e perguntaria a Samantha se ela queria uma bebida, embora ela fosse recusar, com receio de que ele tivesse colocado sal no refrigerante ou coisa assim. Ele daria uma olhada no bebê e até trocaria uma fralda se preciso e abraçaria Jenny, que estava gritando, e cheiraria o seu cabelo e ela seria real. Eles todos seriam reais, reais e calorosos, com resfriados e ideias contrárias e manias irritantes. Faria todas essas coisas e elas olhariam para ele e pensariam no quanto ele estava estranho. E quando ele se afastasse, sussurrariam sobre o que teria dado nele – *por que Kirk está agindo desse jeito esquisito?* – e só ele saberia.

Ele iria abraçá-los e tocá-los e cheirá-los e ele saberia por quê.

PARTE QUATRO: DIA BISSEXTO

Ele era mesmo bonito, Verônica pensou.

Ela estava observando Brian de detrás da cortina do chuveiro e sorriu quando ele levantou uma mão, como se quisesse corrigir o penteado já perfeito. As pontas dos dedos dele roçaram na bochecha, como se procurasse uma mancha invisível.

Muito bonito, ela pensou.

Bonito o bastante para fazê-la se esquecer daquele Kirk idiota de uma vez por todas. A raiva que sentia dele tinha fervilhado até se transformar numa fúria cega. Ela deveria saber que ele era como os outros. Sempre por perto quando querem alguma coisa, mas nunca quando se precisa deles.

O reflexo de Brian ficou visível no espelho e depois desapareceu.

Ela pegou a toalha e começou a se secar. O vapor já começava a se dissipar no banheiro exíguo.

Kirk deixou-a para trás, tão covardemente que arrastara a *mãe* dela no seu ato covardia. Por que ele tinha feito aquilo? Por que tinha que deixá-la quando ela mais precisava dele?

Mas não se tratava disso, ela sabia. Verônica podia perdoá-lo por deixá-la e voltar para a tecelagem sozinho, porque no fundo sabia que isso não era nenhuma covardia. O que ela não tinha certeza se podia perdoar era o jeito como ele contara sobre o suicídio de Brian, como se não fosse nada muito importante. Como se o suicídio dele não significasse nada para ela.

O suicídio dele.

Havia uma teoria sobre os fantasmas que eles nunca discutiam; uma teoria que não era discutida por ninguém a não ser religiosos que controlam as pessoas pelo medo. Algumas pessoas acreditavam que os fantasmas eram os espíritos daqueles rejeitados ou expulsos do Paraíso. As almas dos condenados, em outras palavras.

Ela secou uma lágrima. Talvez não descesse para ver o pai hoje.

Brian abriu uma torneira fantasmagórica e colocou as mãos sob o jato de água fantasmagórico. Ele estava demorando mais do que o normal hoje. Seria um castigo?

O reflexo dele apareceu no espelho outra vez e ele olhou para ela, como se pudesse ler os seus pensamentos. Ela abriu a cortina e ele sorriu. Parecia que ele estava sorrindo diretamente para ela, como se comovido com a sua preocupação.

– Ah, Brian... – ela suspirou. – Se ao menos você fosse real...

Ela deixou a toalha escorregar até a metade do corpo e então deixou-a cair no chão.

Talvez os olhos do fantasma tenham se arregalado, talvez não.

Ele deu um passo na direção dela.

Madeline flutuou até o andar de baixo, os braços soltos, os dedos dos pés apontando para baixo. A sua descida não foi linear, mas como se ela fosse um balão levado pelas correntes de ar. August fechou os olhos enquanto ela atravessava o corrimão e depois voltava para o meio da escada, como o carro de um motorista bêbado cruzando o canteiro central. O ângulo da cabeça dela em relação ao pescoço não era natural ou algo agradável de se ver.

– Hoje – ela disse.

– Sim – concordou ele, encolhendo-se com a dor aguda que sentiu nos ombros ao vestir as mangas do casaco. – Hoje.

– Não falhe conosco – disse Madeline. – Outra vez.

Ele pegou a pasta e abaixou a aba do chapéu.

– Não – disse ele, e esperou a filha aparecer.

Eu me dissolvi no ar.

Se apenas pudesse tocá-la, tocá-la de verdade, e se apenas ela pudesse me sentir como algo além de uma névoa fria na sua pele. Ela estava tão perto, mas eu me desmaterializei em vez de tocá-la, porque não sei se depois de tocar nela seria capaz de ficar inteiro outra vez.

Ele está atrás dela. E agora ela sabe, e não há nada que eu possa fazer para ajudá-la. Nada. Eu tentei ir além dos limites da nossa casa, mas tudo o que consegui fazer foi flutuar como um floco de neve até metade do gramado, antes que a minha consciência começasse a se dispersar. Eu me impulsionei para a frente até me partir como um navio à deriva contra um recife implacável. A sensação foi dolorosa. Mas juntei meus pedaços novamente e consegui de alguma forma me restabelecer na banheira em que morri.

E antes de me partir em pedaços, pude ver a casa dele. O lugar onde Mary parou a caminho da minha casa.

A casa de Bittner.

Vestígios de mim a acompanham até o andar de baixo, seguindo-a como o aroma do seu perfume. A mãe dela está com raiva; a imagem do pai apareceu e se foi. Eu tento sussurrar na sua orelha, dizer que ela deve ficar, mas ela não consegue ouvir a minha voz acima das queixas da mãe. Ele vai matá-la. Vai matá-la como matou a minha Mary. E não há nada que eu possa fazer.

Eu a vejo sair de casa. Vejo-a através da janela enquanto ela caminha rumo ao seu destino.

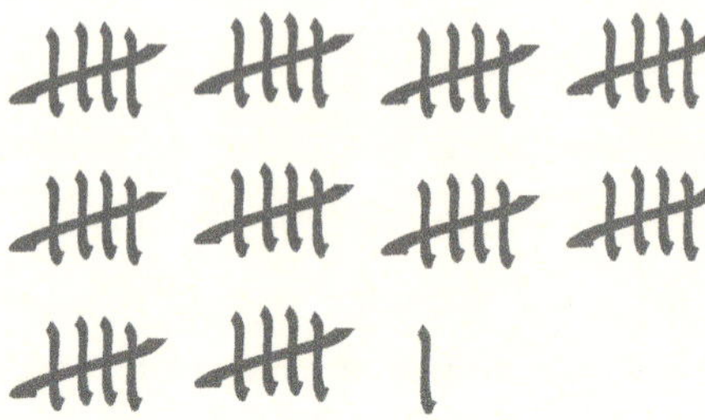

– Feliz aniversário! – comemorou Janine.

– Hã?

– Eu disse "Feliz aniversário!".

– Ah! Obrigada – respondeu Verônica. – Desculpe. A minha cabeça deve estar em outro lugar.

Ela sorriu para Janine, ao ver as linhas de preocupação ao redor da sua boca. Conseguia notar detalhezinhos como esse porque agora Janine não andava com a cabeça baixa o tempo todo.

– Eu tenho um presente para você – disse Janine. – Mas esqueci em casa.

– Não se preocupe.

– Você teve um encontro noite passada? – perguntou ela.

– O quê? Não, nenhum encontro.

– Eu gosto de Kirk – Janine declarou.

Verônica riu, e quase disse que ela podia ficar com ele.

– Não acho que teria medo de fantasmas se tivesse um namorado como Kirk.

– Por que não? – Verônica perguntou. Ela sabia que tinha falado com rispidez, mas não conseguiu evitar. Estava furiosa com Kirk e furiosa com a insinuação de que ter um namorado a deixaria mais forte ou com menos medo de encarar a vida.

Mas a resposta de Janine a surpreendeu e a fez pensar na sua reação.

– Porque ele nunca me esqueceria – Janine explicou. – Não importa o que acontecesse, ele nunca me esqueceria. Kirk é esse tipo de cara.

Elas ficaram algum tempo em silêncio – ou melhor, Verônica ficou. A agora falante Janine estava perguntando se poderia aparecer algum dia de manhã para ver a imagem do pai dela, quando de repente sua voz ficou tensa e mais aguda.

– Olha! – ela apontou. – Olha a Mary!

Ela olhou. Mary já tinha batido à porta e recuado um passo, e o sr. Bittner estava saindo de casa. Ele deu um passo à frente, para dentro do fantasma, e pareceu respirar fundo, como se tentasse sorvê-la.

– Você viu isso? – Verônica sussurrou.

– Sim – Janine sussurrou de volta. – Ele entrou direto dentro dela.

Tudo o que elas conseguiam ver foi a parte inferior das pernas finas de Mary, o resto engolido por Bittner e o seu casaco volumoso. Uma mãozinha voou para o lado dele por um instante, como a de uma vítima de afogamento.

Elas tinham parado de andar, e Verônica se inclinou mais na direção da amiga.

– Não isso. O lampejo.

– Que lampejo?

– Aquela luz. Aquela luz violeta.

Janine abanou a cabeça e Verônica percebeu que estava deixando a amiga assustada. O sr. Bittner continuava na varanda, os braços abertos, o peito largo se expandindo. Os olhos dele estavam fechados, o rosto erguido para céu e ele tinha uma expressão de satisfação beatífica que era mais que perversa. Parecia que ele ia inflar a ponto de seus pés se afastarem do chão e ele flutuar para longe.

– Nossa... – Janine gemeu.

– Veja ele... – sussurrou Verônica.

As palavras em que ela pensou mas não quis pronunciar eram "se alimentando". Em algum momento Verônica agarrara o braço de Janine e agora o apertava com força, com tanta força quanto Janine costumava apertar o braço dela.

Mary desapareceu.

Um instante depois o sr. Bittner se voltou para elas.

– Srta. Calder! – chamou, a voz como um trovão cortou o dia cinzento e ecoou, parecendo repercutir nas casas e jardins enfileirados na tranquila rua de subúrbio – Feliz aniversário.

As palavras singelas tiraram o fôlego de Verônica. Incapaz de falar, ela acenou com a cabeça.

– Quer uma carona? – ele perguntou. – Meu presente para você num dia tão frio.

Você já me deu um presente, ela quis dizer. *O terror que estou sentindo.* Janine estremeceu, Verônica estava apertando o braço da amiga com muita força. Abriu a boca, mas nenhum som saiu. Uma carona. Onde estava Kirk quando ela precisava de uma carona?

– Srta. Calder? – ele repetiu, separando os lábios e exibindo os dentes amarelos. Era um sorriso desvairado, um sorriso que expressava não só consciência mas também orgulho da abominação que ele acabara de praticar. – Posso aquecer o carro antes, se quiser.

– R... Ronnie? – disse Janine.

– N... não, obrigada, sr. Bittner – Verônica agradeceu, notando que o convite dele não se estendia a Janine. O sorriso do sr. Bittner a fez desejar não estar usando saia, ou perfume, ou ter os cabelos longos e bonitos. Mesmo do outro lado da rua, a duas casas de distância, ela podia sentir algo terrível emanando daquele homem; algo oleoso e viscoso, que impregnaria a sua pele de uma forma que nenhum banho limparia. – Eu gosto de caminhar.

A expressão dele não mudou, só pareceu se intensificar.

– Muito bem – ele disse, abrindo o carro com o controle. – Vejo você na aula.

– Vamos! – Verônica disse para Janine num sussurro áspero.

– Você está esmagando o meu braço – Janine reclamou, e Verônica diminuiu um pouco a pressão. Elas recomeçaram a caminhada a passos hesitantes, como se a calçada fosse uma fina camada de gelo sobre um lago escuro e desolado.

Bittner as observava – a ela, na verdade –, visto que o foco de visão dele parecia não incluir Janine, como se a amiga já fosse um fantasma. Verônica esperou até que estivessem a duas casas de distância antes de olhar para trás, mas ele continuava parado ali, sorrindo ao lado do carro, que expelia ondas de fumaça pelo escapamento.

– Ele é estranho – Janine sussurrou.

– Ah, você acha? – respondeu ela com ironia. As duas começaram a apertar o passo, apesar de suas botas não serem muito apropriadas para correr.

– Quero dizer, realmente estranho. Estranho como um cachorro raivoso.

– Concordo plenamente.

Verônica imaginou Bittner entrando no carro e disparando atrás delas, jogando o carro no meio-fio e subindo na calçada, rindo enquanto agarrava o volante com as mãos enluvadas.

– Era como se ele estivesse se alimentando dela – Janine sussurrou.

Ela quis bater em Janine por dizer isso em voz alta, mas, ao se virar, viu quanto ela estava com raiva sob o gorro engraçado.

– Ele é perverso – Janine pontuou, as mãozinhas cerradas em punhos.

– Vamos – disse Verônica. – Vamos tentar não pensar nisso.

O sr. Bittner passou por elas quando chegaram à esquina, diminuindo a velocidade só o suficiente para acenar para Verônica com sua enorme mão enluvada.

Kirk tentou falar com Verônica no corredor, mas ela não estava interessada em ouvir.

– Ronnie, por favor – ele disse. – Eu não devia ter dito o que disse. Eu...

– Eu não quero falar com você, Kirk – disse ela, segurando os livros contra o peito e batendo a porta do armário.

– Eu sei. Eu sei que não quer, mas...

– Você vai me fazer chegar atrasada na aula de História.

Kirk ficou parado na frente dela, lutando para dizer alguma coisa. Não podia acreditar que Verônica ia mesmo ignorá-lo e sair correndo para a aula do sr. Bittner.

– Ronnie... – ele começou, mas então uma mão se fechou no ombro dele. O aperto era firme, mas a mão era pequena demais para pertencer a Bittner. Ele se virou e lá estava James, de cara fechada para ele. Ele parecia um gato que esperara horas pacientemente até que um pássaro pousasse num galho próximo.

– Ela disse que não quer falar com você, idiota.

Kirk, pelos cinco segundos seguintes, considerou uma meia dúzia de formas de reagir a James, a maioria delas resultando num nariz ensanguentado. Ele retraiu o ombro e tirou a mão de James de cima dele.

– Tenha cuidado, Ronnie – Kirk pediu. – Por favor.

– *Você*, tenha cuidado – ameaçou James, e pareceu desapontado quando Ronnie se virou e deixou os garotos ali parados. Kirk balançou a cabeça e a seguiu para a classe. Ele quase trombou com uma menina de rosto vermelho num enorme casaco azul, mas então a menina desapareceu e o casaco também, um instante depois.

– A História, dizem alguns, nunca se repete – dizia o sr. Bittner. Ele estava parado à janela, olhando para fora, com as mãos grandes nas costas. Ainda usava o casaco apesar de já estar na metade da primeira aula. Havia três fantasmas e um cachorro lá fora; Verônica sabia que eram fantasmas porque não deixavam rastros na neve. – Mark Twain disse "A história nunca se repete, ela rima". Sempre gostei dessa citação. Mas Santayana discorda: "Aqueles que não se lembram do passado estão fadados a repeti-lo". Se eu não me lembro, quer dizer que estou condenado a repetir o passado? Isso parece razoável aos olhos de vocês?

Verônica assistiu enquanto o cachorro, um labrador grande e preto, pulava no ar e desaparecia antes de atingir o chão. Animais fantasma, isso era novidade.

– Mas existe mesmo um padrão? Existem padrões ou... intersecções? A intersecção de significados e a eventualidade aleatória... Quanto do que sabemos sobre o mundo hoje seria diferente se um único indivíduo morto precocemente tivesse evitado o seu destino e continuado a viver, amar e criar? Ou se uma pessoa terrível que se demorou neste planeta por tempo demais tivesse perecido antes de perpetrar os seus terríveis atos de crueldade? É fácil para nós focar os Acontecimentos do mundo, os cataclismos que exterminaram vidas humanas como pulgas nas costas de um cachorro moribundo, mas me pego perguntando se não são as idas e vindas de almas únicas e solitárias que marcam as reais tragédias das nossas vidas.

– Ele está falando igual ao Peixe – alguém disse atrás de Verônica, uma observação sussurrada que provocou uma risadinha abafada.

– Almas únicas e solitárias – Bittner repetiu. Ele não estava nem tentando encontrar a fonte da interrupção na classe; seus olhos estavam colados em Verônica.

Madeline se enforcou no lustre do quarto de Eva, um ano depois da morte da filha. August chegou da escola e a encontrou ali, sobre o macio carpete lavanda, ainda vestindo o penhoar, os dois chinelos dependurados, sem terem caído dos pés por algum milagre da gravidade.

Ele matou pela primeira vez três anos depois. Foi de carro até a cidade, esperando evitar a depressão que sabia que antecederia o aniversário de morte da filha e da esposa. Madeline tinha enlouquecido com a falta do 29 de fevereiro. Ele temia a aproximação dessa data. O seu plano era ter uma semana de distração, um feriado cercado de gente. Havia pessoas por todos os cantos da cidade; mesmo quando alguém se trancava em segurança atrás de uma porta de hotel a presença dela era vista, sentida e ouvida em todo lugar; nos ruídos da rua e dos corredores ecoando pelo quarto. O cheiro de comida, de gasolina e de outras coisas impregnando o ambiente. Havia um milhão de pessoas ou mais do lado de fora da janela, não importava em que parte da cidade se estava, e August achou que estar cercado por tanta vida distrairia a sua mente da dor.

A estratégia era boa e poderia ter funcionado se Madeline não tivesse se juntado a ele na viagem.

Ela apareceu no banco do passageiro quando ele estava parado no trânsito na interestadual 95, a mais detestada de todas as rodovias. Sussurrou o nome dele e, apesar da voz dela ser baixa e rouca como se estrangulada por uma corda, ele ficou tão feliz em ouvi-la que lágrimas lhe vieram aos olhos.

– Madeline! – ele dissera. Via apenas o reflexo da esposa no espelho retrovisor, mas podia sentir a presença dela, uma corrente elétrica calorosa no carro com ele. – Eu senti tanto a sua falta!

– Eu estive com Eva – ela disse. – Ela quer vir para casa.

O som da voz dela fez a garganta de August secar e ele desejou ter trazido uma garrafa de água ou café. Ajustou o espelho, mas mesmo com o retrovisor posicionado para refletir o passageiro, ela não passava de um borrão cinza-acastanhado.

– Você viu Eva? – perguntou ele, o coração quase explodindo de emoção.

– Ela partiu num dia especial, August – disse ela na sua voz áspera. – O dia em que o véu entre esta vida e a próxima fica mais fino.

– Não compreendo, Madeline. Ela... ela morreu. Como você.

– Você pode trazê-la de volta – Madeline grasnou. E então lhe disse como.

O que Madeline propôs era horrível demais para se imaginar. Segundo ela, ele podia abrir uma porta pela qual Eva poderia passar, mas somente no seu aniversário de morte. Datas especiais e aniversários tinham um significado, ela disse, e de certa forma era bom que Eva tivesse morrido no dia em que o véu que separa os mundos estava mais fino. O problema estava na "porta" que ela o incentivava a abrir.

– Você tem que matar uma garota da idade de Eva – ela afirmou. – No momento em que a garota morrer, a porta se abre. Ela atravessa para o pós-vida e, então, a nossa menina, Eva, pode voltar para o nosso mundo. Nós não passamos de energia, August, e quando a energia de Eva retornar, ela viverá novamente no corpo da outra.

– Não! – August sussurrou. O trânsito à frente dele começou a andar e ele avançou. Quando olhou pelo retrovisor, Madeline tinha ido embora.

* * *

Ela não retornou até que ele visse a menina fugida de casa.

Ele andava por uma rua secundária apinhada de gente, procurando livrarias e uma boa refeição, quando a viu. Tinham se passado alguns dias desde a conversa com Madeline; ele tinha considerado o incidente uma mera consequência do estresse causado pela perda, mas muitas vezes, enquanto caminhava, pousara os olhos numa adolescente e se perguntara se seria verdade. Essa garota parecia bem novinha e usava uma jaqueta militar esfarrapada. Era loira, ao passo que o cabelo de Eva era castanho. Parecia estar com frio e fome e carregava um cartaz dizendo que estava tentando juntar dinheiro para pegar um ônibus para uma cidade há três estados dali.

De repente a voz e a respiração de Madeline eram como vapor quente sibilando na sua orelha.

– Olhe para ela! – disse. – Desperdiçando a vida que foi tirada da nossa Eva. O mundo não sentiria a falta dela!

Ele estremeceu e olhou em volta, mas Madeline não estava visível.

– Abra a porta, August! – ela disse, a voz alta e aguda na orelha dele. Finalmente ele a viu refletida na janela de um táxi estacionado, uma massa marrom indistinta curvada sobre o seu ombro esquerdo. – Ela é nossa filha!

August fechou os olhos e quase se curvou para a frente, o estômago dando um nó de dor e náusea. Sentiu uma pressão leve no braço e, pensando que era Madeline, quase gritou.

Mas quando abriu os olhos, era a menina que o tocava.

– Tudo bem, senhor? – ela perguntou.

– Tu... tudo bem – respondeu ele. – Obrigado.

O cartaz de papelão que ela segurava na outra mão oscilava ao vento. Ela usava várias camadas de roupa, cada uma com alguns rasgos que revelavam a camada de baixo. Estava tremendo, de frio ou algum tipo de abstinência.

– Ela está fraca – disse Madeline, fazendo August se retrair. – É perfeita.

– A cidade aonde você quer ir é muito longe – ele comentou.

Ela confirmou com a cabeça.

– Eu sei. Tenho uma tia lá.

A garganta dele estava seca.

– Eu estou de carro – disse ele, num fio de voz.

– Não posso pagar – ela disse. – Com dinheiro.

Como se ele fosse o tipo de homem que desejaria uma transação desse tipo com uma garota que nem saíra da adolescência. Ele era muito mais jovem na época, mas mesmo hoje podia se lembrar do calor subindo ao seu rosto e das mãos apertando o guarda-chuva com tanta força que as luvas de couro rangeram. Mas ele concordou e sorriu, e juntos eles cruzaram os dois quarteirões até o estacionamento onde ele tinha deixado o carro. Deus sabe quantas centenas de pessoas os viram naquele dia, algo que o preocupou depois do assassinato, fazendo-o se perguntar se o corpo seria encontrado e associado a ele. Ele comprou comida para ela, passando pelo *drive-thru* de um *fast food* numa rua secundária, e a pedido dela lhe comprou escova e pasta de dentes e um desodorante numa loja de conveniência onde parou para abastecer o carro. A parada seguinte tinha sido num estacionamento arborizado, à beira da estrada, algumas saídas depois de Jewell City. Foi lá que ele levou o seu corpo adormecido do carro para o bosque, onde a matou envolvendo o seu pescoço com as mãos enluvadas e apertando, quase delicadamente, com pressão contínua, até a vida escapar do seu corpo. Ela tinha acordado perto do fim e ele teve que bater nela, mas mesmo após a refeição ela não estava muito forte.

A luz do luar era suficiente para que ele se visse refletido nos olhos dela enquanto apertava, e em certo ponto achou que a luz se dividira em duas.

– Eva! – exclamou. – Estou aqui, Eva!

Mas a menina morreu e Eva não se apossou do corpo dela. Ajoelhado sobre as folhas ao lado do corpo que esfriava, August chorou.

Dessa vez a mão tranquilizadora no seu ombro foi de Madeline.

– Você falhou – sussurrou ela. – Mas terá outras chances.

Ele arrastou a garota – Shelly era o nome dela – para um buraco no tronco podre de uma árvore caída, e então cobriu-a com galhos e folhas para escondê-la melhor. Anos mais tarde, num lindo dia de verão, o Acontecimento varreu a vida e o consolo da cidade onde August os buscara, e tudo o mais também, uma ironia em que ele frequentemente pensava.

O corpo da menina nunca foi encontrado.

Ele falhou outras duas vezes ao longo dos anos, com Mary e depois com Amber, e até o momento não tinha conseguido pegar Verônica Calder. Mas ele não hesitaria dessa vez, pensou August. Não haveria hesitação nem aparições, no último segundo, de visitantes espectrais para distraí-lo do seu objetivo.

Ele estacionou em frente à casa de Pescatelli sem se preocupar em ver se havia alguém observando. Não tinha motivo para subterfúgios, nenhuma razão para encobrir rastros como fizera muito bem ao longo das três últimas décadas.

O carro de Pescatelli estava estacionado na rampa. August tinha esperado na sala de aula por uma hora depois do último sinal, até que a barulheira dos alunos indo embora diminuísse, reduzindo-se a alguns tênis guinchando no piso de ladrilhos. Até os fantasmas tinham ido para casa. Ele se sentou à sua mesa e pensou no que diria a Pescatelli.

No que faria a Pescatelli.

Não achava que o mataria; isso realmente não estava nos seus planos. Ameaçá-lo, sim. Agredi-lo fisicamente, sim. Mas não matá-lo. O impulso de matá-lo não surgiu até que August saísse do seu carro estacionado e começasse a cruzar o gramado.

Ele sentia a força correndo em suas veias. Cada abraço de uma das suas garotas parecia inundá-lo de poder; ele se sentira energizado o dia todo desde que abraçara Mary aquela manhã.

Havia um velho ajoelhado num pedaço de papelão em frente à cerca viva coberta de neve. O homem usava um chapéu de palha, calças cáqui com manchas de graxa e uma camisa de mangas curtas tão branca que quase brilhava. Ele se inclinou para aparar a cerca viva e longos galhos cheios de folhas atravessaram a tesoura e o peito dele. O Peixe aparentemente não se importava com o seu jardim tanto quanto aquele homem.

O homem desapareceu. Sem saber por que, a visão daqueles galhos atravessando o fantasma encheu August de uma fúria ardente que suplicava por vazão, como se a energia que ele extraíra das suas meninas estivesse prestes a explodir.

O Peixe respondeu à primeira batida de August.

– Eu estava te esperando – disse o Peixe, abrindo a porta de tela.

E segurava uma arma.

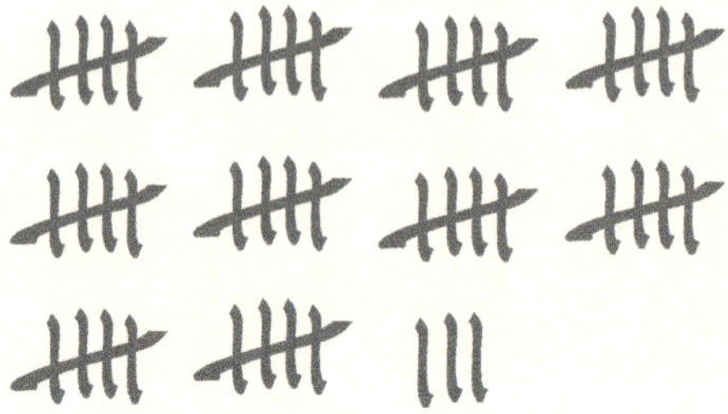

– Você está bem? – Janine perguntou a Verônica.

– Estou bem, Janine.

– Você parece chateada.

– Não estou chateada.

– Sério? Porque...

– Eu disse que não estou chateada!

Janine suspirou.

– Ok, ok. Você não está chateada. Está triste porque brigou com Kirk?

– Janine, eu...

Janine riu, e Verônica se virou para ela e viu nos olhos da amiga, além do bom humor que Verônica não via com muita frequência, confiança.

– Desculpe – disse Verônica. – Estou um pouco tensa. – Apesar de ter esperado o carro de Bittner deixar o estacionamento da escola, e tê-lo visto descer a Fire Street na direção contrária à da casa delas, ela estava nervosa. Mas não achava que ele tentaria pegá-la num dia de aula ou tão perto de casa.

Só sobreviva ao dia de hoje, ela pensou. *Tudo vai ficar bem se você conseguir chegar ao fim do dia.*

– Claro! – Janine concordou. – Posso levar o seu presente mais tarde?

– Você pode me levar presentes sempre que quiser.

Elas estavam se aproximando do gramado de Bittner. A neve em torno da casa dele era de um branco luminoso, mas a casa em si estava escura e fechada. Verônica achou que tinha visto alguma coisa se mexendo na janela do andar de cima.

E se não fosse dela que ele estivesse atrás?, ela pensou. E se ele já tivesse uma garota, presa em casa e estivesse só esperando o momento certo para matá-la?

Ela espiou a casa; definitivamente havia algo se movendo lá em cima.

Eu posso simplesmente ir embora, pensou, tentando enxergar. Posso simplesmente ir embora, ir para casa, e trancar bem as portas.

E, então, Mary não seria o único fantasma subindo os degraus da varanda de Bittner.

Ela olhou para os dois lados, deixou a calçada coberta de neve e pisou na rua cheia de gelo.

– Ronnie, o que você está fazendo? – perguntou Janine.

– Espera aí – disse ela. – Quero conferir uma coisa.

O carro de Bittner não estava estacionado; ela imaginou que levaria pelo menos meia hora para ele chegar.

– Ronnie! – insistiu Janine, a voz um sussurro agudo. – Essa é a casa de Bittner!

– Pode ir na frente, se quiser. Só vai levar um minuto – disse ela, impassível. – Volto num instante.

Ela atravessou a rua, tirando o celular da jaqueta. O que faria se chegasse à janela e visse pés amarrados ou uma figura acorrentada com um saco na cabeça? Ela teria coragem de fazer alguma coisa?

Ela ouviu seu nome sendo sussurrado com severidade, mas não se voltou.

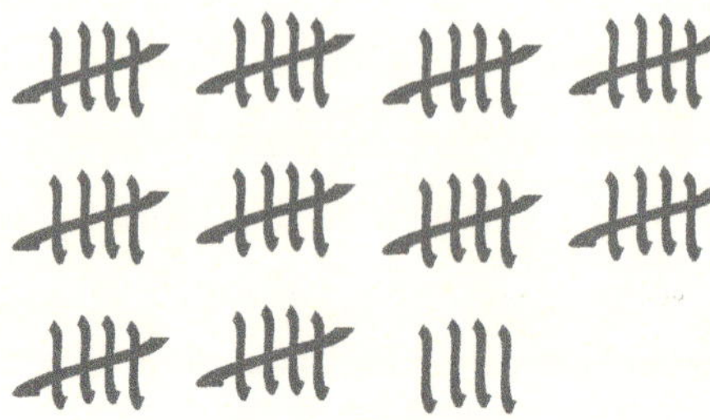

Eu espero à janela, como um cãozinho fiel. Vejo-a andar na direção do gramado dele e fico confuso, porque não é a hora certa, e percebo que não é Mary que vejo, mas Verônica, Verônica que ainda está entre os vivos.

Verônica que não estará entre os vivos por muito tempo, se estou decifrando os sinais corretamente. Eu gritaria se tivesse voz.

Ela anda rapidamente pelo gramado, como se tivesse o direito de estar ali, como se tivesse o direito de caminhar sem temer. Mary era assim também. Ela gostava do nosso professor de História, achava que ele era um bom homem. Ela não sabia.

Verônica deveria saber. Talvez ela não saiba de tudo.

Eu não posso gritar, mas posso rezar.

Vá em frente.

Verônica tinha dito, confiante, a si mesma, mas essa confiança tinha praticamente se esvaído quando ela chegou ao meio da rua. A temperatura parecia cair a cada passo, o vento como dedos gelados tentando penetrar o casaco. Ela apertou os olhos e viu novamente a movimentação na janela. Não conseguia se livrar do pressentimento de que alguém estava amarrado naquele quarto. Havia uma fresta, de apenas alguns centímetros, pela qual ela achou que conseguiria ver alguma coisa se olhasse do ângulo certo.

Ela se virou e viu que Janine continuava parada ali na calçada, nuvens de vapor subindo do seu nariz.

Verônica acenou para ela com dedos enluvados e sorriu apesar do medo. Deu um passo na direção do gramado coberto de neve de Bittner.

Vá se danar, sr. Bittner!, pensou.

Estava na metade do gramado agora. Viu um brilho quando olhou para a janela, mas ele sumiu depois de alguns passos. E então, pela fresta entre as cortinas, viu o sapato. Ele estava pendurado num pé suspenso no ar.

Verônica levou a mão à boca no mesmo instante em que Janine gritou.

– Fantasma!

Verônica se virou, pensando que a amiga de alguma forma vira, do outro lado da rua, o sapato. Janine estava correndo, movendo-se numa velocidade da qual a sua figura delgada não parecia capaz. Atordoada, Verônica a assistiu escorregar e cair no chão. Sem olhar para trás, ela se levantou e continuou aos tropeços, numa arremetida louca para fugir de quem quer – ou o que quer – que tivesse visto.

Assustada, Verônica recuou alguns passos, e viu o que fez Janine sair correndo.

Ela esperava ver Bittner, por algum motivo chegando mais cedo da escola. Mas o que viu foi um fantasma conhecido, do qual Janine sempre tivera medo – mas ele estava agindo de uma forma completamente nova.

Mary Greer estava descendo os degraus da varanda, o que por si só já era uma divergência do padrão que Verônica conhecia. Mary descia os degraus, os pés descalços não deixando marcas na neve acumulada na entrada de carros. O pescoço quebrado estava num ângulo tão bizarro que a bochecha quase encostava no ombro, e os seus olhos esbugalhados olhavam no fundo da alma de Verônica. A boca abriu e fechou, mas nenhum som saiu.

Verônica tentou se afastar, mas estava enraizada no chão. Como uma estátua. Como um fantasma preso ao seu padrão. À direita de Mary, na entrada de carros vazia, uma garota loira apareceu do nada, seu corpo surgindo como se ela saísse de um carro invisível. Ela vestia uma jaqueta militar gasta, que não a teria protegido nem um pouco do frio se ela pudesse senti-lo. Ou sentir alguma coisa.

A menina andou na direção de Verônica também, mas num passo estranho, mancando. Ela era esquelética, e as mangas da sua jaqueta estavam esfarrapadas. Ela aparecia e desaparecia a cada dois ou três passos. Andava com a cabeça baixa, o cabelo loiro escondendo os olhos.

As duas garotas andavam na direção dela, e Verônica nem conseguia gritar. Ela não sabia o que era pior – o sorriso torto e patético no rosto de Mary Greer ou o fato de não conseguir ver o rosto da garota loira.

Sacudindo-se para se libertar da paralisia, ela se virou para correr, mas logo parou, vendo uma terceira figura se erguer do chão, os cotovelos e joelhos apontando para fora numa postura de caranguejo, enquanto parecia surgir da neve que cobria o chão. Era Amber, o fantasma que Verônica vira na tecelagem. Amber se ergueu, desdobrando-se como uma marionete puxada por cordas, e encarou Verônica com os olhos brilhantes de expectativa, quase esperançosos – e novamente Verônica não saberia dizer de qual espectro tinha mais medo. Ela se virou com os olhos baixos, para ver a distância a que estavam os fantasmas, mas com medo demais para olhar no rosto deles.

Verônica entoava uma prece mentalmente; não uma prece, na verdade, mais uma súplica – *Por favor, Deus, por favor, Deus, por favor, Deus.* Ela voltou os olhos para cima, esperando que isso levasse as suas preces mais depressa para o céu, mas descobriu que tinha sido um erro.

Uma mulher saía pela janela tão suavemente quanto se emergisse de uma piscina. Estava pendurada por uma corda, uma corda que passava direto pelo batente de alumínio, uma corda presa ao nada. O chinelo dependurado no pé da mulher escorregou e desapareceu no ar diante do rosto de Verônica, enquanto ela descia, a corda baixando como se ela fosse a isca numa vara de pescar invisível.

Verônica afastou os olhos não sem esforço, mas no momento em que fez isso, o fantasma de Mary Greer a atravessou. Ela ouviu um som, uma breve explosão de estática, mas o barulho estava apenas na cabeça de

Verônica. As lembranças da menina a inundaram, deixando-a instantaneamente nauseada, a coluna e o cérebro latejando. Outro choque se seguiu quando ela sentiu o calafrio provocado por Amber na sua coluna, tocando-a e atravessando-a. Seu corpo estremeceu quando a menina loira ergueu a cabeça e perscrutou a alma de Verônica com os seus olhos vazios; e então ela também a atravessou.

Verônica queria vomitar, mas o seu corpo não permitia, enquanto as vidas das garotas surgiam diante dela como num *flash*. A agonia foi intensa; ela não conseguia respirar. Tentou endireitar a postura, mas a mulher da corda estava lá, pairando um pouco acima dela. E depois estava dentro dela.

E instantaneamente Verônica soube. Soube de tudo.

Seu grito estilhaçou a janela que o fantasma atravessara, e a chuva de cacos afiados espalhou-se no chão mais abaixo.

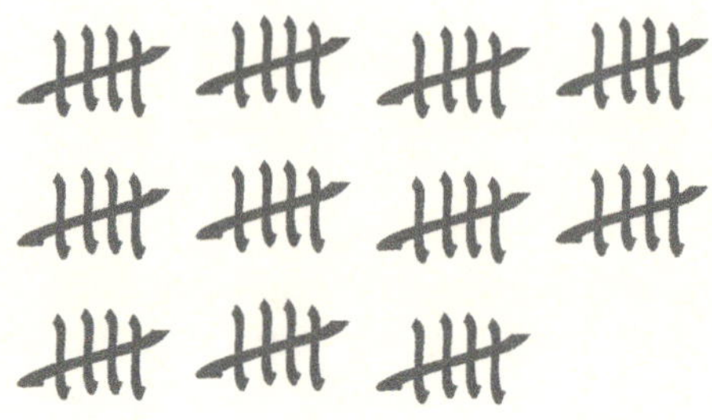

– Sente-se, August – disse Pescatelli, indicando o sofá para August com o revólver.

August olhou para ele, muito surpreso ao ver que a mão de Pescatelli não tremia. Bittner não sabia nada sobre armas. Esta parecia pequena e inofensiva, como o próprio homem que a portava.

– Não vai se oferecer para pegar o meu casaco e o chapéu? – perguntou, sorrindo.

– Apenas se sente. E não desabotoe o casaco. Mãos para cima.

– Stephen...

– Sente-se, August – ele repetiu. A arma não estava engatilhada, August notou. Ele se sentou.

– Você veio aqui para me matar – disse o Peixe.

– Não seja tolo – respondeu August. – Eu vim aqui para te dizer... para te pedir para me deixar em paz.

– Não posso fazer isso, August – disse ele. – Não agora.

– Não pode ou não quer? – August queria mantê-lo falando. Ele percebeu que era bem provável que esse míope raquítico, esse projeto de homem, pudesse de fato puxar o gatilho e matá-lo. Por que não? O que era a vida dele além de, literalmente, perseguir fantasmas?

– Você matou aquelas meninas, August. As duas.

– Que meninas, Stephen? – August perguntou, notando que o braço de Pescatelli tremeu, só um pouquinho, ao fazer a acusação. Ele estava a uns três metros de distância. Uma mesa de centro baixa, quase do comprimento do sofá, estava entre eles, os pés bem fincados no carpete felpudo, sob o peso de meia dúzia de pilhas de livros.

– Você sabe, August – ele disse. – Eu vi a fita.

– Fita? – Pescatelli atiraria nele antes que pudesse virar a mesa. Ele não achava que chutá-la seria o suficiente.

– Não banque o inocente, August. Ambos sabemos do que eu estou falando. Mary Greer. Amber Davis.

August o viu lamber os lábios.

– Ah – disse August. Talvez ele pudesse chocar Pescatelli, fazer a arma tremer nas suas mãozinhas rechonchudas. Talvez conseguisse uma brecha ou um tiro, o que tinha a perder? – Essas meninas.

– Está admitindo? – perguntou Pescatelli, e a arma de fato tremeu. E por que não? O que mais tinha o Peixe na sua vidinha patética além do prazer da descoberta? Pelo menos August tinha as suas lembranças.

– Por que não? – perguntou August, satisfeito ao ver quanto o Peixe parecia estar ficando agitado. – Você diz que tem uma fita. E está apontando uma arma para mim. O que mais posso fazer?

– Você está bancando o inocente outra vez.

– Vai atirar em mim? – August perguntou, e então Pescatelli cometeu um erro.

– Eu não vou atirar em você – ele disse. – Vou ligar para a polícia. Quero te ver atrás das grades, pagando pelo que fez.

– Ligar para a polícia? – August riu. – E o que vai acontecer depois, quando eles gentilmente tirarem a arma dos seus dedinhos rechonchudos? Devo confessar?

Isso realmente irritou o outro, August pensou. Mas ele não achava que Pescatelli teria coragem de atirar nele. Quase disse isso.

– Você vai confessar. Eles verão a gravação e você vai ter que confessar.

August encolheu os ombros teatralmente.

– Como quiser.

Os ombros do outro homem pareceram afundar. A arma oscilou.

– Por que você fez isso, Gus? Por que você matou aquelas meninas?

August sorriu.

– Também me pergunto – disse August.

Ele quase riu alto com a expressão de Pescatelli; realmente lembrava um peixe. A boca se abrindo e se fechando num arquejo, os olhos arregalados e ampliados pelas lentes grossas. A mão dele realmente tremia agora.

– Elas estão voltando para mim, Stephen – continuou August. – As minhas meninas. A primeira voltou para mim. Ela entra no meu carro e nós seguimos juntos para a eternidade.

Pescatelli o encarou, a boca se mexendo como se tentasse capturar as palavras que flutuavam na frente do seu rosto. August olhou-o diretamente nos olhos. A mesa estava logo abaixo da altura dos joelhos.

– Pode mandar o garoto rondar a minha casa – ele disse. – Diga para ele levar a câmera. Vocês podem filmar o nosso abraço.

Quando Pescatelli finalmente encontrou a voz, foi como um choro estrangulado, palavras angustiadas pensadas e ditas num último fôlego.

– *Por quê?*

– Quer mesmo saber? – ele se inclinou para a frente, baixando a voz até se tornar um sussurro.

Pescatelli, idiota como era, também se inclinou, assentindo com a cabeça.

– Sim – ele disse, a voz, todo o seu corpo, vibrando. – Eu quero mesmo saber.

– Eu sou igualzinho a você, não sou?

– O que... o que você quer dizer com *isso*? Eu não sou um assassino.

– Esse seu livrinho bobo – August disse. – É como você tenta ressuscitá-las, não é?

Pescatelli balançou a cabeça.

– Eu não...

– Não precisa fingir. É o seu jeito de tentar trazê-las de volta para você. A sua esposa e a sua filha mortas. Não é? Bem, é isso que estou tentando fazer também. Trazer Eva de volta.

– Como? Como assassinar aquelas meninas...

– Você é um homem que olha retratos, Stephen. Imagens. É o que você faz. Você se senta e observa e faz anotações e finge que isso vai mudar o mundo.

Pescatelli parecia hipnotizado, um imagem congelada numa fotografia estática.

– Eu ajo – Bittner continuou. – Você observa, eu ajo. Há um véu entre este mundo e o outro, como você afirma de forma tão pueril no seu livro. O véu pode ser cruzado permanentemente, quando se encontra um receptáculo adequado.

A mão de Pescatelli que segurava a arma tremeu.

– Não estou entendendo o que você está tentando dizer.

– Estou dizendo que elas podem ser trazidas de volta, Stephen – August respondeu. – Estou dizendo que vi Eva, o seu espírito, a sua alma, nos olhos delas enquanto morriam. Ela estava lá, só que fora de alcance. Mas eu sei como posso alcançá-la.

Pescatelli molhou os lábios.

– Você acha que ela pode, o quê? *Possuir* o corpo de alguém que você matar? É isso que quer dizer?

– O que eu quero dizer é...

Então Bittner segurou a borda da mesa com as duas mãos enluvadas e empurrou, mandando pelos ares livros, papéis, fotografias e a pesada mesa de madeira, impulsionando-se para a frente com as duas pernas, literalmente pulando do sofá quando a mesa virou e atingiu Pescatelli nos joelhos. A arma disparou e August estava em cima dele antes que chegasse ao chão, afundando-o no carpete com todo o peso do seu corpo. A arma escorregou para longe e as mãos de August estavam em volta da garganta dele.

– Você atirou em mim! – August gritou, e pôde sentir um filete quente e vermelho na lateral do corpo, onde a bala o atingira. – Você atirou em mim!

Ele afundou os polegares na traqueia de Pescatelli, e o homem já começava a sufocar. Ele parecia um peixe mais do que nunca, os olhos esbugalhados, o olhar se tornando vago enquanto August se concentrava num único ponto da garganta de Pescatelli. A língua projetou-se da boca aberta e ele soltou um ganido semelhante ao de um gato agonizante.

August ergueu a cabeça dele e a bateu com tudo, duas vezes, no chão, mesmo enquanto fazia uma pressão cada vez maior na garganta com os dois polegares.

– Você sabe por que matei as meninas, Homem Peixe?! – ele gritou, batendo a cabeça do outro no chão outra vez, apertando, apertando. – Você quer saber? Para poder ficar com elas!

Ele estava gritando, sabia disso, esperando vagamente que Pescatelli não tivesse vizinhos intrometidos que se importassem com ele. Saliva voou da sua boca e aterrissou na lente esquerda dos óculos de Pescatelli, mas o homem moribundo não piscou.

– Para poder ficar com elas! – ele repetiu. – Para poder ficar com elas para sempre.

Ele pontuava cada duas palavras batendo a cabeça de Pescatelli no chão. À certa altura os olhos dele reviraram nas órbitas.

August sabia que ele estava morto, mas continuou apertando mesmo assim. A dor na lateral do seu corpo era como ferro quente pressionado contra a pele por mãos demoníacas.

– Assim como vou ficar com você – disse, ainda que Stephen Pescatelli não pudesse mais ouvir.

August viu de relance uma movimentação. Ele se virou e lá estava Pescatelli, sentado à sua mesa perto da parede, encarando a tela desligada do computador, bebendo de uma caneca invisível.

Ele teve que fazer um esforço consciente para tirar as mãos da garganta do morto, e mesmo enquanto se levantava seus dedos pareciam se retrair como garras dentro das luvas de couro preto. Ele olhou do fantasma para o pedaço de carne esfriando no carpete bege, e riu.

– Assim como vou ficar com você – repetiu, puxando a cadeira de Pescatelli com uma mão, arremessando-a contra a parede, de onde ela arrancou um pedaço do reboco e fez um quadro se espatifar no chão. O fantasma, ainda na posição sentada, não pareceu notar, nem mesmo quando August deu um passo à frente, para dentro dele.

O que sentiu nas entranhas depois de rir foi uma leve perturbação se comparado à onda de náusea e dor que o inundou quando ele se fundiu com o fantasma de Pescatelli. Foi como se alguém estivesse revolvendo as suas entranhas com um rastelo coberto de soda cáustica, e ele gritou de dor e caiu. Gemendo ainda, viu a si mesmo refletido nos óculos do morto, e o rosto que viu encarando-o de volta atrás das lentes sujas era velho e torturado, diabólico e atormentado, sem um traço do jovem professor e marido e pai que fora tantos anos antes. Ele rolou de costas, para longe da imagem, gritando de dor.

O Peixe o encarou de cima. Ele sorria. Então sumiu.

August fechou os olhos e imaginou a si mesmo como um fantasma pálido e babão, caminhando pelos corredores de uma escola deserta, muito depois de todas as crianças terem ido para casa. Ele não tinha muito tempo.

August lutou para se sentar. Seu casaco longo estava escuro alguns centímetros acima do quadril direito, por causa do sangue, e havia manchas no carpete também. Bem pouco tempo, ele pensou.

Ela tinha que morrer. Agora.

Ele se esforçou para ficar de pé.

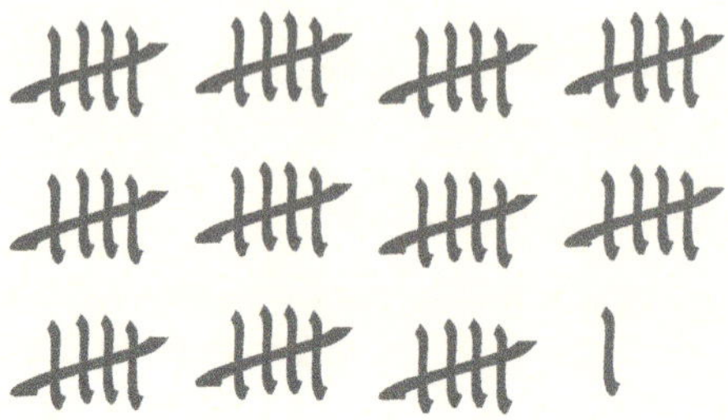

KIRK ENTROU NO CARRO DA MÃE. Ele estava furioso consigo mesmo por não ter seguido Ronnie até em casa, mas vira Bittner deixar a escola imediatamente depois da aula e ir na direção oposta, como se tivesse uma missão importante a cumprir.

Kirk sabia que não podia permitir que as coisas entre ele e Ronnie ficassem como estavam, se não quisesse viver o resto da vida assombrado pela lembrança desbotada dos beijos dela.

Mais um dia, ele pensou. Se ela conseguisse por mais um único dia, então talvez tudo ficasse bem. Talvez então Bittner provasse não ser nada mais do que um velho professor esquisitão, e todas as mortes em Jewell City não passassem de coincidências que a mente cansada e assombrada de Stephen Pescatelli transformara numa conspiração.

Só mais um dia.

Antes de engatar a ré, ele olhou para a sua irmãzinha, mostrando a língua para ele de uma vidraça empoeirada do andar de cima. Devolveu a brincadeira e deu ré na direção da rua.

Seu celular tocou. *Número privado*, lia-se na tela. Ele parou, metade do carro na rua e metade na vaga, e atendeu.

– Alô?

– Tem mais uma coisa – disse uma voz masculina.

– O quê?

– A esposa de Bittner. Ela se matou em fevereiro. – Levou um momento para Kirk perceber que era o Peixe.

– Sério?

– Ela se enforcou na casa deles. No quarto de Eva.

– Ela... ela se enforcou? – sussurrou Kirk. Não tinha se dado conta de que ela se suicidara. Seria por isso que Bittner estrangulava as meninas?

– No quarto de Eva.

– Que dia? – perguntou Kirk. A sua mente girava a toda velocidade, e era difícil ouvir o Peixe. O som da voz dele parecia vir do outro lado do mundo. – Em que dia ela fez isso? Foi no dia 29 de fevereiro?

– No quarto de Eva. Ela se enforcou no quarto de Eva à meia-noite do dia 28 de fevereiro.

– Eva? Eva é a filha deles?

– Eva.

– O quê? Escuta, era um ano bissexto?

– Não era um ano bissexto. Eva foi no ano bissexto.

– Você está dizendo "Eva" ou "Treva"?

– Fôlego. Sem fôlego.

– O senhor não está dizendo coisa com coisa, sr. Pescatelli – disse Kirk. Não sabia se o telefone estava fazendo eco ou se o Peixe ficava repetindo as palavras. – Podemos procurar a polícia...?

– Não.

– Procure a polícia. Se procurarmos a polícia eles podem...

– Não. Ele a está matando.

– O quê?

– Ele a está matando. Agora.

Kirk largou o celular e afundou o pé no acelerador.

Verônica levou a mão à garganta. Era assim que ele as matava.

Shelly Bonder era uma garota que fugira de casa para tentar chegar à casa de uma tia em Ohio. Quando os fantasmas tocaram Verônica, ela pôde ver a vida delas se desenrolando como um filme na sua cabeça. Mas era mais do que um filme, porque ela podia sentir a si mesma – a sua consciência – indo de uma pessoa para outra, no drama que se desdobrava diante dela. Primeiro ela era Bittner, então Shelly, então August outra vez – ela era um homem prematuramente envelhecido resmungando para si mesmo numa esquina, ela era uma adolescente fugida, debilitada e faminta. Verônica reviveu os momentos que culminaram na morte dela, o estacionamento vazio logo depois da rampa de saída da autoestrada, a sensação de ser carregada pelo bosque numa noite fria de inverno. Ela era Shelly ao dar o seu último suspiro, e então era August se apressando em escondê-la. Havia lágrimas nos olhos dele quando voltou correndo por entre as árvores; o corpo dela esfriava sob um carvalho em decomposição, mas o carro dele ainda estava quente.

Minha filha, ele pensou depois de esconder o corpo. E depois que passou a existir apenas na sua lembrança, ela se tornou mais inteiramente dele. *Minha filha minha filha minha filha.*

Havia duas outras. Mary e Amber.

Quando o fantasma de Mary a tocou, Verônica viu uma garota pega totalmente de surpresa pelo seu professor – um homem em que confiava e de quem gostava, a quem visitava a caminho da casa do namorado com alguma frequência. Às vezes só para dizer olá, às vezes para levar alguns biscoitos ou um brownie da fornada que fizera para Brian. Ele era um homem solitário que estava ficando velho, e ela era uma menina com problemas em casa, e por um tempo eles lançaram alguma luz no que havia de sombrio na vida um do outro.

Mas o ódio continuava a existir dentro dele, o ódio e a loucura causados pela perda. O sr. Bittner começara a acreditar que a esposa o chamava, dizendo a ele para "cuidar" da filha deles. Mary não tinha ideia do que o professor estava fazendo até o momento em que as mãos dele começaram a apertar seu pescoço.

Então Amber, quatro anos depois. A imagem de Amber andando para trás como um caranguejo no porão da tecelagem empoeirada, tentando escapar dele, já estava gravada permanentemente na mente de Verônica, mas agora ela a reviu da perspectiva da própria Amber. Uma enxurrada de sentimentos, medo e traição a engolfou quando mãos enormes apertaram a sua garganta.

Mas o choque mais forte para Verônica ocorreu quando o fantasma de Madeline a tocou. Todas as esperanças e expectativas destruídas daquela pobre mulher inundaram o cérebro de Verônica.

Verônica pôde ouvir a voz de Madeline Bittner na sua cabeça quando o espectro da mulher enforcada se instalou dentro dela como alguém que vestia um casaco novo.

Ela era uma menina adorável, a voz disse. *Nascida depois que sofri dois abortos. Houve complicações; para ela e para mim. Os pulmões dela não estavam totalmente formados; eu nunca mais teria outro filho.*

Verônica via um berço; ela pairou sobre ele e olhou para baixo; o bebê lá dentro tinha o rosto vermelho, o choro abafado e ofegante.

Eu nunca saí do lado dela. Sentia como se fosse eu a ficar sem fôlego. Mas o que lhe faltava em força, a minha linda Eva compensava em coragem. Ela sobreviveu à infância e cresceu. Houve sustos na juventude, momentos que, se não fossem as bombinhas extras guardadas em bolsas, bolsos e porta-luvas, podiam ter significado uma morte ainda mais prematura para a pobre e frágil Eva. Mas ela suportou todos esses alarmes falsos com doçura e coragem. Ela nunca demonstrava que estava com medo.

Verônica sentiu uma sombra a envolver, como uma mortalha.

Ela viveu até os 16 anos. E então, apesar da sua coragem, a sua garganta se fechou como um cano congelado numa tarde gelada de fevereiro.

Verônica podia sentir a dor da mãe, em sua totalidade, um peso frio e devastador oprimindo-a.

Eu estava doente, disse a voz. *E não conseguia melhorar. A perda da minha filha não era algo que eu tivesse força para superar. August tentou me ajudar, mas eu não deixei. Eu me escondia atrás do meu sofrimento como se fosse uma muralha, uma muralha que ele não podia derrubar. Ele era atencioso, preocupado – ainda que estivesse sofrendo também –, mas eu não saía de trás da muralha, e não o deixava entrar. Ele ficou invisível para mim, um fantasma ele próprio.*

A minha depressão se tornou obsessiva. Eu fiquei obcecada pelo dia da morte dela... Vinte e nove de fevereiro. Eu procurava a data no calendário... e ela não chegava. Ela não existia. E se esse dia não existia, então a minha filha não existia.

Verônica tentou responder, mas não conseguiu, não verbalmente. O que ela podia fazer era projetar os seus sentimentos; a sua tristeza, a sua solidariedade.

O tom de Madeline Bittner pareceu ficar mais suave à medida que ela prosseguia.

Eu queria a minha filha. Eu queria tê-la nos braços. Amá-la, mas Eva tinha partido. Ela tinha partido.

Verônica tinha consciência de que estava deitada na neve. Ela podia sentir vagamente o frio e a umidade entorpecendo a sua pele. Mas estava também em outro lugar, um estranho mundo intermediário onde não tinha uma forma sólida.

Ela tinha partido, mas eu queria estar com ela. E então tentei me juntar a ela. Eu calculei o tempo da minha passagem deste mundo para que acontecesse à meia-noite do dia 28. Eu achava que o horário era importante. Não era.

Verônica então sentiu uma onda de emoção avassaladora, uma onda que dissipou a sensação distante de frio. Era uma onda de completa felicidade e regozijo, uma onda de afeição quase opressiva.

O horário não era nem um pouco importante. Mas Eva estava aqui. Ela estava aqui.

Verônica sentiu a onda de felicidade se transformar – ela minguou, e foi substituída por outros sentimentos, igualmente poderosos – culpa, remorso, vergonha.

Mas August não estava. O meu suicídio o devastou; ele já estava tão frágil com a perda de Eva e o meu silêncio durante o ano seguinte. Como eu, ele começou a ficar obcecado com o dia 29 – o dia que aparecia de tempos em tempos, como um portal mágico. Mas a obsessão dele o levou para um caminho muito diferente do meu.

Eu tentei falar com ele. Mesmo antes do Acontecimento, quando o véu entre o mundo dos vivos e o dos mortos ficou mais tênue, eu tentei falar com ele. Os meus sussurros, como as minhas ações, receio, só serviram para alimentar a sua loucura. Ele acreditava que eu estava pedindo a ele para matar aquelas meninas. A voz que ele ouve não é minha. A imagem que ele vê de mim não sou eu.

August acredita que eu pedi a ele que matasse você.

A próxima onda de culpa e tristeza que atravessou a mente de Verônica foi forte demais para ela suportar.

Mas não antes que ela ouvisse Madeline uma última vez.

Ele está vindo.

Verônica abriu os olhos.

Suas mãos estavam na garganta e ela estava com dificuldade para respirar. Não por causa das próprias mãos asfixiando-a, percebeu, mas porque Janine estava sobre ela, pulverizando nuvens de Espanta-Fantasma, aroma *pot-pourri* de flores, de duas latas, uma em cada mão enluvada.

– Saiam daqui! – Janine gritava. – Saiam! Saiam! Saiam!

Finalmente, Verônica se sentou, tossindo e afastando com a mão as nuvens perfumadas do rosto.

– Ronnie? – chamou Janine, borrifando outra vez. – Você está bem?

A voz de Verônica não queria sair – ela estava sufocando com aquele perfume horrível –, então fez que sim com a cabeça. Não sabia quanto tempo tinha ficado deitada na neve, embaixo da janela da sala de estar de Bittner – não achava que tinha sido muito tempo, mas a neve derretera num raio de sessenta centímetros em torno do corpo dela. Suas costas e pernas estavam encharcadas. Seu celular estava no chão ao seu lado. Ela tentou ligá-lo, mas ele não funcionou.

– Desculpe ter saído correndo – Janine disse. Ela estava encharcada até os ossos depois dos múltiplos tombos na neve. – Fui pegar o meu Espanta-Fantasma. Não me deixam levá-lo para a escola. Eu voltei e vi os fantasmas tocando você. Por que eles fizeram isso?

Ela respondeu sacudindo negativamente a cabeça. Sabia a resposta, mas o que não sabia era por que os fantasmas tinham sido capazes de fazer o que fizeram. O que permitiu que eles quebrassem os seus padrões e a tocassem? Também não sabia por que o toque tinha transmitido conhecimento.

– Vou te ajudar a ir para casa – Janine ofereceu.

Verônica não discutiu, e deixou que a amiga a segurasse pelo braço durante a curta caminhada até a sua casa. Ela tentou manter os olhos focados à frente, na sua porta de entrada, mas mesmo assim podia ver os fantasmas – dúzias deles – pelo caminho, na rua, nos jardins, olhando pelas janelas. O fantasma de um menino jogando bola com um parceiro invisível. A sra. Clare, morta havia três anos, vasculhando a sua caixa de correio, de robe e chinelos. Mary Greer andando ao lado dela, com um sorriso no rosto, a cabeça tombada num ângulo horrível. Janine não podia vê-los, e

Verônica podia sentir a preocupação da amiga, enquanto ela mesma lutava para encaixar a chave na fechadura. Sua mãe não estava em casa e isso, tanto quanto as roupas molhadas, a fez se sentir gelada por dentro.

– Ronnie? Posso...?

– Eu estou bem, Janine – ela garantiu. – Obrigada.

– Tem certeza?

– Tenho. Vejo você amanhã. – Ela esperava que sim. Subiria as escadas, trocaria de roupa, ligaria para a mãe e, se ela não pudesse ir para casa imediatamente, pediria um táxi e iria ao encontro dela.

Então se virou e envolveu Janine num forte abraço.

– Foi muita coragem sua, Janine – Por sobre o ombro, podia ver Mary Greer sorrindo para ela do primeiro degrau.

– Foi mesmo, né? – Janine disse.

Verônica não desviou o olhar quando a cabeça de Mary lentamente começou a se endireitar, e conseguiu sufocar um grito quando a cabeça se encaixou no lugar, a vértebra estalando.

– Sim, Janine – confirmou, sem se virar mesmo então. – Foi, sim.

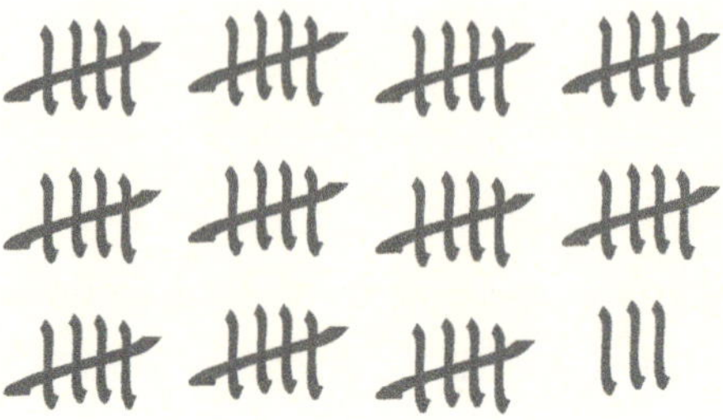

Eu vi Mary parada lá, olhando para mim, e senti a minha energia se avolumando; eu senti a gravidade de um jeito que jamais tinha experimentado antes. Contemplando-a enquanto a pequena amiga de Verônica, subindo a rua indiferente, a atravessava, eu senti que podia alterar o presente. Eu me senti tão forte que poderia alterar o passado e o futuro também.

Mary começou a desaparecer diante dos meus olhos quando Verônica abriu a porta, desviando de mim ao correr para cozinha, trancando a porta atrás dela.

– Você vai me proteger, não vai, Brian? – ela perguntou, um vislumbre de alívio nos olhos cansados. – Só até que eu me troque e saia daqui?

Ela podia me ver?

Tentei falar, mas não consegui formar as palavras. Não podia nem mesmo avisá-la.

Então, em vez disso, faço que sim.

Na verdade, eu não tinha ideia se podia "protegê-la" ou não. Eu era pouco mais que uma memória, e a força da memória muitas vezes falta aos vivos.

Ela ergueu o braço, a mão roçando o ar onde estava o meu rosto sem substância, e eu me senti ficando ainda mais forte.

Quando ela se virou, eu me permiti desaparecer de vista e conservar o que restava dessa força.

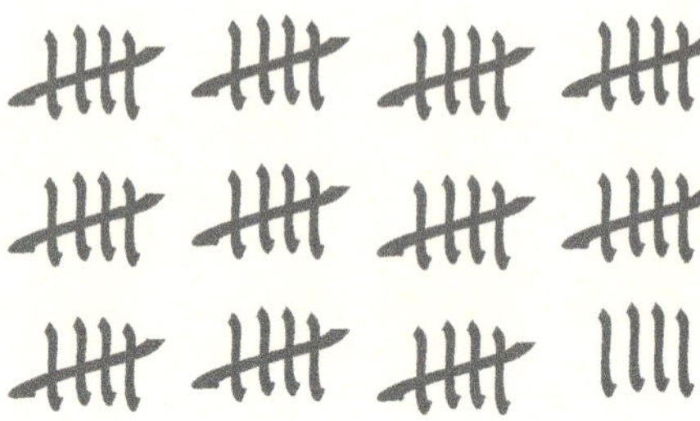

Verônica subiu as escadas e tirou as roupas molhadas em segundos, vestindo um jeans e um suéter em tempo recorde. Enfiou os tênis e desceu as escadas de dois em dois degraus. Depois pegou o telefone da cozinha e começou a apertar as teclas. Ela planejava estar bem longe antes que Bittner pudesse chegar até ela, porque não tinha dúvidas de que ele estava a caminho.

A batida na porta a assustou tanto que ela gritou e derrubou o telefone, batendo no chão com tanta força que o compartimento da bateria abriu.

– Brian! – gritou, ao ver uma sombra do outro lado da vidraça. – Brian, me ajude!

Ele não apareceu. Ela ouviu o próprio nome, dito por uma voz que parecia estar a quilômetros de distância.

Bateu as costas na mesa da cozinha e empurrou-a pelo menos trinta centímetros para trás. Vagamente, lembrou que, se não a pusesse de volta no lugar, o seu pai seria cortado pela metade. Um rosto apareceu na fresta entre as cortinas, e ela tremeu novamente.

– Ronnie! – Kirk chamou. Ele dava batidinhas na janela. – Ronnie, me deixa entrar!

Verônica murmurou uma palavra que ficou contente de a imagem do pai não estar por perto para ouvir. Ela podia ouvir o telefone apitando no chão.

Andou até a porta e abriu o trinco.

– O que *você* quer? – perguntou, sem abrir a porta de tela. Mas na realidade estava feliz; nunca tinha ficado tão feliz em ver uma pessoa viva. E com um carro, ainda por cima! Se ele não tivesse tido a audácia de parecer aliviado, ela provavelmente teria atirado os braços em torno do pescoço dele e plantado um beijo na sua bochecha. Ou na boca.

– Posso entrar? – ele pediu. – Por favor? Quero falar com você.

– Sobre o quê?

– Você sabe – disse ele. – Sobre você me odiar e tudo mais.

Ela revirou os olhos teatralmente.

– Entre, então – disse. Ela lhe deu as costas e foi pegar o telefone estridente.

– Obrigado. – Ele abriu a porta de tela e entrou. – Então, podemos conversar um instante?

– Claro. – Ela encaixou a tampa de plástico da bateria no lugar, até que fizesse um clique, e então recolocou a mesa da cozinha na posição correta. – Eu ia ligar para a minha mãe.

– Ah, é?

– É – ela confirmou, pegando o telefone. – Para a sua sorte, estou precisando desesperadamente de uma carona. Então talvez possa me pedir desculpas enquanto me leva até ela.

– Pedir desculpas? Que eu saiba, quem mencionou a palavra "ódio" foi você. Eu não acho que eu tenha dito nada sobre "ódio".

Verônica ergueu um dedo para pedir silêncio depois de digitar o número da mãe. Ela esperou até cair na caixa postal e então deixou uma mensagem para ela, dizendo que ia encontrá-la no trabalho. Verônica devolveu o telefone à base na parede quando terminou.

– Sinto muito por ter dito que te odeio – ela disse. – Eu não te odeio.

A boca de Kirk se abriu e se fechou de um jeito cômico. Como sempre, era muito fácil pegar os garotos desprevenidos.

– E... e eu sinto muito por ter pressionado você – ele disse. – Às vezes eu não sei a hora de parar.

– Tudo bem. Isso é bom, às vezes.

– Eu devia ter...

Ela balançou a cabeça e pegou as chaves da mesa.

– Não, você tinha razão. Eu estou em perigo. O sr. Bittner está vindo atrás de mim, eu sei que sim.

– Você sabe?

Ela assentiu.

– Eu sei. E também sei como fazer a polícia nos ouvir.

– Como? Evidência espectral...

– Eu sei tudo sobre evidência espectral, você já me disse. Ainda assim vamos mostrar a eles. Mas eu também sei onde a primeira vítima do sr. Bittner está escondida, e a polícia não sabe nem que os dois casos estão ligados. Ele matou uma adolescente fugida de casa e a escondeu no bosque próximo da interestadual quase doze anos atrás, e ninguém nunca soube.

– Você acha que eles vão nos ouvir?

– Vão ter que ouvir. Ele não sabe, mas ela enfiou no bolso algumas coisas do carro dele enquanto o sr. Bittner não estava olhando. Moedas, uma caneta, um recibo de cartão de crédito. Com isso, e o máximo de "evidência espectral" que pudermos mostrar a eles, eu acho que a polícia vai ter provas suficientes para prendê-lo.

– É melhor que tenham – disse Kirk. – Ou...

A voz dele sumiu, seus olhos perscrutando os dela.

– Ou o quê? – Verônica perguntou, num sussurro.

– Ou você vai continuar em perigo.

Ela se aproximou um passo e ele pôs os braços em torno dela, abraçando-a forte. Ela fechou os olhos e respirou fundo. O ar que o cercava tinha aroma de água de colônia.

– Como você sabe de tudo isso? – ele perguntou.

– Ela me contou. A sra. Bittner. – Então ela percebeu que aquele cheiro não era da colônia de Kirk. Era da de Brian.

– A *sra.* Bittner?

Ela fez que sim.

– Eu fui à casa dele e...

– Você foi à *casa* dele? – Kirk repetiu.

– Você vai continuar me interrompendo? – Quando, obediente, ele garantiu que não iria, Ronnie lhe ofereceu uma versão resumida da sua experiência, de como os fantasmas a tinham cercado e depois entrado nela. – Eu senti as lembranças delas quando me tocaram. Aquela pobre mulher. A esposa dele, digo. Ela se matou, sabe? Se enforcou no...

– No quarto de Eva – ele sussurrou.

– É – disse Verônica, confusa. – Como *você* sabe disso?

Ele balançou a cabeça.

– Por que... por que ela fez isso?

– Depressão profunda. Kirk, aquela pobre família! Eu me sinto mal por *ele*, até. Imagine perder uma filha, a única filha. Como deve ser isso?

– No dia 29 – Kirk sussurrou, pensando no Peixe e na sua filhinha. – Eva. Eu... eu recebi uma ligação do Peixe antes de vir para cá. Ele me contou. Ronnie – começou –, acho que ele está morto.

– O quê?

– Eu acho que ele estava morto quando me ligou – repetiu Kirk. – Ele não estava falando coisa com coisa. Ele foi incoerente a maior parte do tempo e... distante. Nós temos que sair daqui. Ele estava tentando me alertar.

Ela percebeu como ele estava com medo. O cheiro de colônia no ar pareceu se intensificar.

– O que mais ele disse?

Kirk segurou o braço dela.

– Eu vou te levar para a sua mãe – disse ele. – E então procuramos a polícia.

– O que mais ele disse, Kirk?

– Por favor – disse Kirk puxando-a para a porta. – Vamos embora daqui!

Ela olhou por sobre o ombro a tempo de ver uma sombra enorme se projetando na janela e então começou a gritar.

* * *

Bittner teve sorte. Ele abriu a porta de tela e, quando empurrou a pesada porta de madeira, ela atingiu com tudo o garoto Lane no momento em que ele se virava. August atacou com a mão que segurava a lanterna, batendo nele no queixo e fazendo-o cair no chão desacordado. O momento certo, tudo era uma questão de esperar o momento certo. Não era disso que o dia de hoje se tratava? A filha dele caiu e August chutou as pernas do garoto para fora do caminho, para que pudesse fechar a porta da cozinha atrás dele.

– Minha filha – disse ele, sangue pingando do ferimento e manchando o piso de ladrilho. No instante em que disse isso, um homem apareceu na mesa atrás dela e naquele momento August hesitou, o que permitiu à filha dar um passo para trás.

Por que ela teme?, ele pensou. Por que não corre para os braços do seu pai, que a espera?

Ele estendeu a mão para ela.

O sr. Bittner irrompeu da porta e passou por cima de Kirk, com os olhos vermelhos e vidrados de um animal moribundo sem plena consciência do seu destino. O casaco se abriu como enormes asas de couro e ela viu a grande mancha escura de sangue – seria dele? – ensopando o tecido marrom do sobretudo e o paletó embaixo. Não havia som além daqueles provocados por seus movimentos rápidos, mas eles encheram a casa quando ela se virou e viu o pai sentado à mesa da cozinha. Quando atravessou o cômodo e entrou na sala de estar, ouviu Bittner chocar-se contra a mesa com força o bastante para espalhar a correspondência no chão. Ele pareceu ricochetear de um jeito que quase fez parecer que o fantasma do seu pai o tinha feito tropeçar.

Obrigada, papai, pensou ela.

Verônica correu, livre do choque momentâneo de ver o corpanzil de Bittner arremessar-se contra ela ao sair em disparada, a imagem das luvas pretas tentando alcançá-la gravadas na sua mente. Verônica chegou às escadas no fim do corredor e precipitou-se para cima, quase tropeçando no segundo degrau.

Onde você está indo?, ela pensou. Só havia uma porta com chave, a do banheiro no final do corredor. Ela olhou para cima e lá estava Brian, esperando no topo das escadas.

A pausa durou uma fração de segundo. As pernas de Verônica a impulsionaram para a frente, através de Brian, e ela sentiu um leve formigamento quando atravessou a sua forma indistinta. Abaixo dela, Bittner cambaleava, esbarrando nas paredes. O relógio de cuco no corredor caiu e se despedaçou, e ela o ouviu ofegar de surpresa ao ver o fantasma.

Ela se virou, sabendo que não deveria – mas para onde poderia ir? Para o seu quarto, cuja porta era fina como papelão e não tinha fechadura? Sair pela janela? Se ela pulasse, provavelmente quebraria os dois tornozelos e ele desceria as escadas e chegaria ao gramado, poria as mãos em volta da garganta dela, mesmo com a barriga cheia de buracos de bala. Ele tinha sido baleado, não tinha? Por que mais estaria encharcado de sangue? Se ela ao menos conseguisse fugir até Bittner desmaiar ou, melhor ainda, morrer...

Mas e se ele morresse ali e não fosse embora?, ela pensou. E se o fantasma dele permanecesse assim como o do seu pai e o de Brian, presos a este mundo?

Melhor do que você mesma ser um fantasma, Ronnie, pensou ela. Ela estremeceu ao fazer a curva no topo das escadas, determinada a continuar viva.

Abaixo dela, Brian parecia estar tentando golpear ou empurrar Bittner. Ele descera dois degraus e estava parado como um atacante de futebol no meio do degrau, mas os seus socos atravessavam as roupas e o corpo de Bittner, parecendo surtir pouco efeito. Bittner agitou a mão, que atravessou Brian com tanta facilidade quanto atravessaria uma teia de aranha. Encorajado pela impotência do fantasma contra ele, Bittner subiu outro degrau, passando por Brian como se ele nem estivesse lá.

E, Verônica percebeu, não estava mesmo. Brian tinha desaparecido.

Ela ficou ali olhando por mais um instante, enquanto Bittner gritava e se curvava para a frente, como se atravessar o fantasma tivesse lhe dado a pior indigestão da sua vida – isso ou o que quer que estivesse fazendo a vida dele se esvair pela barriga estava começando a debilitá-lo. Ele apertou o estômago, no lugar onde a mancha escura que começava a se espalhar pela camisa.

Aguenta firme, Ronnie, ela pensou.

Bittner grunhiu de agonia quando ela se pôs em movimento. Se ficasse onde estava, bastariam quatro passos para que ele a alcançasse.

Ela correu para o quarto no final do corredor e bateu a porta atrás de si. Olhou em volta em busca de uma arma, xingando-se mentalmente pelo estilo todo delicado e feminino da decoração: almofadas, travesseiros, uma colcha de retalhos e cortinas rendadas; se ela fosse um menino, talvez tivesse um rifle ou pelo menos um facão escondido no armário. Da forma como era, a coisa mais letal que tinha à mão eram os cartões impregnados de perfume barato que tinham caído de uma revista sobre a sua cama.

O celular estava no andar de baixo, enfiado num bolso da mochila. Havia um telefone no quarto da mãe, mas ela não tivera a presença de espírito de ir para lá; de qualquer forma, duvidava que teria tempo suficiente para teclar um número antes que ele a pegasse. Correr para o andar de cima estava começando a lhe parecer uma grande burrice, mas que escolha tivera? Ela nunca conseguiria passar por ele para sair pela porta da cozinha.

Havia um pequeno baú aos pés da cama. Estava cheio de armas mortais, como ursinhos de pelúcia, roupas de boneca e cartões de Dia dos Namorados que vários garotos tinham escrito para ela no quarto ano. Sem saber o que mais podia fazer, ela o arrastou até a porta.

Não tinha intenção de usá-lo como barricada. O baú em si era mais pesado do que o seu conteúdo. Ela poderia até tê-lo erguido sobre a cabeça e o atirado para longe, se quisesse.

Não quis. Em vez disso mediu o espaço mentalmente e deixou o baú a uns 15 centímetros de onde a porta chegaria quando abrisse. Então deu um passo para trás e se preparou para o ataque.

Quase funcionou. Bittner abriu a porta com ímpeto e vê-la ali foi como uma capa vermelha balançando na frente de um touro prestes a investir. Ele se lançou para a frente, as mãos tentando agarrar o ar diante dele. Não notou o obstáculo até que tropeçou nele, e a velocidade em que vinha fez com que embaralhasse as pernas e tombasse para a frente, sobre o baú.

Uma luz no fim do túnel. Verônica correu na direção da porta aberta, mas Bittner ainda tentou agarrá-la. Ela saltou sobre o seu braço estendido, aterrissando bem em cima das costas dele, e correu para o corredor. Ela sabia que podia correr mais do que ele. Se conseguisse chegar às escadas, estaria livre para sair dali. Pela aparência do homem, talvez ele sangrasse até a morte antes de conseguir sair da casa. Porém...

Bittner a chutou quando ela saltou sobre o corpo dele e o calcanhar a atingiu logo abaixo do joelho flexionado. Ela ouviu um estalo e gritou quando a explosão de dor irradiou do joelho para todos os seus ossos, e foi a vez de Verônica cair no chão, com tudo.

Talvez tenha sido a voz do pai que ela ouviu em meio à dor. Talvez a de Brian. Provavelmente a sua própria. A voz lhe disse para se mexer, não importasse a dor que sentisse, porque se ela ficasse ali na certa morreria. Ouviu Bittner arrastando-se na direção dela, rastejando como um réptil.

Teve uma visão confusa dele, sangue gotejando de um canto da boca como um vampiro de desenho animado, o sangue de um tom bem mais claro do que o que encharcava a camisa e o casaco. Ele sorria para ela, uma mão estendida e a outra buscando apoio para se sentar, depois firmando as pernas enquanto se levantava.

Verônica se içou para cima usando o corrimão da escada, a dor no joelho acompanhada de uma náusea intensa. Conseguiu dar um passo, mas então caiu desajeitada no primeiro degrau. Pensou ter sentido o toque dele na nuca, ou sua respiração. Ela se virou justo quando o sapato dele surgiu ao lado dela. Ela o sentiu se agachar e soube que ele ia pegá-la.

Ela gritou.

– Fique quieta, filha – disse ele, a voz suave, quase gentil.

Eu não consegui impedi-lo.

Falhei com Verônica como falhei com a minha Mary. Todos os meus esforços foram em vão, meus socos, inúteis, por mais que eu tentasse focar todo o meu ódio e raiva neles, por mais que tentasse visualizar a minha vingança como um ferro quente atravessando o coração dele. A única dor que ele sentiu foi quando me atravessou, quando algo revirou suas entranhas e outra parcela da sua vida se estilhaçou. Mas então ele já tinha passado por mim e estava atrás dela outra vez.

Ela estava caída, sentindo dor. Ele estava quase em cima dela. Eu podia me lançar sobre ele, fazer com que me sentisse, e me expandir no centro da sua dor, mas eu sabia que não seria o bastante. Depois que as suas mãos estivessem em torno da garganta dela, ele ignoraria a agonia e a levaria para a morte com ele.

Eu podia sentir a mudança na atmosfera à nossa volta. Mortes súbitas tornam mais tênue o véu entre este mundo e o próximo, e a morte deles – dele e dela – esgarçaria esse véu mais um pouco.

Eu ouvi o garoto que ele derrubara gemer na cozinha e achei que podia ter mais uma chance.

Ela tentou se arrastar, mas então o joelho dele estava nas costas dela, e as mãos em seus ombros. Ele estava virando o corpo dela.

Ele conseguiu com facilidade, a força não estava se esvaindo dele rápido o suficiente. Ela arranhou o rosto de Bittner e talvez tenha feito um corte na sua bochecha, mas ele afastou as mãos dela facilmente com um tapa. Depois prendeu um dos braços dela entre as pernas. Então lhe deu outro tapa forte e ela viu luzes, estrelas, o mundo espiritual. Pôs as mãos na garganta dela.

Ela o golpeou na barriga com a mão livre, mirando o centro da mancha vermelho-escura que ensopava a camisa, e ele gritou como uma fera selvagem. Ela se contorceu embaixo dele e quase conseguiu ficar de bruços, mas ele a atingiu na cabeça, bateu o rosto dela contra o carpete e a escuridão caiu como uma cortina.

Ele está matando Verônica, eu sussurrei, direto no ouvido do garoto. *Agora mesmo, ele está matando Verônica.*

O garoto tentou se sentar, mas os seus olhos pareceram frouxos nas órbitas e não se focaram. Eu o observei tentar de novo, mas a cabeça tombou de lado e ele caiu. Havia um corte ensanguentado onde a porta o atingira na cabeça.

Você precisa levantar!, gritei. *Não deixe que ele mate outra vez!*

O menino, Kirk, piscou. Novamente tentou se erguer do chão e mas uma vez as pernas falharam. A consciência lhe escapava.

Ela deve estar morrendo, pensei. O véu estava cheio de buracos, e fantasmas começaram a se manifestar. Fantasmas de verdade, não as imagens pálidas que o Acontecimento deixou para trás. Eu podia senti-los tomando forma na sala atrás dele.

Pairando no ar, me apossei de Kirk como uma segunda pele.

Verônica sentiu gosto de sangue e lágrimas quando Bittner a arrastou na direção dele e a virou de costas. Mas quando fez isso, ela viu de relance o que havia no pé da escada.

Pessoas. Três garotas. Madeline Bittner, segurando a mão de uma delas. O sr. Pescatelli se juntou a elas e por um instante ela pensou que ele poderia salvá-la, mas então percebeu que podia ver a parede do corredor através do corpo transparente dele.

Estavam todos subindo a escada, as mãos apontando para o mostro prestes a matá-la, expressões de tristeza profunda gravadas em seus rostos. Brian, parecendo mais sólido do que nunca, atravessou a fileira de fantasmas em direção à escada.

Não Brian, mas Kirk, ela percebeu. Mas a postura dele estava diferente, e seus olhos...

Mas era tarde demais. Ela estava de costas, e a demência animalesca estava clara nos olhos de Bittner quando os seus dedos tatearam em busca da garganta dela.

– Eva! – gritou ele, olhando nos olhos de Verônica, olhando *através* dos olhos dela, como se fossem portas para o outro mundo. – Eva, volte pra mim!

Os polegares dele faziam pressão contra a sua artéria com uma força assassina. O mundo real começou a desvanecer.

O que aconteceu em seguida ela não entendeu.

Bittner foi lançado pelos ares. Ele a estava estrangulando e em seguida estava voando como se arremessado por braços fortes.

Foi como se a gravidade cessasse por um instante e então um vento forte tivesse passado e soprado August Bittner para longe, na direção das mãos estendidas dos fantasmas mais abaixo.

Ele arquejou, um som torturado e agonizante que ficou gravado na mente de Verônica. Ela se encolheu, preparada para ouvir o barulho do choque do corpo dele contra o chão.

Mas o barulho nunca veio. August Bittner nunca chegou a tocar o chão.

Transpassada pela dor e ofegante, soluçando, Verônica procurou uma posição em que pudesse ver o pé da escada, mas não havia sinal de Bittner e dos fantasmas. Ela piscou para afastar as lágrimas, certa de que os próprios olhos lhe pregavam uma peça – mas não havia nada. Era como se eles o tivessem agarrado e arrastado para outro mundo, um mundo onde seria ele a não ter substância, um mundo onde mesmo a sua imagem temível e ensanguentada desapareceria antes mesmo de se encher uma xícara de café.

Ela olhou para Kirk, mas não era Kirk – era o corpo de Kirk e o rosto de Kirk. Mas o olhar, a consciência neles não era de Kirk, era de Brian. Ele sorriu para ela.

– Ele se foi – disse ele, na voz de Kirk.

Bittner se fora. Verônica sabia, de alguma forma, que ele não retornaria. Esse foi o seu último pensamento antes de desmaiar.

Eu vi o véu se rasgar e vi Bittner ser carregado por muitas mãos para além da morte. Como seria a sua existência lá? Ele ganharia discernimento, como aconteceu comigo durante o meu período de espreita invisível entre os vivos? Um homem vivo entre os mortos teria uma existência semelhante à minha entre os vivos? E ele se sentiria mais solitário do que jamais se sentiu?

Estou surpreso com minha capacidade de me importar. É como se o meu ódio tivesse se extinguido como uma vela derretendo, depois que as mãos de Bittner soltaram o pescoço dela. Nada me resta, nem uma gota de energia. Posso sentir minhas moléculas se desprendendo como um cachorro solta pulgas e dessa vez eu não acho que elas vão se reagrupar no banheiro, como fizeram por tantos anos. Dessa vez, não acho que eu vá retornar.

Talvez o vazio seja melhor do que a tortura que venho suportando. Talvez seja esse o destino daqueles que põem fim à própria vida.

Eu sinto o que resta de mim se esgotando. Mas então eu a vejo, esperando por mim no final do corredor.

Mary.

Chegou a hora, ela diz. *Brian, esperei tanto tempo para te ver! Realmente ver você.*

Ela pega a minha "mão" e eu deixo para trás o corpo desse garoto Kirk Lane tão facilmente quanto a consciência lhe escapou momentos antes. Mary e eu flutuamos juntos até o lugar onde eu morri. Eu vejo que o espelho brilha, mas não por refletir a luz de alguma lâmpada. Há uma luz pura e branca brilhando por detrás do vidro.

O véu se abre e ela me leva através dele.

Kirk acordou sem ter ideia de como tinha chegado ao andar de cima. Mas ele não parou para pensar a respeito, porque viu Verônica deitada completamente imóvel, com marcas vermelhas na garganta.

Chamou o nome dela. Arrastou-se até ela e a ergueu gentilmente pelos ombros.

– *Ronnie* – ele chamou. – *Ronnie.*

A cabeça dela tombou, o branco dos olhos aparecendo quando rolaram nas órbitas. O nome dela virou uma súplica urgente na boca de Kirk e ele estava com dificuldade para respirar.

Mas, então, um tremer de pálpebras. Ele a sacudiu com delicadeza.

– Brian? – disse ela. – Brian, é você?

– Não, Ronnie. Sou eu. Kirk. Eu sou real.

Ela piscou e Kirk entrou em foco. Verônica entreabriu os lábios.

– Eu sou real.

Ela se sentou e ele a abraçou. E ela o abraçou de volta, com todas as suas forças.

EPÍLOGO

Apoiada numa muleta, de pé ao lado da mãe, Verônica ficou esperando o pai baixar o jornal e sorrir para ela antes de desaparecer pelo que elas sabiam que seria a última vez. Podia ver isso no abraço da mãe e na respiração dela na sua bochecha.

Como já era esperado, na manhã seguinte as 7h13 vieram e se foram sem o fantasma de Eric Calder. Elas ficaram ali aguardando, mas ele não apareceu. Verônica se inclinou na direção da mãe, na esperança de ser um porto seguro para lhe oferecer solidez e calor.

– Você está bem?

– Estou – respondeu a mãe, secando as lágrimas antes que caíssem na xícara de chá. – De verdade.

Mary Greer já havia partido. Verônica e Janine procuravam a sua imagem toda manhã quando passavam pela antiga casa de August Bittner, assassino em série, mas ela nunca voltou a aparecer. Também não havia nenhum movimento nas cortinas, no andar de cima ou de baixo. Brian também não tinha voltado a aparecer desde a noite do ataque, mas Verônica achava que ainda podia sentir vestígios da sua colônia no vapor, quando saía do chuveiro.

O mundo dos fantasmas continuava a girar, no entanto. Um espectro ensanguentado ainda gritava sem emitir nenhum som na Case Street. A sra. Olsen ainda surgia junto à caixa de correio todo dia às 15h47, lendo a carta de um filho que nunca voltaria para casa. Novos fantasmas apareceram; alguns sumiram e nunca retornaram. Eileen Janus aparecia aleatoriamente, ou pelo menos num padrão não discernível, sorrindo para a classe que apenas algumas semanas antes pertencia a Stephen Pescatelli, mas agora era ocupada por uma jovem substituta que suspirava com impaciência e consultava o relógio de pulso até o fantasma da ex-professora desaparecer. O sr. Pescatelli, por um toque de ironia cósmica ou como comprovação de uma de suas várias teorias, nunca apareceu. E a memória da ligação telefônica que de algum modo ele fez depois da morte permanecia na mente de Kirk Lane apenas como uma estranha e inexplicável anomalia.

Kirk segurou a mão de Verônica.

Todos os fantasmas diretamente ligados à vida de Verônica e à provação que ela viveu tinham desaparecido, mas o seu tempo com Kirk ainda não acabara, e as lembranças que o toque da mão dele trouxe foram as boas, como dividir uma xícara de chá depois de um longo turno de trabalho ou beijá-lo no sofá até a mãe dela chegar em casa, enquanto as lembranças sombrias que partilharam ficavam mais distantes e indistintas. O tempo cura todas as feridas e também aprofunda todos os laços. Ela não tinha certeza se era de fato amor, mas era a primeira vez que achava que podia ser.

As lembranças obscuras daquela noite tinham se perdido completamente para ele. Kirk não se lembrava de nada desde o momento em que vira Bittner forçar a porta, até misteriosamente acordar no andar de cima, ao lado do corpo imóvel de Verônica. Ele perguntou se ainda a preocupava que o sr. Bittner estivesse à solta.

– Não me preocupa, de verdade – ela disse.

– Não preocupa você que ele não tenha sido pego? – repetiu. – Havia sangue por toda a casa do sr. Pescatelli, pela sua casa, no carro dele. Ele estava obviamente à beira da morte, mas não conseguiram encontrá-lo. Não a preocupa que ele possa voltar?

– Não. Está em todos os noticiários. Se ele ainda estiver entre os vivos, vai ser pego. – Verônica sorriu. Não tinha certeza do que exatamente tinha acontecido a ele, mas achava que, se havia um véu que permitia que fantasmas passassem do além para o nosso mundo, por que não poderíamos igualmente passar para o deles? Mas estava cansada de teorias e não tinha o interesse que Kirk ou o sr. Pescatelli demonstravam por elas, preferindo em vez disso viver mais plenamente deste lado do véu. – Além do mais, temos mais quatro anos antes de precisarmos nos preocupar com isso outra vez.

Ele deixou o assunto morrer, apesar de ser óbvio que ela não estava contando a história inteira. Os noticiários só diziam que a polícia estava à procura de August Bittner por ele estar ligado à morte de Stephen Pescatelli e por ter agredido uma garota de 16 anos. Não havia menção a fantasmas, a mãos ávidas, à força que lançou Bittner no ar no momento em que ele ia dar fim à vida dela, assim como não tinham mencionado o nome de Verônica. Kirk não fez mais perguntas, como se não sentisse mais necessidade de resolver certos mistérios.

Verônica disse à polícia onde podiam encontrar o corpo de Shelly Bonder. Quando questionada sobre como sabia, ela só disse que descobrira através do próprio Bittner.

Depois de exorcizar os fantasmas de Verônica (que secretamente acreditava que o tal Espanta-Fantasma não era nada além de um purificador de ar poderoso), Janine passou a usar o gorro e as luvas apenas para afugentar o frio. Ela começou a sair para correr depois da aula e tentou, sem sucesso, fazer Verônica se juntar a ela. Falava nostalgicamente sobre tentar entrar para o time de futebol, mas se preocupava com a possibilidade de ter esperado tempo demais.

Poucas pessoas compareceram ao enterro do sr. Pescatelli, além de Verônica e Kirk. A lápide do professor continha nomes que lembravam a Verônica que ele também, assim como o sr. Bittner, tivera esposa e filha, mas Kirk depois lhe contou que os corpos das duas nunca tinham sido encontrados após o Acontecimento. Ela pensava no sr. Pescatelli ocasionalmente, e quando isso acontecia tinha uma imagem muito clara dele. Um homem inquieto, acima do peso, corajoso em alguns aspectos, mas assustado demais para confrontar os fantasmas cara a cara. Ela se perguntou se o deixaria feliz ou triste saber que a imagem dele nunca apareceu na sala de aula nem se tornou o assunto que estudara com tanto afinco.

Caminhando com Kirk entre as fileiras de lápides a caminho do carro, ela se deparou com uma lápide simples com o nome "Bittner" gravado na pedra. Uma camada fina de neve estalava sob os seus pés, quando ela contornou a lápide e viu dois nomes, *Madeline* e *August*. As datas de nascimento apareciam em seguida, junto com a data de morte de Madeline, mas havia apenas um espaço em branco no lugar da de August.

A de Madeline, ela notou, dizia 29 de fevereiro e o ano da morte.

– Não era um ano bissexto – comentou Kirk, reparando na data ao mesmo tempo que ela. – É um ano ímpar.

À esquerda da lápide, próxima de onde jazia Madeline, havia outra, ligeiramente menor. *Eva Marie Bittner*, dizia. *Nas Mãos do Senhor*.

Verônica voltou ao cemitério posteriormente, sozinha, quando o céu estava tão nublado e cinzento quanto as lápides entre as quais perambulava.

Sorrindo, olhou em volta para o cemitério vazio, esperando que Eva, Madeline ou as vítimas do marido dela aparecessem e a agradecessem por tudo o que tinha feito e por que se arriscara, mas nenhuma delas apareceu. O cemitério estava vazio de fantasmas.

De August Bittner, ela mal conseguia se lembrar. Verônica falava sério ao dizer a Kirk que não temia que ele voltasse. A lembrança dele era nebulosa e indistinta, como a paisagem através de um para-brisa num dia de chuva. Até a foto dele no jornal parecia borrada, as linhas do seu rosto esmorecidas.

Chegou um dia em que Verônica se deu conta de que não via o fantasma do pai havia semanas.

O pensamento lhe ocorreu pela manhã, quando ela inclinou o rosto para o jato de água quente que jorrava do chuveiro. Ela também percebeu que não sentia falta do fantasma. No máximo, o seu desaparecimento tinha lhe permitido pensar nele como a pessoa que realmente era, não só como a reprise de uma espécie de gravação metafísica. Ela se lembrava de um homem que gostava de *cheeseburgers*, desenhos animados e cerveja preta, e que não tinha muito tempo para si. Um homem que gostava de jogar cartas com ela, mas que não apreciava de jogos de tabuleiro. Um homem que fingiria junto com ela que os seus bichos de pelúcia eram reais, com sentimentos que podiam ser feridos tanto quanto os dela. Ela se lembrava do homem que gostava de segurar a mão da filha quando estavam em meio à multidão e também quando estavam sozinhos. Ela se lembrava de um homem que a amava.

Ela sentia falta dele, mas não da sua imagem ou de qualquer imagem que tivesse se desvanecido com o passar do tempo. Ela chorava um pouco quando fechou a torneira do chuveiro, mas o sentimento era bom. Percebeu que o único arrependimento que sentia em relação às suas experiências com fantasmas tinha a ver com Brian. Diferentemente do que sentia com seu pai, não havia uma sensação de proximidade com Brian. Não havia nem a impressão de que tivessem se despedido.

Ela se secou e enrolou o corpo na toalha antes de sair do chuveiro, e o ar frio causou uma sensação boa contra a sua pele quente, levemente úmida. Foi até o espelho.

Erguendo os olhos, ela viu um rosto familiar sorrindo para ela no espelho límpido.

– Olá! – disse ela.

AGRADECIMENTOS

Al Zuckerman, Catherine Onder, Hayley Wagreich, minha família, meus amigos, meus leitores e Kim, Kayleigh e Cormac. Obrigado a todos pela ajuda e por me apoiar na tarefa de trazer este livro do mundo dos mortos.

um livro
.com.br